가족이데아

가족 Family Idea
이데아

장해림 메타버스 스릴러

고즈넉
이엔티!

가족이데아

1쇄 발행 2021년 10월 28일

지은이 장해림
펴낸이 배선아
편 집 유민우
디자인 엄인경
펴낸곳 (주)고즈넉이엔티

출판등록 2017년 3월 13일 제2021-000008호
주소 서울특별시 중구 청계천로 40, 1203호
대표전화 02-6269-8166 **팩스** 02-6166-9199
이메일 gozknockent@gozknock.com
홈페이지 www.gozknock.com
블로그 blog.naver.com/gozknock
페이스북 www.facebook.com/gozknock
인스타그램 www.instagram.com/gozknock

일제강점기와 6·25전쟁을 가장 밑바닥에서 겪은,
그 속에서 일곱 명의 자식을 낳은 나의 할머니.
이것은 당신이 남긴 첫 번째 이야기입니다.

차례

1부

이상과 현실

계단을 한달음에 뛰어 올라온 원형은 오른쪽 복도로 들어서자마자 첫 번째 방부터 벌컥벌컥 열어젖혔다. 문이 열렸다 닫힐 때마다 마찰음이 총소리처럼 울려 퍼졌다.

"대체 어딨는 거야……."

원형은 진짜 숨이 찬 것처럼 씩씩거렸다. 1층 다섯 개 방을 샅샅이 뒤졌지만 원미는 없었다. 물론 아직 포기하기에는 일렀다. 지하 1층, 지상 2층에 이르는 이 초호화 저택은 실내 면적만 150평이 넘었다. 숨어 있기에 충분한 공간은 많았다.

이럴 줄 알았으면 집 안 구조를 미리 익혀두는 건데.

원형은 몰라서 놓치는 공간이 없도록 눈에 불을 켰다.

"그래봤자 독 안에 든 쥐야. 누나."

원형은 고개를 돌려 거실을 둘러보았다. 소파며, 장식장이며, 흔들의자, 카펫까지 북유럽 수입 제품으로 가득했다. 부모님의 타운하우스에 처음 들어섰을 때 어떤 기분이었는지 아직도 생생했다. 믿기지 않았다. 천국에 온 것처럼 기분이 마냥 좋을 줄 알았는데 뜻밖에도 열패감이 들었다. 공간을 터무니없이 낭비한 이 우아한 집은 존재만으로 원형의 현실을 부정하는 듯해서 화가 치밀어 올랐다.

이제 이 집은 완전히 원형의 소유가 되었고, 원형도 이 집에 걸맞은 사람이 되었다. 겨우 두 달 만이었다. 그 사이에 많은 일이 있었다. 원형은 생각지도 못한 일을 겪었고, 하고 싶다고 생각해본 적도 없는 일을 해버렸다. 지금 정신없이 원미를 찾고 있는 것도 그런 일의 연장선이었다.

강남의 웬만한 고급 바보다 인테리어가 야단스러운 지하 1층에서는 아버지 환갑잔치가 한창이었다.

거양그룹 회장인 아버지, 전 대검 공직자 딸인 어머니. 두 분의 초대를 받은 상류층 인사들이 잔뜩 모여 있었다. 지상보다는 은폐된 지하가 훨씬 마음이 놓일 테지만 대체로 하늘 높은 곳에 살고 있는 사람들이었다. 거양 계열사가 건설한 마천루에 사는 사람도 여럿 있었다.

외할아버지는 은퇴해 대검찰청을 나선 지 오래였지만, 그의 슬하에서 키운 검사들 덕분에 영향력은 여전히 건재했다. 여기 이 세계에서 재벌 사위인 아버지는 그 검사들에게 월급만으로는 절대 누릴 수 없는 온갖 특혜를 내리는 대가로 초법적 권한을 누린다.

모두가 특혜를 바란다. 정재계인, 법조인, 병원장 들. 사람들이 선망하는 직업을 가진 이들은 모두가. 그들은 열심히 일한 대가를 특혜로 돌려받길 원한다. 특혜는 돈이 만든다. 처음부터 많은 돈에 길들여진 부류의 사람들은 경계 없는 삶을 원한다. 끝이 보이지 않는 무한한 자유의 삶. 도덕, 법률, 타인, 자유를 가로막는 그 모든 제약을 발아래 두는 신과 같은 삶. 하지만 그런 삶이 있을 리가. 그들도 결국 타인의 눈치를 본다. 겉보기 좋은 적절한 욕망은 서민들이 동경하도록 놔두고 추한 욕망은 들키지 않게 숨어서 처리한다.

원형도 그 세계 속에 부드럽게 안착했다.

원형은 집에 도착해 지하로 내려서자마자 철강회사 세건의 둘째 아들이자 동갑내기인 기태와 가장 먼저 눈이 마주쳤다. 양복 깃을 툭툭 털며 웃는 것으로 인사를 대신했다.

실로 오랜만에 점잖은 디자인의 슈트를 빼입은 것이었다. 어제까지 하와이 바다 위 요트 안에서 2천 달러에 산 여자들과 함께 아무것도 입지 않고 있었으니. 해변에서 태운 어깨가 까슬거렸지만 어쩔 수 없었다. 오늘은 아버지로부터 필요한 점수를 따야 했다. 그 점수를 채워야 정신 나간 생활을 유지할 수 있었다. 지겨운 시간이었지만, 버틸 만했다. 그런데 원미가 코빼기도 보이지 않았다. 원형이 초대된 손님들 사이에서 오랜만에 착한 아들 역할을 하는 동안, 어머니가 바라는 대로 조신하게 분홍색 드레스를 입고 옆에 있어야 할 누나 원미가.

원형이 원미를 찾는 건 부모님이 기대하는 모습을 나란히 보여주기 위해서가 아니었다. 원미가 아버지, 어머니에게 미운털이 박힐까 봐 걱정되어서도 아니었다. 그 반대였다. 원형은 부모님이 극구 감싸는 누나, 망가질 대로 망가진 누나가 이제 온전한 처벌을 받길 바라는 마음이었다. 아버지, 어머니의 위신을 있는 대로 깎아내리고 기업에 막대한 손해를 입히고 있는 딸, 대한민국 10대 기업 거양그룹의 장녀를.

원형은 3층 다용도실 안으로 들어섰다. 감이 왔다. 원형은 성큼성큼 수납실 앞으로 걸어갔다. 불투명 유리창으로 환하게 새어 나오던 조명등 불빛이 갑자기 꺼졌다. 원형은 입술을 움찔거리며 수납실 문 손잡이를 잡아당겼다. 문은 잠겨 있었다. 원형은 아무것도 보이지 않는 캄캄한 유리창을 향해 선전포고를 했다.

"당장 문 열지 않으면 창문을 깨부술 거야, 누나."

잠시 후 삐걱대며 문이 열렸다. 좁은 문틈으로 머리를 쓸어내리며 아무렇지 않은 척하는 원미가 서 있었다.

"드디어 찾았네."

이런 넓은 집에서 가장 초라한 곳에 숨어 있다니, 기가 막힐 노릇이었다.

"무슨 일이야?"

원미는 테이블 앞을 가로막았다. 원형은 뒤로 숨긴 원미의 손이 하얀 가루 봉투와 주사기에 닿기 전에 손목을 낚아챘다.

"이거 놔!"

원미는 고양이처럼 날뛰다가 이를 드러내며 손등을 깨물려 했다.

원형은 원미의 손목을 놓지 않은 채 손등을 피했다. 원형은 안쓰러운 눈빛으로 원미를 내려다보았다.

"이러지 마, 누나. 그만하기로 했잖아."

"가식적인 놈."

원미가 침을 퉤 뱉었다. 흠칫 놀란 원형은 고개를 뒤로 뺐다가 허탈하게 웃었다. 진짜 침을 맞는 기분이 들었다는 게 우스웠다.

"부모님이 걱정하셔."

"네가 언제 부모님 걱정을 한 적이나 있고?"

"가자."

"어딜?"

원미는 구석으로 더 물러나며 금세 겁먹은 표정을 지었다.

"어디긴. 아버지, 어머니한테 가야지."

"원형아, 잠깐만."

"왜?"

"얘기…… 안 할 거지?"

원미는 이 순간에도 아쉽다는 눈빛으로 테이블 위의 하얀 가루를 돌아보았다. 마약 중독에 빠진 사람들이 흔히 그렇듯 인간으로서의 염치와 절제력을 상실하고 오로지 하나의 욕구에 사로잡힌 얼굴로. 원미는 이 순간에도 부모님을 실망시킬까 봐 걱정하기보다는 부모님이 모든 지원을 끊어 더 이상 마약을 못 하게 될 것을 걱정하고 있었다.

"글쎄…… 그게 진정으로 누나를 위한 길인지 모르겠어."

"원형아, 제발. 나 이번에도 걸리면 집행유예로 끝나지 않을 거 알잖아."

침을 뱉을 때는 언제고 초라하게 사정하다니. 원형은 피식 웃었다.

"그걸 걱정했으면 하지 말았어야지."

원미는 순간 표정이 굳었지만 금세 비굴하게 말했다.

"이제 진짜 안 할게. 맹세해."

아니지, 원미야. 진짜 안 하면 내가 곤란해지지. 그럴 리도 없겠지만.

원형은 원미를 처음 클럽에 끌어들였던 그때처럼 손목을 꽉 붙들고 엘리베이터 버튼을 눌렀다.

둘만 있는 좁은 공간에서 원형이 혼잣말처럼 중얼거렸다.

"여동생은 귀찮아."

"……."

"사고만 치는 여동생은 귀찮다고. 그래서 누나로 바꿨는데 이러면 안 되지."

원미는 원형의 이상한 말에 아무런 반응도 하지 않았다. 두 팔을 엇갈려 잡고 부들부들 떨리는 자신의 몸을 꽉 감싸 안을 뿐이었다.

따로 나뉜 공간 없이 하나의 홀로 이루어진 지하 1층 공간. 모인 사람들은 반쯤 채워진 샴페인 잔을 들고 모두 한곳을 바라보고 있었다. 사람들의 시선은 바 테이블을 단상 삼아 기댄 아버지에게 향하고 있었다.

아버지는 일장 연설 중이었다.

"…… 우리 기업이 세계 선진 기업이 되어야 우리나라가 일류 국가가 된다는 책임감으로, 변화를 두려워하지 않는 정신으로 뚜벅뚜벅 걸어왔습니다. 뒤를 돌아보지 말고 그것이 옳다 싶으면 뚝심 있게 앞으로 나아가 대업을 이루는 것이 우리 기업의 최우선 목표이자 창업주이신 선친의 큰 뜻이었습니다. 그런 목표를 따라 우리 기업이 걸어온 길을 돌이켜 보니 이제 환갑을 맞이한 제 나이가 부끄럽지 않을 만큼은 되는 것 같습니다."

좌중의 박수 소리가 터져 나왔고 여기저기서 휘파람 소리가 들렸다. 아버지가 근엄한 표정을 유지하며 손을 흔들었다. 모두가 아버지를 우러러보았다. 동경의 이면에, 아버지가 굳건히 지키고 있는 왕좌에서 발을 헛디딜 날을 은근히 바라는 속마음을 감추고. 원형은 사람들의 동경과 질시를 한 몸에 받는 아버지가 자랑스러웠다. 원형도 아버지 뒤를 이어 그들을 발아래 두고 싶었다.

"감사합니다. 단언컨대 여러분들의 노고가 있었기에 가능한 일이었습니다. 앞으로도 각자의 분야에서 대한민국 발전을 위해 큰일을 도모해봅시다. 고급 양주와 가라오케가 마련되어 있으니 마음껏 여흥을 즐겨주시기 바랍니다."

큰 박수와 함께 연설이 끝나고 사람들은 삼삼오오 흩어졌다. 원형은 사람들 시선이 분산된 틈을 타 아버지 가까이 다가갔다. 아버지의 시선은 원형을 지나쳐 원미에게 고정되었다.

"너 어디 갔었니?"

원미는 아버지를 보자마자 두려움에 얼굴을 돌렸지만 아버지는 아직 원미를 외면하지 않았다. 도파민의 노예가 된 원미를 아직도 한 달 전의 그 착하고 성실한 로스쿨 재학생으로 보고 있었다. 원형은 몸부림치는 원미의 손목이 빠져나가지 못하게 꽉 틀어쥐며 아버지에게 귓속말을 했다.

"지금 당장 3층 다용도실로 가보세요, 아버지."

아버지의 샴페인 잔이 흔들렸다. 이미 몇 번의 전적이 있는 딸에 대한 실망감과 그럼에도 결코 저버리고 싶지 않은 믿음 사이에서 갈등하던 아버지는 굳은 표정으로 술잔을 내려놓고 성큼 걸음을 옮겼다.

"아버지, 제발요……."

원미가 애원하며 다른 팔로 붙잡았지만 아버지는 매몰차게 뿌리쳤다. 엘리베이터 숫자가 2층을 가리키는 걸 본 원형은 그제야 원미의 손목을 놓았다. 붙잡은 자리에 검붉게 멍이 들어 있었다. 서서히 번지는 멍 색깔을 표현하다니 엄청난 기술인데?

원미의 손목을 꽉 붙드느라 원형의 손가락에도 쥐가 날 것 같았다. 원미는 우악스럽게 원형을 밀치고 달아났다. 쫓아가봐야 이미 늦었을 텐데.

몇 분 안 되는 시간이 지루하게 흘러갔다. 잠시 후 아버지가 돌아왔다. 곁에 있을 거라 생각한 원미는 보이지 않았다.

아버지의 입술이 파르르 떨리고 있었다. 속마음을 드러내지 않던 얼굴에 금이 가 있었다. 홀에 들어서자마자 경찰청장을 찾아내 그에게 다가갔다. 아버지와 경찰청장은 절친한 사이였다. 평범한 서민이었다면 벌써 감옥에 들어갔어야 할 원미가 아직 감옥 문턱에도 가지 않은건 그렇듯 두터운 사이로 포장된 두 사람의 이해관계 덕분이었다.

"내 딸을 현행범으로 체포해줘."

"무슨 말씀이십니까, 회장님."

경찰청장이 주위를 의식하며 목소리를 낮췄다. 아버지가 가루가 든 봉투를 내밀었다.

"이제 틀렸어. 딸을 버려야 해."

아버지는 원미가 온당한 죗값을 치르게 만드는 걸 버린다고 표현했다.

'아버지, 보통 사람들은 죄를 지으면 그냥 감옥에 가요. 부모가 손을 쓸 수 없는 게 당연한 거라고요.'

원형은 아버지가 들을 수 있는 말로 입력하지 않고 혼자 중얼거렸다. 이 상황에 그런 말로 아버지 심기를 거스를 수는 없었다. 어떻게 여기까지 왔는데.

아버지가 폭발했다.

"내 손으로 버릴 거야, 그 자식. 더 이상 내 회사가 마약 아파트를 짓는다느니, 마약 설탕을 판다느니 그딴 소리를 듣게 할 수 없단 말이야!"

밖에서는 부드러운 카리스마가 있는, 가정에서는 다정다감한 캐릭터의 아버지가 별안간 분노를 터트렸다. 여기저기서 아버지 호통에 놀란 사람들이 샴페인 잔을 떨어트렸다. 대리석 바닥에 유리잔 깨지는 소리가 경쾌했다.

아버지는 공식적인 자리에서 의식적으로 자주 '여자도 회장이 될 수 있다'고 언급해왔다.

"미국에는 여성 CEO가 많은데 우리나라는 그 수가 현저히 적습니다. 이제 우리나라 여자들도 남자 못지않은 역량을 갖추고 있으니 노력하면 사장, 아니 대기업 회장이 될 수도 있어야 합니다."

설마 진짜 그럴 거야? 원형은 매스컴에 실린 아버지 말씀에 가슴이 철렁했다. 아버지의 사소한 한마디 한마디가 죄다 매스컴에 오르내리는데 아무 의미 없이 그런 말을 꺼냈을 리 없었다. 거양그룹이 원형이 아닌 원미의 것이 될 수도 있다는 것을 암시하는 말일지도 몰랐다. 이럴 줄 알았으면 아버지 눈 밖에 나지 않도록 미션을 잘 수행할걸. 유학 생활도 성실히 하고 경영 수업도 잘 받고 아버지가 내주신 까다로운 사업 과제도 성공적으로 해낼걸. 후회가 됐다.

원형은 아버지 생각이 바뀌길 기다리며 뒤늦게 클럽도 끊었다. 근신하며 착실히 재벌다운 모습을 보여주었다. 미뤄두었던 '바람직한 재벌 3세' 미션도 하나씩 수행했다. 다행히 바닥을 보였던 신뢰 점수 열 칸 중 두 칸에 녹색 불이 들어왔다.

그러다 우연히 아버지와 원미의 속셈을 듣게 되었다. 새벽부터 일어나 조깅하고 문안 인사를 드리기 위해 아버지 서재 앞에 섰을 때였다. 노크하기 전, 아버지와 원미가 나누는 대화가 띄엄띄엄 들려왔다.

"하지만 전 경영 쪽은……."

"…… 꼭 그러란 법도 없다. 지금이라도……."

"…… 원형이가 있잖아요, 아버지."

"너도 뜻이 있다는 거 안다."

원형은 서재 앞에서 조용히 돌아섰다. 믿었던 원미였다. 밥그릇을 넘보지 말도록 착하고 순진한 누나로 살도록 설계했는데 이루 말할 수 없는 배신감이 들었다. 원형은 원미가 위기에 빠질 순간을 기다리면서 뒤에서 칼을 갈았다.

기회는 금방 찾아왔다. 로스쿨에서 얌전히 공부만 하던 원미가 같은 스터디에 있는 남자를 만나 첫사랑에 빠진 것이었다. 원형은 원미가 앞뒤 가리지 않고 사랑이라는 감정에 푹 빠질 수 있도록 부채질했고, 남자가 질릴 만한 행동을 반복하도록 주입시켰다. 순진하게도 원형의 뜻대로 하던 원미는 결국 첫사랑에 실패했다. 원형은 계획이 성공한 것을 자축하며 그날 밤 낙담한 원미를 클럽에 데려갔다. 원형은 클럽 MD를 시켜 특별히 누나를 잘 모시라 했다. 아이돌 연습생이 원미가 있는 방으로 들어왔다. 타락은 한순간이었다. 한 걸음 내딛는 순간 돌이킬 수 없는 게 타락의 길이었다.

이 상류층의 은밀한 세계는 낭떠러지로 떨어져도 다치지 않는 신기한 완충지대로 이루어져 있지만 그래도 한 가지 규칙은 지켜야 했다. 절대 들켜선 안 된다는 것. 낭떠러지 아래로 떨어지고 있다는 사실을 숨겨야 한다는 것이었다. 하지만 원미는 이를 어겼고 아버지는 결단을 내렸다. 이제 원미는 완충지대 없는, 진짜 낭떠러지 아래로 떨어지게 될 것이었다.

경찰 고위공직자가 직접 112에 전화를 거는 진풍경이 펼쳐졌다. 술에 취한 아버지의 손님들이 기사가 모는 개인 차 뒤 칸에 실려 서둘러 빠져나간 뒤 경찰들이 출동했다. 일부는 원미가 집 밖을 빠져나가지 않도록 에워싸고 나머지는 집 안으로 들어섰다. 넓은 집 안 어딘가에 꽁꽁 숨어버린 원미를 찾기 위해 대대적인 수색 작전이 펼쳐졌다. 대단한 아버지였다. 기업 이미지 쇄신을 위해 엇나간 딸을 철저히 배제하는 모습을 보여주려는 것이었다.

마침내 한 경찰이 잠겨 있는 욕실을 발견하고 동료들을 불러 모았다. 문을 두드렸는데 아무 소리가 없자 경찰은 문을 열겠다고 소리친 뒤 문짝을 걷어찼다.

마약에 취해 정신 못 차리는 원미가 널브러져 있겠지.

이제 아버지의 달라진 마음과 공고해진 원형의 위치를 확인할 시간이었다.

먼저 들어간 경찰이 내는 나지막한 신음 소리에 원형은 급하게 안으로 들어갔다.

핏물이 담긴 욕조 안에 원미가 있었다. 눈을 감은 채.

"이런 씨발! 뭐야, 이게."

장면이 너무 생생한 나머지 욕이 저절로 튀어나왔다. 컨트롤러를 놓치고 쓰고 있던 고글을 벗어던졌다. 눈앞에서 아버지, 어머니, 경찰, 누나가 일시에 사라졌다.

◆◆◆

핸드폰 진동음에 번쩍 눈을 떴다. 새벽 다섯 시. 지하철 첫차를 놓치지 않으려면 서둘러야 했다. 원형은 깊은 물속에서 빠져나온 것처럼 거칠게 숨을 몰아쉬었다. 작은 창문의 더러운 커튼 너머로 어두운 뒷산의 괴괴한 형상이 보였다. 잠들기 전과는 완전히 다른 공간, 다른 시간이었다.

알람을 급하게 끄고 가만히 귀를 기울였다. 아버지의 코 고는 소리가 증폭되다가 잦아들기를 반복했다. 빌어먹을 현실이 확실했다.

원형은 바닥에 떨어진 고글을 바라보았다.

이대로 끝나는 걸까.

어젯밤에는 아직 출시되지 않은 게임을 테스트하고 있었다. 게임의 이름은 '가족이데아'. 테스터 알바였지만 어느새 본분을 잊고 완전히 빠져들어 있었다. 실제 가족과 얼굴은 똑같지만 그 밖의 모든 것이 다른 가족이, 다른 삶이 가족이데아 속에 있었다.

원형은 게임 속에서 부모님 덕에 결정된 풍족한 재벌 3세의 삶을 누리고 있었다. 하지만 이대로는 비참한 종말을 맞게 될 것이 분명했다. 가족이데아에서 가족 구성원 중 한 명이 죽으면 레벨을 높이기 어려워진다. 레벨 업은커녕 최종 빌런을 만나 가족 모두가 가장 가난하고 비참한 처지에 놓이며 결국 콩가루 가족이 되는 참담한 결말을 맞는다.

현실 가족과 비슷해지는 것이다. 그렇게 만들 수는 없었다.

거의 눕히다시피 각도를 조정한 의자를 천천히 뒤로 빼며 몸을 일으켰다. 급하게 몸을 일으켰다가는 근육이 놀라 담이 올 수 있었다. 부속품 하나하나에 기름칠하듯 목부터 어깨, 팔, 허리, 다리 순으로 천천히 스트레칭하자 온몸의 감각이 살아났다. 원형은 이맛살을 구기며 안경을 찾아 썼다. 바닥에 떨어진 고글을 주워 올렸다.

한집에서 아버지 얼굴을 마주치지 않은 게 몇 달째인지 알 수 없었다. 방바닥에 누워 편히 잠을 자본 지도 오래됐다.

여동생과 함께 쓰는 방에서는 편히 잠들 수 없었다. 의자를 조금만 더 뒤로 밀면 회전 바퀴에 여동생 원미의 긴 머리카락이 끼일 것이다. 원형은 의자에서 빠져나오기를 포기하고 잠시 가만히 손으로 눈가를 덮었다. 익숙해지지 않는 지옥이 놀라웠다. 매일 아침 눈을 뜰때마다 새롭게 비극적이었다. 가난은 결코 익숙해지지 않았다. 달리 벗어날 방법을 모르니 참는 것뿐이었다.

원미가 깨지 않게 의자와 책상 사이의 작은 틈새로 몸을 빼낸 원형은 조용히 방을 나서려다 문득 멈춰 섰다. 께름칙했던 지난밤 게임 장면이 떠오른 것이다. 천천히 원미 곁으로 다가가 얼굴을 덮고 있는 이불을 살짝 들어 올렸다.

욕조 안에 죽어 있던 가상현실 속 누나와 똑같은 원미 얼굴이 희끄무레하게 드러났다. 원형은 귀신이라도 본 것처럼 한순간 숨이 멎는 듯했다. 놀란 가슴을 가라앉히고 살며시 원미의 코 밑에 손가락을 댔다. 희미한 습기가 와닿았다.

가만히 이불을 도로 덮고 굽혔던 무릎을 펴는데 이불 속에서 팔이 불쑥 나왔다. 놀라서 뒤로 물러나는데 발목을 붙잡았다. 원형은 아버지가 깰까 봐 입을 꾹 다문 채 발을 휘저었다.

원미가 이불을 내리고 고개를 내밀었다.

"할 말 있어, 오빠."

할 말이 있다는 원미도, 그 말을 들어야 하는 원형도 바로 입을 열지 않았다. 잠시 무겁고 어두운 정적이 흘렀다. 서로를 바라보는 눈길에는 지난 세월 켜켜이 쌓인 미움과 불신이 가득했다. 무슨 사고를 쳤을까. 원형은 경멸스러운 표정을 감추지 않고 물었다.

"너…… 혹시 임신했어?"

"무슨 개소리야."

"그런 거 아니면 나중에 해. 나 바빠."

여동생에게 건넨 악담이 심하다는 생각은 들지 않았다. 차라리 임신한 거라면 다행이었다. 누굴 때려서 반신불수로 만들거나 목숨까지 간당간당하게 만들어버린 것보다는 나았다.

몇 달 전 도서관 뒷마당에서 머리를 산발하고 무릎을 꿇고 있는 여자아이 팔에 담뱃불을 지지며 웃고 있는 원미를 목격했다.

명색이 경찰공무원 준비생이지만 못 본 척 지나쳤다. 여동생이라 어쩔 수 없다고 합리화했지만 실은 그 모든 상황을 제대로 마주치는 게 겁이 나서였다.

원미는 순진무구한 표정으로 눈을 동그랗게 떴다.

"오빠가 왜 바빠?"

"장난하냐. 공시생이잖아."

"아아……."

원미가 입술을 이죽거렸다.

"무늬만 공시생? 노량진 거기 완전 텄다던데. 스터디가 아니라 섹터디라고……."

"입조심해라."

"여동생한테 임신했냐고 먼저 지랄……."

원형은 목소리가 점점 커지는 원미의 입을 손으로 틀어막았다.

"조용히 해. 아버지 깨우고 싶어?"

원미의 눈빛은 조금도 기가 죽지 않고 도리어 한판 붙고 싶은지 이글거렸다. 분노가 장전된 눈. 언제나 가느다란 이성의 고삐를 풀고 상대가 지쳐 나자빠질 때까지 싸울 준비가 된 눈이었다.

텄다. 텄어. 네 인생도 보아하니 이미 텄다. 여동생은 불도저 같은 아버지 성미를 그대로 물려받았다.

아버지는 폭군이었다.

"내가 자식새끼들 먹여 살리겠다고 하다 하다 버스기사까지 시작했는데, 니들은 성적이 왜 그따위밖에 안 되냐. 공부 안 하고 거지 될래? 창녀 될래?"

회사원이었던 아버지는 십 년 넘게 무직 상태로 있다가 버스기사 일을 시작했지만 오래 버티지 못하고 쫓겨났다. 회사의 어용노조에 가입하지 않겠다고 버티다가 해고 통지를 받은 것이었다. 회사가 부조리한 처분을 내린 건 분명했지만 아버지 역시 잘한 건 없었다. 아버지는 자신의 의견을 백 프로 수용하지 않는 다른 버스기사들을 모두 적으로 돌리며 비난하다가 고립되었다.

아버지는 버스회사에 자존심을 굽히지 않다가 해고당했지만 정작 가족들의 자존심은 아무렇지 않게 짓밟았다. 어머니는 아버지를 피해 다녔고, 원형은 아버지에게 대적할 수 없었고, 사춘기 여동생은 밖으로 나돌았다. 망해가는 집안의 빤한 수순이었다.

도망치리라. 단순한 외면이 아니라 이 집구석에서 영원히. 원형의 목표는 한 가지뿐이었다. 시험에 합격한다. 나가서 산다.

원형은 지갑을 열어 3만 원을 꺼냈다. 원미는 돈을 얼른 낚아채더니 선심 쓰듯 말했다.

"어디서 난 건지는 안 물어볼게."

삥 뜯을 때도 이렇게 뻔뻔스럽겠지. 싱글벙글 웃고 있는 꼴이 보기 싫었다. 테이블 위로 마약에 손을 뻗고 있던 가상현실 속 누나보다 더. 원미는 싸구려 화장품을 덕지덕지 바르고 지우지 않은 얼굴로 헤벌쭉 웃고 있었다.

"지하철 놓쳐. 할 말 있음 톡 하든가. 아니면 이따 밤에 하든가."

"그래, 잘 다녀오셔. 공시생."

원미는 손에 든 지폐를 흔들며 밉살스럽게 한마디 덧붙였다.

"섹터디 하지 말고. 오케이?"

"주둥이 닥치고. 오케이?"

원형은 어깨 한쪽에 가방을 메고 방을 나왔다. 문을 꽝 닫고 싶지만 그러지 않았다. 만취한 아버지의 코 고는 소리가 심장을 죄었다.

아버지가 잠에서 깰까 봐 발끝으로 부엌을 가로질러 현관문을 향하는 동안 굴욕감이 느껴졌다. 당장 안방으로 쳐들어가 아버지를 깨우고 아버지가 멋대로 지휘하다 놓아버린 이 모든 현실에 책임을 묻고 불평하며 대적하고 싶었지만 참았다. 소용없다는 걸 알았다.

어머니는 새벽기도를 나갔는지 자주 신는 단화가 보이지 않았다. 어머니가 지금처럼 종교에 매달리지 않던 옛날이 그리워졌고, 허기가 몰려왔다.

냉장고 문을 열어보았다. 텅 빈 냉장고 안에 그나마 있는 반찬들은 아버지가 술안주 삼아 젓가락으로 죄다 헤집어놓은 것들뿐이었다. 고급 식재료로 가득한 게임 속 냉장고와 상시 대기 중인 한식, 중식, 양식 요리사가 만들어내는 일품요리들이 떠올랐다. 원형은 눈앞을 가로막는 환상을 치워버리듯 냉장고 문을 세차게 닫았다.

원형은 현관문을 열고 나가 반 층을 더 올라갔다. 지상에 발을 디디자마자 되도록 빨리 마을을 벗어나려고 뛰었다.

내리막길을 달리는 동안 아직 일상이 시작되지 않은 거무튀튀한 형상의 낮은 건물들이 눈에 띄었다. 정육점, 세탁소, 슈퍼마켓, 미용실. 동네 사람들의 소비에 의존하는 작고 허름한 상점들. 거대하고 깨끗하고 정돈된 것과는 거리가 먼 가게들 앞 길바닥에는 아무렇게나 물이 흩뿌려져 있었다.

　지린내가 배인 골목 구석구석에서 삐쩍 마르고 털이 흉하게 난 고양이, 다리를 절뚝거리는 못생긴 똥개가 하이에나처럼 머리를 낮추고 눈치를 살피며 어슬렁거렸다. 어딘가에서 심하게 아이를 야단치는 성난 목소리가 들렸고 곧이어 서러운 아이 울음소리가 쨍 울려 퍼졌다.

　조금만 더, 조금만 더 있다가 숨을 내쉬자.

　원형은 고가 다리에 올라 참은 숨을 내뱉었다. 한꺼번에 내뱉고 나서 폐부 깊숙이 매연 섞인 공기를 들이마셨다. 매캐한 이 공기가 동네에 찌든 가난과 궁상, 폭력과 패배의 냄새보다 훨씬 나았다.

　이 지긋지긋한 지옥을 벗어날 날이 얼마 남지 않았다. 비록 상반기 시험은 떨어졌지만 커트라인에서 겨우 한두 문제 차이였다. 2년 동안 공부에 집중이 안 돼 흘려보낸 시간은 빼고 최근 두 달, 게임 테스터 알바를 하며 여유롭게 공부한 결과인데 그 정도였다.

　원형은 스스로 머리가 좋은 편이라고 자부했다. 초등학교 때 실시한 아이큐 테스트 결과는 145였다. 남들보다 이해력이 빠르고 암기도 잘했다. 집중을 못해서 그렇지. 이제 영단어 외우기만 잘하면 하반기 시험은 문제없었다. 8월 하반기 시험은 앞으로 두 달이 채 남지 않았고 계획표는 새로 짜두었다. 블로그나 유튜브에 최단기 시험 합격자들이 올린 비법들을 직접 모아서 만든 완벽한 계획표였다. 원형은 가족이데아를 시작한 후로 자신감에 차 있었다. 이번만큼은 합격할 수 있을 것 같았다.

1호선 의정부행 열차를 타기 위해 플랫폼에 섰다. 원형은 스크린도어에 적힌 시를 보며 비웃었다. 노동의 기쁨과 감사할 줄 아는 소박한 일상을 찬미하는 지극히 서민적인 시구였다. 노동의 기쁨? 감사할 줄 아는 삶? 이 열차를 타게 될 사람 중 누가 현재의 삶에 만족할까. 대부분 재벌 3세 이야기에 혹하고 로또 당첨으로 부자가 되어 지긋지긋한 일상을 탈피하기만을 바랄 텐데. 차라리 자기계발서에 나오는 부자 되는 법을 적어놓는다면 피곤한 일상을 견디는 사람들의 눈이 번쩍 뜨일 것이었다.

새벽을 여는 첫 열차가 다가왔다. 열차에 원형의 모습이 비쳤다. 호리호리한 몸에 트레이닝복을 걸치고, 어깨에 낡은 가방을 메고 다크서클이 내려앉은 눈으로 무표정하게 스스로를 훑어보는 모습이었다.

원형은 자신의 모습에서 고개를 돌렸다. 현재는 볼품없지만 미래는 이 지하철, 1호선 첫차만큼은 희망적이라고 생각하고 있었다. 1호선 첫 열차에는 어딘가 매운 냄새를 담은 청결함이 있었다. 지난밤 만취한 승객의 몸에서 배출된 구토, 알코올 냄새를 통째로 고춧가루 향을 풍기는 비눗물에 해장한 듯한 냄새였다. 다시 밤이 오면 어김없이 더럽혀지고 마는 1호선이지만.

원형은 텅 빈 좌석에 앉았다. 주위를 돌아보다가 의식할 대상이 없자 편하게 다리를 벌리고 귀에 이어폰을 꽂았다. 이어폰 너머로 남자 아이돌 음악이 흘러나왔다. 헤어진 여자친구 미선이 좋아했던 노래다.

미선은 남자 아이돌을 동력 삼아 공무원 시험에 합격한 뒤 원형에게 이별을 통보했다. 미선이 좋아하는 남자 아이돌은 완벽해보였다. 그 아이돌은 잘생겼고 인성이 훌륭했다. 유년기에 부모님의 사랑을 듬뿍 받은 듯했고, 학창시절에 공부도 잘했다. 음악성도 뛰어났는데, 재능만 타고난 게 아니라 노력형 천재였다. 이제 원형도 그 남자 아이돌의 음악을 들으며 하루의 전투력을 높이고 있었다.

지하철 좌석을 채워가는 승객들을 힐끔거렸다. 파마머리에, 목에는 스카프를 두르고 굵은 반지를 낀 손으로 두꺼운 성경책의 한 구절을 짚고 있는 저 아주머니는 어머니를, 흙 묻은 운동화를 신고 멀리서부터 고약한 체취를 내뿜으며 고개를 푹 숙이고 있는 저 아저씨는 아버지를, 짧은 교복 치마를 입고 입술을 체리색으로 칠한 채 정신없이 핸드폰에 엄지손가락을 두드리는 여고생은 동생을 떠올리게 했다. 물리적으로 가족을 벗어나도 의식은 여전히 가족에게 묶여 있었다. 부질없는 짓이었다. 흘러가버린 과거를 붙잡고 있는 것이나 마찬가지였다. 십 년째 백수인 폭군 아버지, 가정을 돌보지 않고 종교로 도망치는 어머니, 일진 여동생. 원형은 현재의 가족들을 바꿀 수 없었다. 바꿀 수 있는 건 오로지 자신의 미래뿐이었다. 공무원에 합격하면 빛날 미래. 그 미래가 오기 전까지는 현재를 버티게 할 힘이 필요했다. 그 힘은 현실 가족들에게서 얻을 수 없었지만 가상현실 게임 가족이데아 속 근사한 가족들로부터는 얻을 수 있었다. 가족이데아 속 그들은 원형이 선택한 완벽한 가족이었다.

열차가 노량진역에 도착했다. 어깨를 짓누르는 가방끈을 단단히 쥐고 열차에서 내린 원형은 인파 속에 휩쓸리며 개찰구를 나왔다. 이제 미래를 바꿀 유일한 길로 갈 시간이었다. 세월이 흘렀지만 조선시대 과거급제와 크게 다를 바 없는 좁디좁은 신분 상승의 길로.

노량진 2번 출구로 나오면 육교를 중심으로 오른쪽에는 학원가와 고시원 숲이, 왼쪽에는 공시생들이 흔히 '속세'라고 부르는 컵밥 거리와 식당, 피시방, 노래방, 모텔 등이 늘어서 있었다.

잠시 망설이던 원형은 왼쪽으로 발걸음을 돌렸다.

추억이 담긴 거양모텔 앞에서 잠시 숨을 돌리고 옆 건물 2층으로 올라갔다. 사실 굳이 노량진까지 올 필요는 없었다. 학원 강의는 온라인으로만 들어도 되었고 피시방과 도서관은 어디에나 있었다. 그럼에도 원형이 노량진으로 오는 건 관성 같은 것이었다. 원형은 각자가 하나의 섬처럼 자리 잡은 노량진의 폐인들, 자기 길을 개척해본 적 없이 제자리에서 꼼짝도 하지 않고 썩어가는 청춘들, 허수로 불리고, 장수생으로 불리는 그들을 보며 안도했다. 그들의 현실은 하나였다. 참고서와 문제집이 잔뜩 쌓인 좁아터진 도서관 책상을 벗어날 길이 없었다.

난 아니야.

원형은 곧장 지정석과 마찬가지인 가상현실 게임 전용 공간 메타룸으로 향했다.

회장님 의자처럼 쿠션이 빵빵한 가죽 의자 깊숙이 몸을 기대고 가방을 발밑에 두었다. 팔을 쭉 뻗고 목을 툭툭 꺾은 뒤 고글을 썼다. 이제 재벌 3세로 돌아갈 시간이었다.

◆◆◆

과거는 바꿀 수 없지만 아직 결정되지 않은 것은 바꿀 수 있었다.

원미는 죽지 않았다.

컨트롤러의 'S(시추에이션) 모드'를 눌렀다. 욕조 물이 따뜻했다는 내용은 어디에도 없었으니 찬물이라는 설정을 입력했다. 상처는 동맥을 끊을 정도로 깊지 않았고 찬물이 금방 피를 멎게 해주었다.

자신이라면 찬물에 들어가 손목을 긋는 비상식적인 짓은 하지 않았겠지만, 욕조에 찬물을 받은 이유 정도는 만들어내면 그만이었다. 아버지에게 보이기 위한 쇼라면 찬물에 몸을 담그는 수고로움쯤은 감수할 수 있겠지. 죽지 않고 아버지의 동정을 얻을 수 있고 막대한 재산을 챙길 수 있는데 가짜 자살 시도쯤이야.

이제 원형이 나설 차례였다. 남매 간의 우애가 여전히 돈독하다는 것을 보여주어 아버지를 안심시켜야 했다. 동시에 이번 기회에 마약에 중독되어 자살을 시도한 정신 나간 누나보다 자신이 대기업 수장에 훨씬 어울린다는 인상을 아버지에게 확실히 심어주어야 했다.

원형은 과장된 몸짓으로 울부짖으며 경찰을 밀쳐내고 달려들어갔다. 원미의 겨드랑이에 손을 끼우고 번쩍 일으켜 세웠다. 문이 열리기 직전 잠수했을 원미가 스스로 어푸어푸하며 물 밖으로 나오는 수고를 하지 않도록 배려한 것이었다. 원형은 경찰들과 함께 원미를 욕조 밖으로 끄집어냈다. 원미는 물을 토해내고 실신한 듯 몸을 늘어뜨렸다.

안타깝게도 원미의 마약 혐의는 없던 일이 되었다. 경찰은 그 사건을 해프닝으로 여겼다. 테이블 위의 마약은 감쪽같이 집 안에서 사라졌다. 환갑잔치에 참석한 사람들은 그날 있었던 일을 한마음 한뜻으로 함구했다. 아버지는 입도 벙긋하지 않았다. 다만 참석해주어 감사하다는 의미의 답례품을 각 가정으로 안전하게 배달했을 뿐이었다. 좀 과하게 마련한 답례품을.

원미는 최고급 병실에서 최고의 요양을 받으며 거창한 쇼의 후유증을 회복했다. 부모님은 원미가 자살 시도를 했다는 것 자체에 어느 정도 충격을 받았다. 원미가 정신병이 있는 건 아닌지 염려했는데 그리 큰 문제는 아니었다. 사실 이 상류층 세계에서는 누구나 정도의 차이가 있을 뿐 조금씩 자기만의 방식으로 미쳐 있는데 본인에게 해로울 일은 절대 없었다. 이들을 강제로 정신병원에 입원시킬 사람은 아무도 없기 때문이었다. 중요한 것은 정신과에서 인정받은 병명으로 무엇을 덮을 수 있느냐였다.

미치기 일보 직전의 상황에 놓여 있어도 타인에게 행여 손가락질을 받을까 봐 어려운 상황을 숨기고, 고통을 숨기며 정상적으로 보이고 싶어 하는 건 오직 겁 많은 소시민들뿐이다. 흉악한 범죄자거나 범죄를 덮을 수 있는 힘을 지녔고 그것을 무기로 휘두르는 자들은 반대로 자신이 얼마나 미쳐 있는지, 병들어 있는지를 증명하고 싶어 한다. 무슨 짓을 해도 용서받기 위해서다.

부모님이 병실에 없을 때 원형은 원미에게 다가가 이불을 덮어주고 이마에 흘러내린 머리카락을 쓸어 올려주었다. 원미가 긴장하자 심장박동 측정 기계가 큰 폭을 그리기 시작했다. 원형을 향한 눈초리에서 찰나의 순간 깊은 분노가 스쳤다.

원형은 고개를 숙여 원미의 귀에 속삭였다.

"고마워. 죽지 않고 살아줘서."

이제 내가 기업을 잘 승계받도록 알아서 찌그러져 있어줘.

원미의 입술이 일그러졌다.

"나 열심히 재활할 거야. 이제 다신 마약 같은 거 안 해."

그래. 개가 똥을 끊지.

"누나, 나도 최선을 다해 도울게."

원미의 추락한 신뢰도가 다시는 오르지 못하게, 아버지가 포기한 자식으로 머물 수 있도록 최선을 다하겠다는 말은 생략했다.

때마침 병실에 아버지가 들어왔다. 별말씀은 없었지만 느낄 수 있었다. 아버지는 원형을 믿음직스럽게 보고 있었다. 화면 왼쪽 상단에 초록색 불이 들어오며 띠링 소리가 났다. 아버지가 평가하는 원형의 신뢰등급이 1단계 상승하는 소리였다. 나이스. 짜릿한 쾌감이 느껴졌다.

이제 다른 항목들의 단계들도 차근차근 끌어올려야 했다. 원형이 선택한 '재벌 3세' 포지션은 점수를 채워야 할 항목이 많다는 게 단점이었지만 점수 커트라인 자체가 높지 않다는 건 장점이었다. 한마디로 해야 할 일은 많지만 잘할 필요는 없었다. 시스템이 워낙 받쳐주니까. 무사히 기업을 승계받기 위한 커트라인은 10등급 중 겨우 3등급이었다. 점수로 치면 30점 정도?

작년 경찰공무원 시험은 최소 80점이 넘어야 합격할 수 있었는데. 역시 금수저는 금수저였다. 적은 노력으로 최고의 효율을 낼 수 있었다.

"아버지, 이만 가보겠습니다. 레토르트 이데아 인수 건으로 직원들과 회의가 있어서요."

"그래, 수고했다."

아버지가 원형의 등을 토닥였다. 평소처럼 가볍지 않은 묵직한 손길이었다. 소리부터 달랐다. 느낌이 좋았다. 아버지가 레토르트 이데아 인수 협상을 지원해주실 것 같았다. 미국 가공식품 회사 레토르트 이데아를 인수하는 건 2조 원짜리 부루마블 게임이었다. 부루마블에서는 땅을 사고 지금은 회사를 산다는 점이 다를 뿐 단순한 건 똑같았다. 얼마나 먹음직스러운 곳인지 판단한 다음, 돈을 주고 사는 것이다. 하늘 같은 아버지 돈으로. 그러면 단지 소유한 것만으로 큰일을 한 게 된다.

"그럼 누나, 내일 또 올게. 잘 먹고 푹 쉬어."

쭉 쉬어.

마지못해 웃고 있는 원미의 입술에 미세한 경련이 일었다.

원형은 원미가 있던 병실을 나오자마자 갑갑하게 조여오던 넥타이를 풀었다. 잠깐이었지만 착한 남동생 연기를 하느라 원미에게 물을 떠다 받치고 침상을 올려주며 간병을 했더니 온몸이 배배 꼬여 죽을 맛이었다.

황급히 병원 출입구를 나서자마자 야외주차장으로 향했다. 비싼 외제 차 대신 몰고 온 국산 차가 보였다. 거양그룹의 후원을 받는 기자가 수풀 속에 숨어서 사진을 찍으려 하고 있었다. 대놓고 찍지 말라고 미리 주의를 줬는데도 참 어설프게 숨어 있었다.

원형은 눈빛으로 기자를 욕하며 점잖게 국산 차 옆으로 다가갔다. 심각한 표정으로 차 문을 열고 잠시 멈춰 있을 때 찰칵하는 소리가 들렸다. 재벌 3세의 일상은 모든 게 비즈니스였다. 이제 기자들은 재벌을 좋아하는 서민들을 위해 그들이 원하는 재벌의 모습을 기사로 써줄 것이었다. 거양그룹 회장의 단호한 자식 교육, 누나의 재활 의지, 검소하고 책임감 있는 예비 부회장이 누나의 병실을 찾기 위해 탄 국산 차 같은 소재를 적절히 섞어 다분히 감상적인 글을 써줄 것이다. 서민들은 매우 감상적이니까.

원형은 재벌을 향한 서민들의 애타는 동경과 사랑을 비웃으며 차에 올라탔다. 레이싱장? 골프장? 어디 가서 스트레스를 풀까. 다음 일정을 취소하려는데 기태에게 전화가 왔다.

"꼰대는?"

"빵이 치고 왔지."

"가자. 죽이는 데로."

"콜."

"어디냐고 안 묻냐?"

"닥치고 콜."

유혹이 오는데 안 넘어갈 이유가 없었다. 시작은 강남의 유명한 오마카세집이었는데 유흥업소 입구까지 갔을 때 화면이 암전되더니 최고급 호텔 스위트룸이 나왔다.

여자는 가고 없었지만 밤새워 놀았던 흔적이 여기저기 남아 있었다. 웃음이 나오면서 씁쓸했다. 가상현실의 한계였다. 가족이데아는 현실 반영이 뛰어났지만 어떤 것들은 '진짜' 체험할 수 없었다.

원형은 기태가 입에서 살살 녹는다고 묘사한 오마카세 요리 맛을 '진짜' 느낄 수 없었고, 육체적인 쾌락을 '진짜' 실감할 수 없었으며, 도파민이 극도로 치솟는 흥분을 '진짜' 느낄 수는 없었다. 대리만족을 느낄 뿐이었다. 그런 부분에서 원형은 플레이어로 참여하는 자신을 제외한 가상현실 속 가족들만도 못했다. 어쨌든 그들은 그 속에서는 진짜였다.

원형은 유흥업소와 호텔 스위트룸 장면을 실감 나게 볼 수 있으면 좋겠다는 말을, 어떻게 하면 저속해보이지 않도록 게임개발자에게 전달할 수 있을까 고민했다. 게임 속 원형은 거침없지만 현실 속 원형은 체면을 중시하니까.

언젠가 가상현실 속 기태에게 물은 적이 있었다.

"야, 우리 이래도 되는 거냐?"

"뭐가."

"그냥. 좀. 똑바로 살아야 하는 거 아니냐고."

"아."

기태는 고개를 젖히며 웃더니 원형의 어깨에 팔을 올렸다.

"우린 경제를 살리고 있는 거야, 친구."

기태는 손가락으로 원형의 가슴과 자신의 가슴을 쿡 찍었다.

"미 앤 유가 대한민국을 선진국으로 만들고 있는 거라고. 오케이? 우리가 내는 세금이 얼만데 이 정도를 못 하냐. 국가가 해줘야 하는 포상을 우리 돈으로 즐기겠다는데."

잘 놀고 유쾌하며 진지함과는 거리가 먼 친구로 설정한 기태다운 말이었다. 아무리 그래도 너무 당당했다. 듣도 보도 못한 섬에 페이퍼 컴퍼니를 차려서 세금 탈루하고 횡령한 돈이 얼만데 대한민국 경제를 살리고 있다고 하다니.

원형은 문득 현실의 기태가 떠올랐다. 무릎이 반질반질한 트레이닝복 바지를 입고 삐딱하게 서서 목에 핏대를 세우며 우리나라의 재벌 세습을 비판하지만 실은 재벌을 질투하는 기태를.

원형도 마찬가지였다. 현실 속에서는 기태의 말에 고개를 끄덕였지만 정작 게임 속에선 재벌 3세로 살기를 원했다. 게임 속에서라도 아무 거리낌 없이 살고 싶었다. 현실의 원형은 오마카세가 뭔지도 몰랐으니까. 기름진 노량진 컵밥에 배가 아프기 일쑤고 가족들은 엉망진창이었으니까. 원형은 현실에서 억눌린 욕구를, 인정받고 싶고 소유하고 싶고, 폭력을 분출하고 싶은 짐승 같은 본능을 가족이데아 속에서는 제어하고 싶지 않았다.

기업 회장이 되고 싶었다. '회의 참석하기' '정치인 비밀 회동' '비자금 마련' 등의 미션을 열심히 수행하기만 하면 기업 회장이 될 수 있었다. 게임 속 레벨 업은 현실처럼 어렵지 않았다. 이제 좋은 소식이 하나 터져줄 때가 되었다.

레토르트 이데아 인수 건의 최종 딜이 성사되는 것.

인수한다는 게 말이 거창할 뿐 결국 아버지 돈을 받아서 다른 기업을 산다는 뜻이지만 한 일에 비해 보상은 아주 탐스러웠다. 제법 규모 있는 사업을 성사했다는 이유로 성과를 인정받고 경영 승계를 받을 자격을 갖추게 되는 것이었다.

경영 승계란 회장님이 돌아가시기 직전까지 알 수 없는 일이지만 게임에서는 모든 게 결과 위주로 빨리 돌아가는 법이다. 이제 아버지가 돌아가실 날이 얼마 남지 않은 것이다. 아버지가 돌아가신다면 과연 어떨는지…… 실감이 나지 않을 것 같았다.

정든 캐릭터를 떠나보내는 것이니 애잔한 마음은 들겠지만 그게 다일 것 같았다. 재벌 3세는 앞날을 생각하지 않을 수 없는 위치니까. 재벌 3세가 재벌 4세를 만들고 재벌 4세가 재벌 5세를 만드는, 유구한 가족의 역사가 이어지는 동안 선대 회장이 죽는 건 당연하니까. 권력은 이동하고 게임은 계속되는 것이다.

잠시 자리를 비운 사이 화면에 한 달이 흘렀다는 메시지가 떴다.

저장하고 슬립 버튼을 눌렀어야 했는데. 통제하지 않는 동안 상황이 어떻게 전개되었는지 알 수 없었다. 사무실로 비서가 찾아왔다. 보통 비서가 찾아오는 이유는 좋은 일과 나쁜 일 둘 중 하나의 뉴스를 전달하기 위해서였다. 원형은 반가운 소식을 기대했다.

제발.

M&A 최종 딜 성사이기를!

비서가 입을 열었다. 그 짧은 순간에 원형은 경영 승계 미션에 성공하는 행복한 상상을 했다.

"본부장님."

비서가 목소리를 낮췄다. 목소리는 낮지만 무거웠다. 어쩐지 예감이 안 좋았다. 좋은 소식이면 목소리 톤이 달랐을 것이다.

"레토르트 이데아 인수 협상이 최종 무산되었습니다."

뭐라고? 왜?

원형은 재빨리 컨트롤러 A 버튼을 눌러 비서의 다음 말을 확인했다.

"어째서?"

"회장님이 지시했습니다."

"그러니까, 왜?"

"그 돈을 투자회사 '브릿지'에 넣기로 했답니다."

안 좋은 예감은 확실해졌다. 브릿지는 거양그룹 계열사로 무늬만 스타트업 기업에 투자하는 투자회사다. 실상 경영 승계를 위한 증여세와 상속세를 마련할 목적으로 만들어진 회사기 때문에 순수하게 스타트업 기업에 투자하는 일은 드물다. 브릿지의 지분을 백 퍼센트 가지고 있는 또 다른 회사가 있었고 그 회사의 절반이 넘는 지분을 원미가 갖고 있었다.

아버지가 잘되어가는 협상을 무효로 만들고 그 돈을 브릿지에 넣었다는 것은, 앞으로 원미를 회장으로 만들겠다는 심산임이 분명했다.

원형은 자리를 박차고 나가 차에 올라탔다. 결국 원미를 따로 만날 수밖에 없을 것 같았다. 잘된다 싶으면 또다시 위기였다. 쉽지 않은 게임이다. 원형은 비서를 시켜 한정식집을 예약했다.

혹여나 뒷말이 새 나가지 않도록 남매는 사람들이 오가지 않는 호젓한 한정식집 안채에서 만났다. 원형은 원미의 술잔에 술을 따른 뒤 자신의 잔에도 술을 따르고 한 번에 목구멍으로 넘겼다.

"밥부터 먹고 술 마셔야지. 그러다 속 버린다."

"아버지가 누나한테 큰 선물 하셨던데?"

"으응, 그거."

"내가 진행하고 있던 레토르트 이데아 인수 건은 물 건너갔어."

"이거 맛있다. 너도 먹어봐."

원미는 빨간 더덕무침을 원형의 하얀 쌀밥 위에 올려놓았다. 원형은 밥이 더럽혀졌다고 느꼈다.

"누나!"

마침내 젓가락을 내려놓은 원미 얼굴에는 아무 감정도 실려 있지 않았다.

"원하는 게 뭐야?"

"원형아, 난 우리 가족의 화합을 원해."

가증스러운 말이라고 생각했다. 이렇게 동생의 앞길을 방해하고 있으면서 화합이라니.

"잘됐네. 누나는 화합을 원하고 나는 부회장이 되길 원하니까."

"아버지 뜻대로 하자, 원형아. 아버지가 그렇게 결심하신 데는 그만한 이유가 있고 바꿀 수 없다는 거 알잖아."

말이 통할 것 같지 않았다. 원형은 술을 병째로 들이켜고 식탁에 소리 나게 내려놓았다. 잠시 정적이 흘렀다. 원형은 앉은 자세를 바꿨다. 책상다리를 풀고 무릎을 꿇었다.

"누나, 제발. 이렇게 사정할게. 아버지께 잘 말씀드려줘. 나를 부회장으로 임명하라고."

원미가 피식 웃었다.

"내가 왜 그래야 하는데?"

"누나는…… 누나는 욕심 없잖아. 내가 나중에 회장 승계받는 걸 당연하게 생각했었고. 그래서 로스쿨도 갔던 거잖아."

"그건 옛날 얘기고."

이런……. 원미는 자신이 설정한 캐릭터를 벗어나고 있었다. 착하고 순진하고 남동생에게 바보처럼 헌신적인 누나로 설정했는데.

"나 진짜 잘할게, 누나."

"넌 왜 그렇게 경영 승계에 집착하는 건데?"

왜냐고? 원형은 현실에서는 이룰 수 없는 꿈을 여기서 이루고 싶었다. 최고가 되고 싶었다. 처음부터 재벌 가족으로 설정한 건 그런 이유였다. 원형은 이 게임에서 승자가 되고 싶었다. 게임 캐릭터일 뿐인 원미는 제쳐버리고.

원미가 우아한 손짓으로 젓가락을 내려놓았다.

"나도 열심히 경영 수업받는 중이야. 너한테 거양그룹 맡겨놓았다가 어떻게 될지 모르니까."

"마약쟁이 주제에!"

원미는 타격을 받지 않은 듯 여유롭게 웃었다.

"재벌이면 재벌답게 최소한의 품위는 지켜야 하지 않을까. 더 할 말 없으면 일어날게."

원미는 자리를 털고 일어나 나갔다.

먹다 남은 음식들이 놓인 세라믹 식탁 위로 나방 하나가 날아와 앉았다. 원미가 제대로 문을 닫지 않은 탓에 들어온 것 같았다. 인상이 저절로 찌푸려졌다. 직원을 부르려다 말고 빈 접시를 옮겨 나방을 덮으려는데, 포로롱 달아나 벽에 붙어버렸다.

원형은 벌떡 일어나 나방이 붙은 벽에다 빈 접시를 던졌다. 값비싼 접시가 와장창 깨지는 소리를 듣자 원형은 비로소 꽉 막힌 속이 내려가는 것 같았다. 그제야 아무 일도 없던 것처럼 재킷을 젖히며 점잖게 자리에 앉았다. 대책을 강구해야 했다. 예상치 못한 전개로 흐르는 게임을 바로잡아야 했다. 이대로 원미가 부회장이 되게 할 수는 없었다. 게임에서 질 수는 없었다.

한정식집을 나서자마자 비서가 또 나타났다. 이번엔 무슨 소식일까. 방금 위기가 닥쳤으니 좋은 소식이면 좋겠는데.

"철강회사 세건의 둘째 아드님이 공항에서 붙잡혀 구속수사 중이랍니다."

이번에도 나쁜 소식이었다.

"기태가?"

비서는 원형이 왜냐고 묻기 전에 눈치 빠르게 덧붙였다.

"마약을 밀수하다가…… 그랬답니다. 검색대에 걸렸다고."

마약이 든 가방을 그대로 검색대에 올려놨단 말인가? 미친놈. 보는 눈이 많으니 아무리 재벌이라도 봐주기 어려웠을 텐데. 정말 미친 짓이었다. 원형은 쯧쯧 혀를 찼다. 안 그래도 일이 잘못되어가는 판국에 아버지 미움을 살 순 없었다. '기태 거리 두기'와 '기태 면회하기' 버튼이 떴다. 원형은 이를 꽉 물었다. 단순히 생각하면 '기태 거리 두기'를 택하는 게 맞지만 그건 너무 쉬운 선택처럼 보였다. 스스로에게 물었다. 기태가 경찰한테 걸린 게 정말 안 좋은 소식일까.

머릿속에 기태를 이용해 위기를 타개할 시나리오가 차곡차곡 그려졌다. 원형은 어느 정도 완성된 그림을 훑어보다가 경쾌한 웃음을 터트렸다. 그리고 버튼을 선택하고 눌렀다. 김 비서가 나타났다.

"김 비서, 변호사 구해봐."

"네? 갑자기 변호사는 왜……."

"면회하러 가게. 기태한테."

◆◆◆

"면회하러 간다니?"

뒤를 돌아보니 진짜 기태가 있었다. 고글을 벗고 멍하니 기태를 보았다. 둔해 보이는 뿔테 안경을 쓴 기태는 못 본 사이 눈에 띄게 체중이 불어 있었다. 게임 속 기태는 감옥에서 살이 쏙 빠져 있을 텐데.

딴생각하는 사이 기태가 손에서 고글을 낚아채 자기 머리에 썼다. 원형은 황급히 전원 버튼을 눌러 껐다. 억지로 기태 머리에서 고글을 벗겼다.

"아, 아야. 뭔데. 왜?"

"어떻게 알고 왔어?"

"이거, 혹시……."

"혹시 뭐?"

"아냐."

기태는 바짝 다가서며 원형이 나가려는 길목을 막아섰다.

"나 분명히 봤다. 여기서 내가 감옥에 있던데?"

수습해야 했다.

"가서 공부나 해."

"그러는 너는?"

뭐라고 할까. 다른 기태 얘기라고? 다른 기태가 누구냐고 물어보면? 기태는 의문이 풀릴 때까지 계속 물어댈 것이다. 원형은 선수 쳐서 먹잇감을 던지기로 했다. 의도하는 방향으로 상대가 갈 수 있게.

"너 이 게임에서 재벌 3세야."

인심 쓰는 듯한 원형의 말투에 기태의 눈이 휘둥그레졌다.

"내가? 재벌 3세?"

원형은 기태를 의자에 앉혔다. 고글에 있는 칩을 빼 컴퓨터에 연결하고 모니터 화면을 켰다. 컨트롤러로 '회상' 버튼을 누르자 기태와 오마카세집에서 만나 유흥업소로 넘어간 장면이 리플레이됐다.

"나라고 이게?"

기태는 입을 벌리고 화면 속 자신을 응시했다.

"그래."

원형은 얼른 맞장구쳐주었다.

"진짜 나 같은데. 아니지. 상태가 훨씬 좋아 보인다."

그럴 수밖에. 재벌 3세의 껍데기가 어떻게 노량진 3년 차 공시생과 같을까.

"최신 기술로 구현한 VR 게임이래."

원형은 기태가 좋아할 만한 장면을 몇 가지 더 보여준 뒤 게임을 종료했다.

"왜 꺼. 나도 해보자."

"안 돼. 수칙에 어긋나."

"수칙?"

"이거 알바야. 게임 테스트하고 피드백하는 거. 아직 출시 전 게임이라 외부에 알려지면 안 돼."

이런 것조차 말하지 않기로 게임회사 사장과 약속했는데. 원형은 아차 싶었지만 할 수 없었다.

"꿀알바네?"

원형은 괜히 으쓱해져 거짓말을 보탰다.

"내가 게임을 잘해서 어쩌면 게임회사에서 스카우트 제의가 올지도 모르겠어."

"그래?"

기태는 복잡한 표정을 지었다.

"왜? 너도 하고 싶냐?"

원형은 컴퓨터에서 칩을 빼내며 말했다.

"아까도 말했지만 넌 공부나 해."

"와, 저만 좋은 거 하려고."

"가자. 옥상에."

원형은 기태 어깨에 팔을 두르고 한 손으로 담배를 손가락 사이에 끼우는 시늉을 했다.

기태는 얼결에 고개를 끄덕였다. 내심 원형을 만만하게 여겼던 기태였다. 스터디에서 처음 만났을 때 여자 멤버들에게 돋보이려고 서로 자신의 학창 시절 성적을 들먹이며 과시하는 남자들 사이에서 원형은 제일 말수가 적었다. 무슨 생각을 하는지 알 수는 없지만 저렇게 말주변도 없고 앞에 나설 줄도 몰라서야 어디 사회생활이나 똑바로 할 수 있을까 싶었다. 그래서 늘 같이 데리고 다니며 말 받아주는 상대로 생각했었다. 세상살이에 가르침을 주듯 이런저런 조언도 많이 했었는데. 몇 달 동안 원형은 완전히 달라진 분위기였다. 연락도 없이 도서관에 나타나지 않으니 드디어 공시 준비를 포기한 거라고 생각했는데. 게임을 하면서 돈을 벌고 있었다니 기태는 왠지 모를 배신감을 느꼈다. 기가 막힌 건 그 게임 알바를 연결해준 게 기태라는 것이었다. 원형은 모르고 있지만.

"너 좀 변한 거 같다?"

"나?"

원형은 후후, 웃더니 담배 연기를 길게 내뿜었다. 여유로운 태도, 몸짓 하나하나 예전과는 달랐다.

"좀 달라지긴 했지. 게임 속에서 다른 사람이 되어 보니까 세상이 수평으로 보이는 게 아니라 아래로 보이더라고. 나무가 아닌 숲을 보게 되었달까."

"그래?"

기태는 생각이 많아진 표정을 짓더니 궁금하다는 듯 물었다.

"그래서 난 왜 구속된 건데?"

다 들었구나. 재밌는 일이었다. 방금 기태가 게임 속 기태를 '내가'라고 칭한 것이다. 원형은 손가락에서 튕겨 떨어뜨린 담배를 비벼 끄며 말했다.

"신경 쓰지 마. 곧 나올 거야. 재벌 3세 기태는 다시 신나는 환락의 일상을 즐기게 될 거다."

기태는 왠지 안심된다는 표정을 지었다.

"나도 해보고 싶다, 그 게임. 자식, 저만 좋은 거 하고."

"곧 출시될 거야. 그때 게임팩 공짜로 줄게."

공시생 몇 년 차가 되면 다들 공짜라는 말에 민감해져 본능적으로 갈구하는 상태가 된다.

"정말?"

"다른 애들한테는 비밀로 하고."

"당연하지."

"근데 나 여기 있는 건 어떻게 알았냐?"

"피시방에서 너 봤다는 애들한테 얘기 들었지. 온종일 여기 있다고."

원형은 그 말에 마음 한구석이 찔렸다. 게임과 공부. 계획에 따라 균형을 지키고 있다고 생각했지만 실은 아니었다. 시소는 게임 쪽으로 완전히 기울어져 있었다. 갑자기 무거운 현실이 닥쳐오는 것 같아

신경이 곤두섰다.

"왜 찾은 건데?"

"알지? 미선이. 이번에 결혼한대. 청첩장 돌린다고……."

그다음 말은 잘 들리지 않았다. 기태의 입술은 쉴 새 없이 움직였지만 원형의 머릿속에 '미선'과 '결혼'이라는 단어만이 맴돌았다.

"너 그 얘기 나한테 왜 꺼내는 거냐."

차가운 기운을 감지했는지 기태가 움츠러들었다.

"아니, 나는 그냥 미선이가 스터디했던 멤버들한테 오늘 밥이랑 술이랑 풀로 쏜다고 해서."

원형은 가슴이 부글거렸다. 그놈의 공짜 밥, 공짜 술. 거지 근성. 노량진에서 진짜 공부할 마음이 있는 공시생들은 스터디 따위 하지 않는다. 독하게 공부하러 와서 외로워하는 것도, 스터디를 하는 것도 다 바보 같은 짓거리인데 거기다 결혼식 하객 수 채우려고 던지는 미끼를 기꺼이 받아먹겠다고 하는 꼴이라니.

노량진에서 썩어가는 공시생들 모아놓고 '여러분 힘들죠? 난 행복해요' 하겠다는 미선이나 독인지도 모르고 덥석 무는 것들이나 똑같이 수준 낮은 것들이었다.

"내가 걔랑 사귄 거 알지? 내가 가야겠냐?"

"엔조이였다고 그랬잖아. 못 갈 건 없지."

엔조이. 그래, 그렇게 말했었다. 미선이가 공시에 한 번 실패하더니 연락 끊고 공부만 하기에 자존심 상해서 그렇게 말했다. 차인 게 창피해서 절대 첫사랑이라고 말할 수 없었다. 그런데 미선이는 결국 해냈다. 공시에 합격하더니 일 년도 안 돼 이렇게 일찍 결혼 발표까지 하고. 원형의 세계에서 완전히 멀어졌다. 기태 말의 일부는 맞았다. 못 갈 건 없었다. 아니, 못 가선 안 되는 것이었다. 자신이 가지 않으면 오히려 두 사람 사이를 다 알고 있는 사람들에게 누가 패배자인지 확실히 알려주는 셈이 되는 것이다.

"…… 남편 될 사람도 온대?"

"어, 그런다더라."

그래. 그렇다면 더더욱 가야지.

기태는 도서관으로 돌아갔다. 두 사람은 약속 장소인 횟집에서 만나기로 하고 헤어졌다. 원형은 작정하고 노량진 양복점으로 갔다. 노량진 양복점은 공시에 합격한 사람들만이 갈 수 있는 상징적인 장소였다. 그동안 모아놓은 알바비 150만 원을 모두 털어 정장 한 벌과 구두를 샀다. 학원 수강료, 생활비로 쓰일 돈이었지만 뒷일은 나중에 수습하기로 했다.

한 번뿐인 기회였다. 언제 다시 미선을 만나게 될지 몰랐다. 원형은 미선의 머릿속에 자신을 패자가 아닌 승자로 각인시키고 싶었다.

토요일 저녁, 노량진 세속의 거리는 혼잡했다. 오랫동안 부모의 기대를 충족시키기 위해 공부만 하면서도 동시에 부모에게 뒷바라지를 시키는 못난 자식이라는 낙인까지 짊어져야 하는 서른 살에 가까운 취준생들과 안주가 좋은 술집을 찾아 노량진에 온 직장인들이 한데

뒤섞여 있었다. 한 끼 식대가 오륙천 원인 값싼 밥집들은 공시생들의 차지였다. 그들은 진이 빠진 표정과 후줄근한 옷차림으로 터덜터덜 식당에 들어섰다.

최근 피시방과 집만 오가며 거리를 다녀본 일이 없던 원형은 새로 생긴 상점들을 두리번거렸다. 가게 유리창에 비친 자신의 모습을 훑어보았다. 있는 돈을 다 털어 치장한 태가 나지는 않은지, 공시생들끼리 서로 쓴웃음을 지으며 했던 자기 가학적인 표현대로 '백 미터 떨어진 곳에서도 감지할 수 있는 공시생 특유의 어둠'이 배어 있지는 않은지 점검했다. 어깨에 힘을 주고 만족스러운 미소를 지으며 턱을 치켜올리다가 문득 게임 속 재벌 3세 원형이 떠올랐다.

현실의 원형은 고작 양복과 구두 한 벌 산 것으로 파산할 지경에 이르렀지만 게임 속 원형은 그렇지 않았다. 게임 속 원형은 쉽게 손에 넣을 수 있는 것들이 현실의 원형에게는 긴 후회와 불안 속에서 대가를 치러야 하는 벅찬 욕망이었다. 게임 속 원형의 일상적인 소비가 현실의 원형에게는 어리석고 충동적인 소비인 것이었다. 원형은 입을 고집스럽게 오므렸다. 입안의 혀를 굴리며 생각했다.

'게임 속 그 녀석한테는 있어도 없어도 그만인 150만 원이야. 나도 그 정도 돈을 내 몸에 걸칠 수 있어. 난 게임 속 그 녀석보다 가치 있어.'

원형은 게임 속 원형이 지닌 부와 권력이 실제로 자신에게 있다고 상상하며 횟집을 향해 걸어갔다. 그러나 몇 걸음 못 가 멈출 수밖에 없었다. 연분홍빛 구두 앞코가 눈에 들어왔다. 누군지 알 것 같았다.

"오랜만이네."

고개를 들자 미선이 있었다. 틀에 박힌 대사지만 그 말이 무슨 의미라도 담긴 듯 은근하게 느껴졌다.

"어, 응."

"못 본 사이 더 잘생겨졌다."

미선은 활짝 웃으며 거리낌 없이 말했다. 한때 원형의 무덤덤한 가슴에 파고들었던 밝고 건강한 미소가 그대로였다. 원형은 그런 미선의 모습에 반했었다. 미선은 누구에게나 호감을 주는 긍정적인 에너지가 있었다. 따뜻한 온기를 느낄 수 있었다. 미선과 함께 있으면 원형은 있는 그대로의 자신을 인정받는 기분이 들었다. 마지막 순간까지도 미선은 원형에게 상처 주는 말을 하지 않았다. 이제 원형은 그게 다 가식이었다고 생각했다.

'네가 나 없이 잘돼? 나 없이 다른 사람과 결혼해?'

원형은 분노를 숨기고 번듯한 미소를 지어 보였다.

"결혼 축하한다. 남편 될 분은?"

"안 데려왔어."

"왜?"

"그냥 다들 처음 보는 사이니까 불편할 것 같아서."

원형은 말없이 고개를 끄덕이곤 식당 입구로 팔을 뻗었다. 미선은 눈짓으로 고맙다고 인사하며 먼저 안으로 들어섰다.

두 사람이 들어간 지 얼마 안 돼 같이 스터디했던 공시생들이 속속

들어오기 시작했다. 대화는 미선의 결혼식과 공무원 생활, 남편에 대한 이야기가 주를 이루었다. 미선은 일이 힘들긴 하지만 공부했던 시절을 생각하면서 잘 버티고 있다고 했다.

남편은 플랫폼 회사에서 AI 관련 업무를 맡고 있다고 했다. 누군가 꼬치꼬치 플랫폼 회사 어디냐고 묻자 미선은 잘난 척하는 것처럼 보이지 않으려고 무척 애쓰며 유명한 기업 이름을 댔다. 여자애들은 부러움과 질투를 느끼며 입을 삐죽였고 남자애들은 술잔을 비웠다. 분위기가 가라앉으려고 하면 누군가 다시 대화의 물꼬를 텄지만 오래가지 않았다.

원형은 미선이 아직 청첩장을 나눠주지 않았다는 사실을 떠올리고 먼저 얘기를 꺼냈다.

"청첩장 돌려야지, 미선아."

그 말에 공시생들의 시선이 떨어져 앉은 원형과 미선에게 번갈아 닿았다. 쉬쉬하던 분위기가 순식간에 술렁거렸다. 누군가 장난스레 말을 던졌다.

"이야, 이원형. 딴 사람은 몰라도 네가……."

"내가 뭐? 우리가 사귄 건 맞아. 맞는데."

원형은 놀란 것 같은 미선에게 안심하라는 듯 고개를 끄덕였다.

"다 과거잖아. 너희들은 안 그랬어?"

멤버들 사이에서 커플이었던 공시생들이 원형의 눈길을 피했다. 모두 원형을 다르게 보았다. 사람이 놀랄 정도로 뻔뻔하게 변했다고 느끼고 있었다. 미선의 눈빛도 미묘하게 달라졌다.

미선이 모두에게 청첩장을 돌리자 원형은 서슴없이 먼저 일어났다.

"나가자. 2차는 내가 쏠게."

노래방으로 이동하는 동안 삼삼오오 모인 공시생들은 오늘 하루치 공부를 좀 쳤다는 후회와 자책에서 벗어나 오늘이 마지막 날인 것처럼 이상하게 들떠 있었다. 불가항력의 위기가 닥쳐 지구 종말을 선고받는다면 그런 기분일까. 주위 사람들도 다 같은 처지기에 망해도 혼자 망하지는 않을 것이라는, 실패를 가정한 연대 의식이 낭만적으로 감돌고 있었다. 원형은 미선과 나란히 함께 걸으면서 이야기를 나누었지만 아무도 신경 쓰지 않았다. 미선이 물었다.

"취직했어?"

"응."

"언제?"

"좀 됐어."

"어딘데?"

"게임회사."

미선은 손뼉을 치며 호들갑스럽게 반응했다.

"정말? 그럼 우리 남편이랑 만나도 대화 잘 통하겠다."

내가 네 남편을 왜 만나.

"그러겠네. 지금 AI 기능을 활용한 게임 출시를 앞두고 있거든."

원형은 속마음과 다르게 미선의 말을 받았다. 이제 거짓말이 천연

덕스럽게 흘러나왔다. 노래방 유흥이 끝나고 공시생들은 각각 흩어졌다. 멀리 못 가 인근의 모텔로 들어가는 커플도 꽤 되었다. 기태도 사귀는 여자애와 팔짱을 끼고 떠나며 여운이 남는 눈길을 원형에게 던졌다. 원형은 미선 몰래 기태에게 손가락 욕을 날렸다.

둘만 남자 원형과 미선은 당장 헤어지기 아쉬운 연인들처럼 한참을 말없이 걷기만 했다. 원형이 먼저 말을 꺼냈다.

"차 갖고 왔어?"

"아니. 아직 안 샀어."

"그래, 난 놓고 왔는데. 택시라도 잡아줄까."

"아니."

두 사람은 잠시 아련하게 서로를 바라보았다. 미선이 입을 열었다.

"너 혹시 아직도 나 좋아해?"

아니, 증오하지.

원형은 웃지도 않고 덤덤하게 말했다.

"좋아해."

"미안해, 원형아."

"괜찮아. 가 이제."

"저기……."

미선이 손가락으로 어딘가를 가리켰다. 그들이 발걸음을 멈춘 곳이 하필 모텔 앞이었다. 초록색 불빛이 반짝이는, 두 사람이 자주 갔던 거양모텔. 미선은 민망해하면서도 재밌다는 듯 웃었다.

원형은 웃지 않았다. 마음과 다르게 행동하고 싶지 않았다. 하지만 뭐 어때. 이제 내 여자도 아닌데. 원형은 미선에게 다가가 조심스레 입을 맞추었다. 미선은 거부하지 않았다. 아니, 오히려 적극적이었다.

미선이 원형의 손을 잡고 모텔로 이끌었다. 원형이 뒤에서 미선의 허리를 양팔로 감싸 안고 있는 동안 미선이 모텔비를 냈다. 그들은 룸으로 들어가자마자 침대 위에 쓰러졌다. 거짓과 욕망이 서로의 속살을 드러내고 엎치락뒤치락 뒹굴었다. 스스로가 타락하면 그걸로 끝이지만 누군가를 타락시키면 우위에 선다. 재벌 3세가 된 후 가장 먼저 깨닫게 된 세상의 진실이었다. 원형은 이제 결혼을 앞둔 미선을 타락시키는 기분에 쾌감을 느꼈다.

먼저 잠에서 깬 원형은 벗은 어깨를 드러낸 채 누워 있는 미선을 잠시 물끄러미 보았다. 아무 감흥이 없었다. 원형은 셔츠 단추를 채우며 빈 책상에 앉았다. 가방에서 고글과 컨트롤러를 꺼내는데 어느새 미선이 다가와 뒤에서 원형의 어깨를 감싸 안았다.

"와. 이거 너희 회사에서 만든 거야? 나 만져봐도 돼?"

"아니."

"어?"

원형은 미선을 돌아보며 다시 한번 단호하게 말했다.

"만지지 말라고."

미선의 얼굴에서 웃음기가 사라졌다.

"그만 가. 네 약혼자한테."

당황한 미선이 팔을 풀며 뒤로 물러나자 원형은 고글을 머리에 썼다. 미선은 좁은 모텔방을 왔다 갔다 하며 일부러 발을 구르고 씩씩댔다. 부스럭거리며 옷을 입고 화를 냈지만 원형은 못 들은 척했다. 미선은 인사도 남기지 않고 모텔방을 나갔다. 벌써 새벽 두 시였다. 원형은 뭔가 찝찝한 기분이 들어 고글을 벗어 책상 위에 올려두고 관자놀이를 문질렀다. 전날 아침 원미가 할 말이 있다고 집에 일찍 들어오라고 했던 게 기억났다. 원형은 잠시 고민했지만 다시 고글을 머리 위에 쓰고 컨트롤러를 들었다.

◆◆◆

삭막한 공간 가운데 큰 책상이 놓인 구치소 면회실. 기태는 두 손을 주머니에 찔러넣고 삐딱하게 앉아 있었다. 밤새 조사받았는지 수척한 얼굴이었다.

"왜 왔냐, 쪽팔리게. 내가 변호사 하나 못 살까 봐?"

"그래. 네 꼰대가 열받아서 변호사 하나 안 대줄까 봐."

옆에 동석한 변호사가 움찔했다. 원형은 그를 돌아보며 미안하다는 사과 대신 윙크를 했다.

"네 변호사 아니고 내 변호사다. 면회 시간 확보해줄 변호사."

일반인 면회 시간은 10분 이내지만 변호사 면담은 제한이 없었다.

"도대체가 어떻게 된 거냐? 공항 밀반입이라니."

원형은 한심하다는 듯 물었다.

"웹다크는 배송이 2주나 걸린 대잖아."

웹다크는 온갖 불법적인 물건들을 파는, 일반적인 경로로 들어갈 수 없는 웹사이트였다. 얼음 팝니다, 고기 팝니다, 하면서 마약을 팔고 비트코인을 화폐로 쓰는 곳이었다. 여자와 아이를 인간이 아니라 얼음이나 고기처럼 다루는 장면을 실제로 찍어 공유하는 곳이기도 했다. 원형은 기태 역시 그 필름을 사봤을 거라고 확신했다. 보다가 껐을지는 몰라도 분명히 사본 적이 있을 것이다.

돈 주면 살 수 있으니까.

"그러니까 배송 기다리는 게 싫어서 직접 가셨다고?"

"요새 사기꾼도 많고. 오는 동안 분실될지, 다른 약 섞여서 퀄리티 떨어질지 어떻게 알아. 불안해서 살 수가 있어야지."

여러 가지 변명을 늘어놓았지만 결국 배송 기다리는 게 싫어서 직접 미국까지 다녀왔다는 얘기였다. 미쳐도 적당히 미쳐야지. 아무래도 이번 건만 해결하면 기태와는 연을 끊는 게 좋을 것 같았다. 덕분에 잘 놀았지만 일탈은 여기까지였다.

게임 속에서 원미를 이용하는 것도 이제 마지막이었다. 가족 내에서 우위를 점하고 가문을 번성시키는 게 레벨 업으로 가는 유일한 길이 아닐지도 몰랐다. 어쩌면 화면 하단 구석에 자리하고 있어 주목받지 못하는 '가족애 쌓기' 전략에 뭔가 엄청난 기술이 숨겨져 있을지도 모른다는 생각이 들었다. 레벨 업과 상관없는 요소처럼 보이지만 직접 플레이해보기 전까지는 알 수 없는 일이었다. '가족애 쌓기'는 한 번도 경험하지 못한 낯선 경로였지만 원형은 플레이 방식을 바꿔보고 싶었다. 이번만, 이번에만 원미를 제치고 그룹 후계자가 되면 그 다음부터는 '가족애 쌓기'에 공을 들여봐야겠다고 생각했다.

좋다. 다 좋은데 거기까지 가려면 한 번 더 악마가 되어야 했다.

"기태야, 너 구속수사 안 받고 싶지?"

"말이라고. 이번엔 아버지가 안 봐줄 거야. 저번에 경고했거든."

"빠져나올 방법 알려줘?"

"뭔데?"

기태는 잔뜩 의심스러운 눈초리로 물었다.

"플리바게닝."

원형이 나지막이 말했다.

"뭐라고?"

"경찰한테 플리바겐 하라고. 너 혼자 하려고 들어온 거 아니잖아."

"……."

기태는 입을 다물고 있었지만 이미 경찰한테 딜이 들어온 게 분명했다.

"주위에 마약하는 다른 사람을 끌어들이란 말이야."

"주위에 누구? 연예인?"

"식상하고. 우리 누나 어때?"

"네 누나?"

기태가 얼마나 놀랐는지 앉아 있던 의자가 들썩였다.

"원미 누나를 팔아먹으라고?"

"뭐 어때. 마약한 거 맞잖아."

"누나는 전에 나 안 팔았어."

"그건 아버지가 번번이 빼줄 수 있으니까 그랬던 거고. 하지만 이번에 네가 밝히면 누나는 절대 못 빠져나올 거야. 대신 넌 빠져나오고."

"와, 지독한 새끼."

"우리 둘 다 윈윈 아니겠냐."

원형은 집요하게 기태를 바라보았다. 플리바게닝. 기태가 빠져나올 길은 사실상 그 방법밖에 없었다. 나쁜 짓을 할 때만큼은 의리를 중시하는 기태가 선뜻 받아들이기 힘든 제안이지만 결국 받아들이지 않고는 못 배길 것이다. 의리를 지키는 것도 감옥 밖에서 사람 구실을 하며 살 수 있어야 가능한 거니까. 오히려 원형이 먼저 제안했으니 기태는 죄책감을 덜 수 있을 것이었다.

"우리 둘이 사이좋게 그룹 후계자 해야지."

기태가 결심이 선 표정으로 고개를 끄덕였다.

"알았어."

원형은 승리의 미소를 지으며 엄지손가락을 치켜올렸다.

구치소 입구를 빠져나온 원형은 컨트롤러의 A 버튼을 눌렀다. 메시지가 떴다.

'다음 사건으로 이동하시겠습니까?'

원형은 잠시 고민했다. 원미의 마약 사건이 재조명받을 때까지 다른 미션들을 수행하면서 차분히 때를 기다리는 게 더 안전한 선택이지만 뒤가 궁금해서 기다릴 수 없었다. 원미가 곤경에 처하는 모습을 얼른 보고 싶었다.

기태는 빠져나오기 위해 결국 폭로할 수밖에 없었고 원미 이름이 다시 한번 매스컴에 오르내리면 그땐 아버지도 원미를 봐주지 않을 것이다. 설령 아버지 판단이 흐려져 다시 구제한다면 임원들의 반대에 부딪히게 될 것이다. 마약쟁이가 시가총액 수조 원의 그룹을 이끄는 수장이 되기를 바라는 임원은 없을 테니까.

그룹의 부정적 이미지를 환기하기 위해서라도 아버지는 원형을 부회장으로 임명할 것이다. 수습은 그 뒤에 할 수 있었다. 검찰을 적당히 구워삶고 나서 언론엔 원미가 지병이 있어 마약 성분이 있는지 잘 모르고 구매했다는 식의 기사를 쓰게 하는 것이다. 그러면 우리 가족 모두 해피엔딩이었다.

원형은 다음 사건으로 이동하기 위해 'YES'를 눌렀다.

눈 깜박할 사이 원형은 한남동으로 왔다. 원형은 부모님 저택 2층 자신의 방으로 넘어갔다.

노크 소리에 문을 열어보니 하 집사가 있었다. 하 집사는 가족이데아 게임에서 자체적으로 설정한 인물이었다. 그동안 중요한 역할을 한 적은 없었다. 보편적인 집사 이미지와는 다르게 좀 젊다는 것을 제외하곤. 원형은 그동안 조연에 불과한 하 집사에게 별 관심을 두지 않았다.

"회장님이 가족회의 소집하셨습니다."

드디어 올 것이 왔다.

"가죠."

원형은 계단을 내려가며 벽면에 있는 세 개의 액자를 무심코 보았다. 하나는 익숙한 가족사진 액자, 또 하나는 아버지가 대통령에게 받은 훈장을 차고 있는 액자였고 남은 하나는 처음 보는 그림 액자였다.

그림 액자를 보자마자 원형은 의아해하며 앞으로 가까이 다가갔다. 절로 눈살이 찌푸려지는 끔찍한 그림이었다. 눈이 툭 불거져 나온 괴물이 입을 벌리고 이미 씹어 삼킨 듯 머리가 사라진 인간을 장난감처럼 손에 쥐고 있는 그림이었다.

괴물의 입가에서 피가 줄줄 흘렀다.

"이게 뭐죠?"

"회장님께서 걸어두라고 직접 지시하신 그림입니다."

원형은 고개를 끄덕하고 계단을 내려갔다. 도저히 가정집에 걸어둘 만한 그림이 아니었지만 우리 집에서 '회장님께서 직접 지시하신'이라는 말은 프리패스와 같아 의문을 달 수 없었다.

"궁금하지 않으십니까? 저 그림이 어떤 그림인지 말입니다."

원형은 뒤에서 들리는 말에 걸음을 멈추었다. 하 집사의 머리를 눌러 프로필을 읽어보았다.

'가족들은 입이 무거운 그에게 모든 것을 털어놓고 조언을 구한다.

지위가 낮지만 가족의 심리상담가이자 책략가이며, 식구들이 가장 신뢰하는 충신이다. 언제나 묵묵히 제자리를 지킨다. 기본적으로 최고 권력자인 아버지에게 속해 있는 사람.'

잠시 생각했다. 하 집사에게 조언을 구한 적이 있던가. 그런 적은 없었다. 원형은 피식 웃었다. 하긴 말로는 뭘 못해.

"글쎄요, 아버지가 걸어놓으신 이유가 있겠죠."

하 집사는 말없이 원형을 내려다보았다. 하 집사가 더 높은 곳에 서 있어서 그런지 더 위엄 있는 사람처럼 느껴졌다.

"본부장님이 위기에 처하면 제가 도움이 될 수도 있을 겁니다."

하 집사가 왜 갑자기 저런 말을 하지? 잠시 멍하니 서 있던 원형은 떨떠름하게 대답했다.

"네, 고맙습니다."

하 집사는 고개를 끄덕이고 나서 액자를 뒤집어 보여주었다. 액자 뒷면은 거울이었다.

원형은 거울에 비친 모습을 보았다. 가족이데아 게임 속에서 처음으로 보게 된 자신의 모습이었다. 원형은 기분이 황홀해지는 걸 느꼈다. 옷차림, 몸짓, 표정 모든 것이 현실의 원형과는 달랐다. 현실과는 다른, 원형이 꿈꾸던 이상적인 자신이 그 안에 있었다.

"가족회의 들어가시기 전에 확인하시라고."

하 집사는 고개를 숙여 보이고 2층으로 올라갔다.

회의실에 들어가자 가족들이 모여 있었다. 상석에 앉은 아버지를 중심으로 양옆에 앉은 어머니와 원미의 시선이 원형에게 쏠렸다.

원형은 어머니, 원미 맞은 편에 앉았다. 원미가 서늘한 시선으로 노려보았다. 원형은 속으로 웃었다.

'보아하니 기태가 다 불었구나.'

"시작하지."

아버지 명령에 하 집사가 열려 있던 문을 닫으며 물러났다.

"원형아."

오랜만에 들어보는 아버지의 따뜻한 목소리였다. 원형은 '멈춤' 버튼을 누르고 정지된 화면 속 아버지를 마주 보았다. 현실의 아버지와 똑같은 얼굴에, 성격은 완전히 다른 게임 속 아버지는 마치 아버지의 탈을 쓴 다른 사람 같았다. 다른 가족들도 마찬가지였다. 그런 아버지를 원했다. 그런 가족을 원했다. 가족 같지 않은, 서로 잘 맞는 비즈니스 파트너 같은 가족을.

'대대손손 오래오래 해 먹읍시다, 우리.'

원형은 화면 속 '진행' 버튼을 누르고 아버지 부름에 느긋하게 대답했다.

"네, 아버지."

"너에게 거양그룹은 무엇이냐?"

'아버지에게서 지배권을 빼앗아와야 할 제 왕국이죠.'

"할아버지가 만드시고 아버지가 일류로 키우셨으며 이제 제가 그 뜻을 지키며 경영해야 할 기업이죠."

아버지가 말없이 천천히 고개를 끄덕였다.

"많은 일자리를 창출하고 공익적인 일에 앞장서는 모범적인 기업이기도 하고요."

'일개미들이 서로 들어오고 싶어 하는 왕국이고요.'

겉과 속이 다른 대답이 나왔다.

이번엔 아버지가 누나에게 질문했다.

"네게 거양그룹은 무엇이냐?"

"가족입니다. 영원히 지켜야 할 가족."

조소가 흘러나왔다. 그래, 아버지 눈치 보면서 서로 후계자가 되려고 혈안이 된 너와 내가 바로 가족이지. 그 사이에서 둘 중 누구에게 지분을 넘겨줘야 이익을 더 챙길 수 있을지 갈등하고 있는 어머니도 가족이고.

"원형아."

아버지가 다시 한번 불렀다. 원형은 표정을 바꾸고 아버지를 보았다.

"거양건설 정리하기로 했다."

"아버지!"

"그거 팔아서 거양식품에 넣을 거다."

거양건설 최대 주주는 원형이었고, 그 지분을 식품으로 넘기면 결과적으로 원미가 더 많은 지분을 차지하게 된다. 원미에게 경영권을 내주겠다는 얘기였다.

"이건 말도 안 되는 처사세요. 아버지, 누나가 한 짓들을 보세요!

잘 다니던 로스쿨 그만두고 마약에 빠져서는……."

"너 세건그룹 둘째 아들 찾아가서."

"……."

"네 누나 미끼로 던지라고 했다면서!"

"그, 그걸 어떻게 아셨어요?"

"세건그룹에서 우리 회사 법무팀에 녹취록을 보냈다더구나. 네 누나 음성 녹취된 거. 원본 파일 삭제해주는 조건으로 기태를 빼달라고 하더구나. 아이디어는 원형이 네가 먼저 준 것이니까 기업끼리 비화 만들지 말고 기태 사건만 조용히 덮을 수 있게 해달라고 말이다."

어머니가 걱정스러운 눈빛으로 대신 말했다.

"왜 그랬니, 원형아."

모골이 송연해졌다. 절대 그럴 일 없을 것 같던 기태가 배신했다.

"아버지."

"더 할 얘기 없을 것 같다. 가족회의는 이것으로 끝이야."

아버지가 자리에서 벌떡 일어났다. 아버지 바짓가랑이라도 잡고 말려야 하나. 원형이 설정한 프로필 성격대로 평상시 다정다감한 아버지라면 불쌍하게 여기고 재고해줄지도 몰랐다.

"제 실수였어요, 아버지. 죄송해요. 누나가 너무 나약해서, 제가 꼭 부회장이 되어 아버지 뒤를 이어야 한다고 생각했어요. 책임감이 앞서다 보니 그만."

"실수가 아니다, 원형아. 네가 한 짓들은 실수가 아니었어. 왜 내가 애초에 그걸 몰랐는지 후회스러울 지경이다. 실수는 이 아비가 했다. 너에게 기회를 주는 게 아니었는데."

"무슨 말씀이세요, 아버지."

"그동안 계획적이었더구나, 원형아. 공부밖에 모르던 네 누나를 클럽에 데려가고 마약에 빠지게 한 것도 너고."

"그건 그때 누나가 힘들어해서 위로하려고."

누나가 차를 마시며 태연히 말했다.

"원형아, 이제 일선에서 물러나 어디 조용한 데 가서 공부하며 학위도 따는 게 어떻겠니? 아니면 너도 나처럼 로스쿨을 다니든지. 그 정도면 과히 시작이 늦은 것도 아니니."

누나는 어느 드라마에서 들어본 듯한 대사를 잘도 읊어댔다. AI가 상황에 알맞은 대화의 데이터를 수집해 뽑아낸 말. 아무리 그게 가짜라고 해도 화가 치밀었다.

"누구 맘대로? 난 절대 물러서지 않을 거야. 아버지, 거양그룹은 제 거예요."

원형은 조급하게 소리쳤다.

"임원회의 소집할 겁니다. 아버지가 마약 하는 딸자식한테 눈이 멀어 잘못된 판단을 내리는 거라고 말입니다."

어머니가 안쓰러운 눈빛을 보냈다.

"원형아, 내 지분도 원미한테 보낼 거다. 아버지 말씀대로 해라. 가족끼리 서로 등 돌리지 말자꾸나."

아버지가 어머니, 누나에게 눈짓을 보냈다. 그들은 먼저 일어나 입구 쪽으로 다가갔다.

"지금 등 돌리고 있는 게 누군데요! 가족끼리도 헐뜯으며 경쟁하도록 밀어붙인 사람이 누구냐고요. 아버지도 형제들과 싸워서 그 자리에 올라섰잖아요."

원형은 핏발이 선 눈으로 소리치다 문득 아까 벽면에 걸린 그림이 무엇인지 생각났다. 크로노스였다! 자식을 잡아먹는 괴물, 크로노스. 게임 속 재벌 3세 원형은 모르지만 현실의 원형은 분명히 기억하고 있었다. 그 그림을 보여주며 철학 교수가 했던 말도 똑똑히 기억하고 있었다.

"이렇게 자식을 잡아먹어 지배력을 뺏기지 않으려던 크로노스도 나중에 아들 제우스 손에 죽게 됩니다. 서양 철학을 아버지 살해의 역사라고 부르는 이유가 여기에 있지요. 어떤 학자들은 서양이 동양을 지배할 수 있었던 힘을 여기서 찾습니다. 아버지 살해의 역사는 정체되지 않고 앞으로 나아가는 진보의 힘인 것이죠."

현실에서 아버지에게 죽도록 얻어맞던 날, 원형은 아버지를 죽이고 싶었다. 온몸이 타오를 듯 피가 뜨거워졌다가 곧바로 차갑게 식어버리는 것을 느꼈다. 자식을 잡아먹는 아버지가 있는데 자식이라고 아버지를 잡아먹지 말라는 법은 없을 것 같았다. 아버지는 세상을 향한 이글거리는 적개심을 자식에게 쏟아내곤 했다. 아버지의 망가진 감정을 고칠 방법이 없으니 원형도 아버지를 받아주던 감정을 그만 놓아버리고 싶었다. 하지만 할 수 없었다. 아버지의 털끝 하나 손 댈 수 없었다. 나를 공격하는 대상에 보복할 수 없는 건 부모 자식 간의 도리를 아는 인간이어서가 아니었다. 감히 그 힘을 거역할 생각조차 품을 수 없을 정도로 겁이 났기 때문이었다. 자신의 알량한 힘을 유지하고 싶었던 아버지가 아들을 겁쟁이로 만들었기 때문이었다.

하지만 공고한 위계질서 따위, 이 이상적인 세계에서는 얼마든지 뒤집을 수 있었다. 위기에 처하면 도와주겠다던 하 집사의 말이 떠올랐다.

"하 집사!"

하 집사가 문을 열고 들어왔다.

"하 집사, 가족들을 다 죽여버려. 아무리 가족이라도 잘못했으면 벌을 받아야지."

"무기는 어떤 걸로 하시겠습니까?"

"낫!"

하 집사는 문을 걸어 잠그고 크로노스가 우라노스의 남근을 거세했던 것과 같은 거창한 낫을 등 뒤에서 빼냈다.

하 집사는 양복을 입은 채 낫을 들고 가족들을 향해 달려들었다. 넓은 회의실 전체가 쫓고 쫓기는 살육의 현장이 되었다. 먼저, 누나가 등에 낫을 맞고 입에 피를 토하며 쓰러졌다.

다음으로 어머니가 마지막 순간에 눈을 질끈 감으며 중얼거렸다. 오, 주님. 마지막으로 아버지는 가장 처참하게 죽었다. 우라노스처럼.

하지만 그 모습이 이미 광기에 휩싸인 원형의 눈에는 액션 영화처럼 신나게 느껴졌다.

'그래, 그들은 진짜 가족이 아니야. 가족의 탈을 쓰고 잘난 체하는 재벌 캐릭터일 뿐. 다 내가 만들었으니 죽일 권리도 나한테 있어. 잘 한다, 하 집사. 저 가증스러운 괴물들을 다 죽여줘. 죽이라고.'

온몸에 피 칠갑을 한 하 집사가 화면을 뚫고 나올 것처럼 가까이 다가왔다.

"하, 하 집사?"

회의실 한쪽에 위치한 거울이 가족 영화의 주인공에서 공포 영화의 관객이 된 원형을 비추었다. 흐트러진 모습으로 잔인하게 웃고 있는 자신의 얼굴을.

놀란 원형은 컨트롤러를 놓쳤다. 그사이 회의실 공간이 사라지고 검은 화면에 푸른 글씨가 떠올랐다.

플레이어 본인 외 세 가족 구성원이 죽었으므로 게임을 종료합니다.

2부

과거

그들이 딸을 죽였다. 지희가 아파트 16층에서 꽃나무 두 그루 사이 얼어붙은 땅 위로 떨어졌다. 하필 야근하느라 집에 늦게 들어온 날이었다.

경찰은 타살의 흔적도, 외부 침입의 흔적도 없다면서 자살로 결론지었지만 상원은 믿을 수 없었다. 지희는 유서 한 장 남기지 않았다.

착한 딸, 아침에 등교하려고 현관문을 나서는 순간에도 아빠가 끼니를 거를까 봐 걱정하던 딸, 늘 맑은 목소리로 재잘대던 딸이 아무 희망도, 약속도 남기지 않고 죽어버렸다. 그때부터 퇴근길은 지옥이 되었고 밤은 악몽으로 채워졌다. 밝고 활기차던 생전 딸의 모습은 꿈에서도 볼 수 없었다. 끔찍한 현실의 한 장면만 반복되었다.

꿈속에서 급한 연락을 받고 어디론가 찾아가면 누군가 길을 안내하고, 그 길 끝에 딸의 차가운 시체가 덩그러니 놓여 있었다. 상원은 미신과 사후 세계 따위 믿지 않았지만 죽은 딸이 뭔가를 말하고 있다고 생각하게 되었다. 원한을 품은 채 죽은 것이라고.

지희는 자살한 게 아니었다. 누가 범인인지 상원은 알고 있었다. 지희를 시기하고 질투하던 소위 일진 무리에 속한 아이였다. 지희를 죽인 아이 이름은 원미. 그 아이 이름을 입속에서 다시 한번 되뇌었다.

원미가 범인이라는 증거는 지희 방 책상 위에 있었다. 깨끗하게 치워진 책상에 덩그러니 놓인 상자에는 범인을 꼭 찾길 바라는 지희의 간절한 마음이 담겨 있는 듯했다. 상자 안에는 'WM'이라는 이니셜이 새겨진, 피 묻은 손수건과 끄트머리에 주황빛 틴트가 묻은 담배 한 개비가 들어간 담뱃갑이 있었다.

손수건, 담배. 모두 지희와는 상관없었다. 딸을 죽인 그 아이 물건들이었다. WM이라는 이니셜은 원미를 가리키는 것이 명백했지만 경찰은 그 물건들을 증거물로 인정하지 않았다. 원미는 '법적으로' 혐의가 없다고 했다.

모두 당치 않은 말이었다. 상원은 지희가 태어나고 7년 동안 출생신고를 하지 못하다가 초등학교에 입학시키기 직전에야 겨우 할 수 있었다. 미혼부는 '법적으로' 출생신고가 어려웠기 때문이었다. 혼자 지희를 키운다는 건 수많은 장벽과 부딪치는 일이었다. 상원은 기존에 갖고 있던 모든 가치관과 맞서 싸워야만 했다. 우선 자신의 꿈과 맞섰다. 미국으로 떠나 공과대학 교수로 살아가려던 꿈을 버렸고, 부모님의 기대와 신뢰를 저버렸고, 강남 8학군 엘리트로 자란 중산층에 걸맞은 태도와 생활 방식을 버렸다. 그 모두가 딸아이를 버리지 않고 키우기 위해서였다. 스물한 살 명문대 공학도였던 상원은 자기 앞에 주어진 새로운 생명을, 핏줄을 지키겠다는 결심 때문에 모든 것을 바꿔야 했다.

원한 적 없던 직장을 얻었다. 직장을 따라 서울 변두리에 집을 얻고, 스타트업 게임회사를 차려 그 동네에서 가장 좋은 아파트에서 살게 되기까지 16년의 세월이 걸렸다. 이전의 삶에서는 경험한 적 없는 편견과 수모의 시선을 견뎌야 했지만 아이는 잘 자라 의젓한 고등학생이 되었다. 지희는 착하고 꿈 많고 똑똑한 아이였다. 자랑스러운 딸이었고 목숨보다 귀한 딸이었으며 상원의 전부였다.

상원은 처음 혼자서 딸을 키우며 난관에 부딪쳤던 시절로 다시 돌아간 것 같았다. 또 혼자서 길을 만들어야 했다. 법원 앞에서 1인 시위를 하며 아이의 출생신고를 받아들여달라고 호소했던 10년 전처럼 모든 걸 내려놓아야 했고 동시에 모든 걸 걸어야 했다. 상원은 딸을 죽게 만든 가해자가 반드시 죗값을 치르게 하겠다고 다짐했다. 딸의 원한을 풀어주기 위한 그 모든 과정을 '법적으로' 진행할 생각은 없었다. 법이 처벌하지 않는다면 직접 나설 생각이었다.

상원은 원미가 사는 임대주택이 어딘지 찾아냈다. 그때부터 회사에 출근하지 않았다. 본격적으로 원미의 가족들을 하나하나 뒷조사하기 시작했다. 원미의 가족은 예상했던 대로 형편없었다. 원미의 아버지, 어머니, 오빠 모두. 이 아이는 가정환경부터 잘못되었다. 원미는 기나긴 시간 동안 가족의 결함과 내력이 차곡차곡 쌓여 만들어진 잘못된 결과물이었다.

원미에 대한 증오는 원미의 가족에게까지 확장되었다. 딸자식을 잘못 키웠으니 연대의 책임을 무는 것이 마땅했다. 원미의 가족들이 아무 대가도 치르지 않고 함께 살아가는 꼴을 볼 수 없었다. 그들도 가족 중 누군가가 죽는 슬픔을 겪어야 했다. 아니 그것만으로는 공평하지 않았다. 어떻게 감히 지희와 그 아이의 죽음을 동등하게 볼 수 있단 말인가. 그들 가족은 더욱 비참한 현실에 놓여야 했다.

상원은 모든 것을 계획했고 이제 하나씩 타격을 가하는 중이었다. 첫 번째로 공략한 대상은 원미 오빠인 원형이었다. 겉으로 보기에 원미 가족들 중 가장 정상으로 보이지만, 내면은 가족에 대한 분노와 공격성이 꿈틀거리고 있어 상원이 원하는 결과를 만들어줄 가능성이 다분했다. 가족이데아 게임 속 재벌 3세처럼.

원래 가족이데아는 이상적인 가족을 꿈꾸는 사람들에게 가상현실로 대리만족을 주는 게임이었다. 지금과는 달리 희망적이고 밝은 내용이었다. 상원은 지희가 죽던 날도 버그를 잡느라 밤늦게까지 회사에 남아 있었다. 하지만 지희가 죽고 두 달 뒤 가족이데아도 달라졌다. 없애려고 애썼던 버그—하 집사처럼 캐릭터가 원래 프로필과 다르게 갑자기 돌변하는 경우—는 그대로 남아 게임의 비극적 결말을 유도하는 장치가 되었다. 가족이데아는 끔찍한 게임으로 재탄생되었다. 가족 간의 무시무시한 참극이 99퍼센트의 확률로 벌어질 수밖에 없는 게임으로.

상원은 게임회사 이데아 소프트를 차려 16년 동안 콘솔 게임을 시작으로 모바일 게임을 만들어왔다. 회사의 직원 수가 10명에서 30명, 30명에서 100명으로 늘어나면서 성장 목표에 가까워졌다. 가족이데아는 상원이 기획자이자 프로그래머로서 모든 것을 쏟아부은 첫 VR 게임이었다. 상원은 가족이데아를 만들기 위해 VR 기술을 업그레이드시켰고 최신 AI 기술을 도입했다. 투자받은 금액도 역대 최고액이었다. 상원은 가족이데아로 더 높은 도약을 꿈꾸고 있었다. 작은 회사지만 효자 게임 하나 잘 만들어 한국 게임업계의 선두주자가 되고 싶었다.

그런데 모든 게 멈춰버린 것이었다. 하나뿐인 딸 지희를 잃자 성공을 위해 달려야 할 목적도 사라졌다. 가족이데아 출시는 기약 없이 미뤄졌다. 상원은 제대로 회사를 운영할 수도, 편히 잠들 수도 없었다. 낮이고 밤이고 내내 고통을 밟고 서 있었다. 이제 딸을 죽게 만든 원미와 그 아이의 가족들이 절망에 허우적거리다 죽음을 맞이하는 것만이 상원의 유일한 목표였다. 모든 건 후순위였다. 상원 자신의 목숨도, 목숨보다 소중한 회사도.

상원은 어둠 속에서 창문을 등지고 앉아 그동안의 일들을 곱씹어보았다.

원형이 기태와 어울려 다닌다는 것을 알고 기태에게 먼저 접근했다. 기태가 자주 다니는 피시방 옆자리에 앉아 있다가 새벽녘 커피

우유를 하나 건네며 안면을 텄다. 상원은 자신을 주식이나 조금씩 넣고 부동산이나 조금씩 만지면서 유유자적 싱글 라이프를 즐기는 사람이라고 소개했다. 기태가 적당한 때를 만나지 못해 지금은 방황하고 있지만 언젠가는 대성할 청년처럼 보인다는 거짓말을 늘어놓았다. 술을 사주며 말했다.

"혹시 주변에 가정환경이 조금 힘든 친구 없어? 내가 지금 게임 하나를 개발 중인데 이게 좀 그런 친구들의 리서치가 필요해서. 아, 저번에 그 친구 어때? 같은 공시생인데 돈 없어서 학원도 안 다닌다는 친구……."

상원은 피시방 벽에 게임 테스터 알바 구인 광고를 붙였고 기태는 원형을 피시방으로 끌어들여 광고를 보게 했다. 상원은 바람잡이 역할을 톡톡히 한 기태에게 두둑이 사례비를 챙겨주었다. 평생 잊지 못할 유흥의 밤도 선물해주었다. 그럼에도 기태는 얼마 전 자신도 원형과 똑같은 게임 테스터 알바를 하고 싶다고 전화를 걸어왔다. 상원은 미끼를 부러워하는 그 멍청한 놈에게 더 좋은 일자리를 소개해주기로 약속했다. 유혹에 약한 기태에게 딱 알맞은 일자리였다. 나중에 원형에게 헛소리를 늘어놓지 않도록 입막음하기에도 적당했다.

원형과는 직접 만나지 않고 통화만 했다. 의심하지 않도록 계좌로 돈도 먼저 지급했다. 가족이데아 게임 특성상 플레이어의 실제 가족관계가 게임 속 가족 캐릭터 선정에 영향을 미친다는 둥, 게임 속 가족 형태와 가족 캐릭터의 다양성을 위해 꼭 필요한 부분이니 되도록 자세히 답변해달라는 둥, 용의주도하게 대화를 이끌며 평소에 가족들을 어떻게 생각하는지 물었다.

상원은 가족이데아 게임이 원형의 현실을 바꾸기라도 할 것처럼 부풀린 망상을 심어주었다. 연속된 공무원 시험 실패로 바닥까지 내려간 원형의 자존심을 추켜세워줌으로써 욕망하지 않던 것을 욕망하게 했다. 원형의 게임에 해킹프로그램을 깔고 게임 진행 과정을 속속들이 지켜보았다. 상원은 꾸준히 게임 환경을 업데이트하며 원형의 가상현실을 실감 나게 했다. 현실에서 느끼는 좌절을 해소하며 점점 상승하는 기분을 맛보도록.

상원은 원형이 높은 구름 위에 떠 있는 듯한 희망찬 기분을 느끼고 있을 때 한 번에 추락시킬 생각이었다. 원형은 상원이 바라는 그대로 선택지를 골라서 움직였다. 욕심을 부리다 게임 속 가족들을 모두 죽여버렸다.

그 결과로 상원의 핸드폰이 계속 울리고 있었다. 원형에게 걸려온 전화였다. 어떤 부탁을 해올지는 뻔했다. 의자 팔걸이에 힘없이 걸치고 있던 팔을 책상 위로 뻗어 핸드폰을 집어 던질 것처럼 높이 들었다. 받지 않고 이대로 끝내는 게 좋을 것 같았다. 알아서 무너지도록.

이제 원형은 낙오됐으니 신경 쓰지 말고 다음 계획을 세워야 했다. 하지만 마음을 바꿨다. 녀석이 당황한 목소리를 직접 듣고 싶었다. 상원은 높이 치켜들었던 핸드폰을 그대로 귀에 붙이며 통화를 눌렀다.

"여보세요."

"대…… 대표님."

목소리가 공포에 질려 있었다. 당연하겠지. 게임 속에서 가족들을
모두 죽여버렸으니. 자기 손으로 직접 죽인 건 아니라고 하더라도 충
격이 클 것이다. 가상현실 속 완벽한 가족이 사라졌으니 희망이 사라
졌다고 느낄 것이다.

상원이 원형을 타깃으로 삼으면서 정한 목표는 그가 가족에게 품
고 있는 불만이 폭력적으로 폭발하게 만들고 동시에 심약한 그의 마
음에 강한 죄책감을 심어놓는 것이었다.

"네, 말씀하세요."

"게임이 종료되어버렸어요. 제가 뭘 잘못했는지는 모르겠는
데……. 게임이 재부팅되지 않더라고요."

"아, 그래요? 혹시 게임이 종료되었다는 메시지가 떴나요?"

"네."

"그 전에 어떤 상황이 있었죠?"

"네?"

"게임 속에서 어떤 상황이 펼쳐지고 있었느냐고요. 이게 중요한 문
제거든요. 저희 가족이데아가 VR 게임 최초로 어지러움을 방지하고
장시간 게임을 구동할 수 있는 기술을 갖추긴 했지만, 긴박한 상황이
펼쳐질 때 화면이 깨지면서 버그가 생기는 일이 잦아서요. 특정 단계

어디서 버그가 자주 생기는지 알아내야 잡을 수가 있어서.”

심각한 헛소리였다. 원형이 자기 입으로 직접 게임의 마지막 장면을 말하도록 하는 게 상원의 목적이었다.

“그게…….”

원형은 대답하기 어려운 듯 말끝을 흐렸다. 상원이 재촉했다.

“어떤 상황이었죠?”

“제, 제가 가족들을 모두 죽였어요. 하 집사를 통해서.”

“아, 그래요. 어떻게 죽였죠?”

“하 집사가 낫을 들고 와서.”

“낫이요?”

일부러 놀란 목소리로 말하자 원형은 한숨을 쉬며 입을 다물었다. 상원은 까칠한 턱을 매만지다가 수염 하나를 거칠게 뽑았다.

“가족이데아에서 중요한 건 가족 중 아무도 죽지 않고 생애 주기를 거치며 대대손손 자연사할 때까지 살아남는 것입니다. 번영과 번성이 핵심이죠. 그러니 존속살해는 최악의 결말이라고 할 수 있습니다. 게임의 룰을 이해하지 못했습니까?”

상원이 ‘존속살해’를 언급하자 원형이 흡, 숨을 참는 게 느껴졌다.

“…… 죄송합니다.”

원형은 금방이라도 울음을 터트릴 것 같은 목소리로 말했다. 상원은 사무적으로 대답했다.

“저한테 죄송할 일은 아니고요.

"캐릭터를 재벌로 설정해서 그런가 자꾸 잔인한 쪽으로……."

"그건 심각한 오해입니다. 재벌들은 가족끼리 서로를 돕죠. 오히려 아무것도 가진 것 없는 하층민 가족들이나 서로를 갉아먹다가 자멸하는 겁니다."

상원이 냉정하게 말하자 원형은 아무 대답도 하지 못했다.

자괴감이 들겠지. 이제 마무리를 할 차례였다.

"그러니까 캐릭터 설정이 문제가 아니라는 말씀이었습니다. 신분이 낮은 캐릭터라 할지라도 그때그때 어떤 선택을 하느냐에 따라 가족들을 번영과 번성의 길로 이끌 수 있죠."

"아무래도 제가 게임을 잘하지 못했나 봐요."

"뭐, 괜찮습니다. 게임을 잘하고 못하고는 지금 테스트와는 관련이 없으니까. 나중에 저희 가족이데아가 출시된 다음에 게임을 하실 때는 잘해보시라는 차원에서 말씀드린 겁니다."

"네……."

원형의 목소리는 침울했다.

"그동안 수고 많으셨어요. 오늘까지 한 일의 급여를 정산해서 보내드리겠습니다."

"네? 오늘까지요? 그럼 알바가 끝나는 건가요?"

"아, 제가 미리 공지를 드리지 않았나요? 게임이 끝나면 알바도 끝난다고."

잠시 정적이 흘렀다가 원형이 애원하는 목소리가 들렸다.

"대표님. 다, 다시 한번만 기회를 주세요. 새로운 가족 버전으로 시작하면, 좀 더 제대로 할 수 있을 것 같습니다."

"말씀드리지 않았나요? 게임을 잘하고 못하고는 이 테스터 알바에서 중요하지 않다고요. 끝날 때가 되어서 끝난 겁니다."

"제발요. 그러지 말고 한 번만 더 기회를 주시면."

끈질기게 나올 줄 알았다. 이제 마무리 한 방을 날릴 차례다. 상원은 헛기침하며 창문의 커튼을 조금 젖혔다. 빛 한 줄기가 방바닥을 기어들어왔다.

"제가 이 말씀은 안 드리려고 했는데. 이 일이 밖으로 새 나가지 않게 하는 게 중요하다고 말씀드렸죠. 혹시 친구분한테 말씀하셨나요?"

"네? 기태 그 자식이 그래요?"

"누가 얘기했는지가 중요한 건 아니죠."

"죄송합니다. 저도 계속 숨기려고 했는데 갑자기 들키는 바람에."

"게임을 직접 유출하신 건 아니라서 별문제는 없겠지만 이러면 서로 신뢰하기가 어렵지 않을까요?"

"그게……."

원형은 가느다란 신음을 내며 말을 잇지 못했다.

"그럼 이만 끊겠습니다."

"잠시만요!"

상원이 전화를 끊으려 할 때 원형이 급하게 외쳤다.

"부탁드릴게요. 제가 사실, 돈이 필요하거든요. 급한 사정이 생겨서요."

급한 사정? 가족들에게 무슨 일이라도 생긴 걸까. 만약 계획하지 않은 일이라면 상원이 알아야 했다.

"무슨 사정이요?"

"그게 집안 사정이라……."

"알겠습니다. 그럼 잘 해결되시길 바라겠습니다."

"대표님!"

상원이 전화를 끊을 것처럼 숨죽이자 원형이 절박하게 그를 불렀다.

"제 여동생한테 문제가 생겼어요."

원미가? 상원은 하마터면 큰 소리로 그 이름을 부를 뻔했다.

"여동생이요?"

상원은 원형의 사연을 들어주고 함께 안타까워할 든든한 어른처럼 목소리를 꾸몄다. 원형이 망설이다가 이내 입을 열었다.

"제 여동생이 소년원에 들어갈지도 모릅니다. 제가 합의금을 마련하지 않으면요."

지희를 죽인 살인자가 소년원에? 청천벽력 같은 소리였다. 용납할 수 없는 일이었다. 원미가 소년원에 들어가서 보호를 받는다면 계획을 실현할 수 없었다.

"그동안 게임 테스터로 번 돈은요?"

"그게…… 다 써버렸습니다."

벌써? 상원은 어쩔 수 없이 물었다.

"그래서, 얼마가 필요한 겁니까? 여동생이 소년원에 가지 않으려면."

원형은 학교 앞에서 원미를 기다렸다. 곧 나온다고 했지만 20분 넘게 기다리고 있었다.

한 무리의 여고생들이 교문으로 나왔다. 체크무늬 교복을 입은 여자아이들은 죄다 비슷해 보였다. 원형은 눈길을 돌리며 괜스레 담장 벽돌을 손바닥으로 탁 쳤다. 고급스러운 셔츠를 입고 팔에 벗은 양복을 들고 있었지만 아무것도 바르지 않은 부스스한 머리와 초조해 보이는 표정이 부조화를 이뤘다. 여학생들은 원형을 미심쩍은 눈길로 힐끔거렸다. 원형이 여학생들의 눈을 피해 교문에 등을 돌리고 섰을 때였다. 익숙한 목소리가 들렸다.

"…… 쉬는 시간마다 안 보이던데 어디 갔었냐."

원미였다.

원미가 작은 키로 폴짝 뛰어올라 앞에 걸어가고 있는 여자애 중 한 명의 목에 팔을 걸었다. 예전에 도서관에서 원미와 함께 있던 애들 같았다. 단발머리를 산발한 채 고개를 푹 숙이고 있던 아이를 괴롭히던 원미의 친구들.

애도 친구들하고 있을 때는 웃는구나.

원형은 자기도 모르게 원미를 따라 피식거리다가 이내 표정이 굳었다. 원미가 끌어안은 여자애가 얼굴을 일그러뜨리며 볼멘소리를 낸 것이다.

"아씨, 목 아파. 나 목뼈 나간 것 같은데?"

원미가 입꼬리를 내리며 팔을 풀었다. 여자애가 원미를 돌아보았다.

"너 때문에 목 디스크 걸리면 손해배상 청구한다."

여자애 말에 옆에 있는 아이들이 키득키득 웃었다. 한 발짝 뒤로 비켜 서 있던 원형에게 스쳐 지나가는 아이들의 대화가 들렸다.

"손절이 답이야."

"잘못 엮였어."

"지희가 쟤 때문에……."

"잘못하면 우리까지……."

원형은 멍하니 그 애들의 뒷모습을 보다가 원미를 찾아 고개를 돌렸다. 원미도 우두커니 그들의 뒷모습을 지켜보다가 입술을 한 번 지그시 깨물고는 아무렇지 않다는 듯 교문을 나섰다. 원형이 옆으로 다가갔다.

"이원미!"

"아, 씨발. 깜짝이야."

원미는 주위를 두리번거리더니 원형의 팔을 확 잡아끌어 구석으로 자리를 옮겼다.

"쪽팔리게 왜 부르고 난린데."

잔뜩 인상을 찌푸린 원미는 원형을 위아래로 살피더니 아니꼽다는 듯 비웃었다.

"뭐야 그 옷은. 돈 없다더니."

"내가 옷 사는 거까지 너한테 보고해야 하냐. 오빠한테 그딴 식으로 말할 거면 갈 테니까 혼자 잘 해결해보든지."

원형은 진짜 갈 것처럼 팔까지 높이 치켜들고 인사하는 시늉을 하며 돌아섰다.

"아, 진짜. 알았어. 알았어."

원형이 몇 발짝 가지 않고 멈춰서자 원미가 따라왔다. 둘은 최대한 간격을 벌린 채 나란히 보도블록 위를 걷기 시작했다. 반대편에서 마주 오는 사람이 있거나 뒤에서 다가오는 소리가 들리면 원형이 걸음을 옮겨 원미 쪽으로 다가갔다 멀어졌다 하며 걸었다. 한참을 말없이 걷다가 원형이 먼저 입을 열었다.

"아까 교문 앞에서 네가 아는 척했던 애들. 친구 아니냐?"

"……."

"친구 아니냐고."

"친구 아냐."

"지희는 누군데?"

앞장서 걷던 원미가 갑자기 걸음을 멈추더니 바짝 다가왔다.

"그 이름 입에 올리지 마."

원미의 눈빛이 사납게 일렁였다. 원형은 잠시 갈등했다. 무슨 일이냐고 캐묻고 싶은 마음이 치솟았지만 정말로 신경 쓰고 싶은 게 맞는지 확신할 수 없었다. 귀찮았다. 어머니, 아버지가 자식들을 귀찮게 여기듯 원형도 원미가 귀찮았다. 원미에 대해 더 깊이 알면 자신의 의미 있고 반듯한 미래는 영영 날아갈 것 같았다.

그래도 자기 합의금 마련하겠다고 게임회사 사장한테 얼마나 비굴하게 굴었는데. 그대로 넘어가긴 괘씸해서 그게 무슨 말버릇이냐고 한 마디 쏘아붙이려다 관두었다. 수틀리면 그냥 소년원에 가겠다 뻗댈 수도 있었다. 그럼 원형이 도리어 제발 합의하자고 사정하는 사태가 일어날지도 모르고.

그럴 순 없었다. 관심 끄고 조용히 가는 게 현명했다.

원형은 가늘게 한숨을 쉬고 발끝만 보며 걸었다.

두 사람은 앞서거니 뒤서거니 하면서 금세 지하철역에 들어섰다. 남매는 잠실 방향으로 가는 승강장에 남남처럼 섰다. 지하철을 기다리며 핸드폰을 들여다보던 원미가 시선을 고정한 채 물었다.

"오빠, 뭐 이상한 일 하는 건 아니지?"

"뭔 말이야, 그게?"

"아니, 그렇잖아. 돈 없다고 했다가 다시 전화해서는 생겼다고 하고."

원형은 허탈하면서도 한심하다는 표정으로 원미를 바라보았다.

"넌 제발 내 일에 상관 말고 사고나 치지 마라. 감당 못 할 거면."

원형이 내뱉은 말은 다시 원형의 머릿속을 맴돌면서 오전에 겪었던 아찔한 경험을 되살렸다.

참혹한 살해 현장. 지금은 옆에서 태연하게 핸드폰을 만지작거리고 있는 원미의 얼굴에 피 토하며 죽던 게임 속 누나의 모습이 겹쳐보였다. 아버지, 어머니의 최후가 떠올랐다. 점점 원형에게 다가오며 화면을 꽉 채우던, 괴물 같이 변해버린 하 집사의 얼굴도.

원형은 가족들이 모두 죽기를 바랐다는 게 믿기지 않았다. 가짜 가족들이라 해도, 가상현실이라 해도 자신의 마음속에 그 극한 분노가 솟았던 건 사실이어서 견딜 수 없었다. 게임 하느라 하루가 훌쩍 지나버린 것도 괴로웠다.

벌써 월요일 오후였다.

이틀 내내 미선과 함께 들어갔던 모텔에 있었다. 모텔 방문을 두드리며 퇴실 시간을 알리는 주인을 두 번이나 돌려보냈다. 모텔비를 정산해달라는 주인의 말에 원형은 그깟 돈 얼마나 하느냐고 비웃었다. 미선이 먹다 남긴 맥주와 과자를 아무렇게나 입에 욱여넣으며 온종일 게임만 했다. 한마디로 미쳐 있었다.

원형은 화면이 꺼진 후 아버지에게, 어머니에게 전화를 걸었는데 두 사람 다 받지 않아 불길한 마음이 들었다. 정말로 부모님이 잘못된 것만 같아서였다. 원형은 모텔방을 거의 꽉 채운 침대 옆 좁은 공간을 왔다 갔다 하며 안절부절못했다. 원미에게 전화가 걸려온 건 그때였다.

"너 어디야? …… 괜찮아?"

아무 소리도 들리지 않다가 콧김을 뿜으며 원미가 말했다.

"괜찮지 않으면 어쩌게? 내가 어제 할 말 있다고 일찍 좀 보자고 했는데 외박을 해?"

"아버지, 어머니는?"

"두 사람을 왜 나한테 찾아?"

"어떠냐고!"

"왜 소리 지르고 난리야. 평소랑 똑같지 뭐. 아빠 술 먹고 뻗어 있고, 엄마는 일찍부터 나갔고. 뭔데 이래?"

후, 평소와 똑같다는 말에 원형은 안도했다. 평범하게 끔찍한 현실에.

"오빠."

"왜?"

"돈 좀 있어?"

잠깐이었지만 원미가 살아 있기를 간절히 바랐던 게 후회되는 순간이었다.

"무슨 돈?"

원형이 퉁명스럽게 묻자 원미는 한 달 전 저지른 사건을 털어놓았다.

"자동차 훔쳐 타다가 사고 나서 걸렸어. 차 주인이 합의금 안 주면 소년원 보낼 거래. 친구들은 엄마 아빠가 합의 봐서 다 빠져나갔는데 나만 아직 해결 안 됐어."

원형은 머리가 핑글핑글 도는 기분이었다.

"합의금이 얼만데?"

"150만 원."

150만 원이면 노량진에서 양복과 구두를 사기 전 수중에 있던 돈이었다. 원형은 현실이 꼬이고 꼬이며 뭔가 더욱 심각하게 잘못되어 간다는 기분을 느꼈다. 원미의 비행이 생각한 것보다 더 심각한 상태라는 게 절망적으로 다가왔다. 하긴 사람의 팔을 담뱃불로 지질 때부터 알아봤어야 했는데. 그때 막아서지 못한 게 이런 문제를 일으켰을까. 더 나빠질 걸 알고 있었는데. 단지 신경 쓰고 싶지 않아 외면했을 뿐이었다.

원형은 열차가 곧 들어온다는 방송을 듣고 고개를 들었다. 원미가 말했다.

"혹시 아까 준 돈, 오빠가 하는 게임이랑 관련된 거야?"

"뭐가?"

원형은 심장이 덜컥 내려앉는 것 같았다.

"아니. 그 가족이데아인가 뭔가 말야."

"네가 그 게임을 어떻게 알아?"

원형은 사색이 되었다.

"그럼 밤에 쳐 안 자고 그것만 하고 있는데 내가 모르겠냐? 나도 해봤거든."

"뭐라고? 그 게임을 해봤다고?"

열차가 들어오기 시작했다.

"그래."

"이게 미쳤나? 왜 남의 게임을 함부로 해!"

원형이 입을 열자마자 열차가 고막을 찢을 듯한 소음을 내며 들어왔다. 원형이 욕설을 퍼부었다. 원미도 지지 않고 욕설을 퍼부어댔다. 열차가 가까이 다가오는 소리가 시끄러웠지만 원형과 원미가 내지르는 험한 욕은 주위에 다 들렸다. 눈살을 찌푸리는 사람이 한둘이 아니었다.

두 사람은 지하철에 올라타고 나서야 입을 닫았다. 창피를 당하는 건 둘 다 싫었다.

원형이 가까이 다가가 속삭였다.

"어디 가서 그 게임 얘기하지 마."

"순진하긴. 재미도 없더만. 그깟 게 뭐라고."

두 사람은 여의도역에서 환승하고 석촌역에서 내려 동부지방법원 앞에 도착할 때까지 한마디도 하지 않았다. 원미가 합의금을 갖고 조정실로 간 사이 원형은 건물 밖에 있었다. 같이 들어가려 했지만 원미가 따라오지 말라고 극구 말렸다. 오빠 앞에서 다른 사람들한테 욕먹는 모습을 보여주기는 싫은 것 같았다.

'합의금 빌리는 주제에 뭔 놈의 자존심인지.'

하릴없이 건물 주변을 배회하다 맞은편을 보니 익숙한 건물이 눈에 띄었다. 문정동 법조타운.

기태가 갇혀 있던 구치소가 거기 있었다. 원형은 회상에 잠겼다. 재벌 가족으로 산 몇 개월이 스쳐 지나가면서 기태 놈의 배신이 떠올랐다.

벌써 기태와 여동생에게까지 가족이데아를 들켰다는 생각에 찝찝한 기분도 들었다. 기태에게 게임으로 돈 벌고 있다는 말은 하지 말걸 그랬다는 후회가 밀려왔다. 하긴 이제 상관없는 일이었다. 어차피 게임은 끝났으니까.

잠시 후 원미가 조정실에서 나왔다. 표정이 좋지도 나쁘지도 않았다. 아직도 자신에게 무슨 일이 일어난 건지 잘 모르는 표정 같았다.

"잘 끝난 거야?"

"응."

원형은 더 묻지 않고 앞장서서 걷기 시작했다. 원미도 터덜터덜 따라 걸었다.

한참을 걸어가던 두 사람이 건널목 앞에 서 있을 때 동부구치소에서 나오는 호송차를 보았다. 경찰차처럼 빨갛고 파란 경고등이 있고 '긴급호송'이라는 붉은색 글씨가 적힌 대형 호송차였다. 두 사람은 얼어붙은 채 차를 응시했다.

남매는 여태껏 위험해보이는 것, 나쁜 것들을 외면하고 무시하는 법을 몰랐다. 오히려 보고 싶어 했다. 얼마나 나쁜지 알아야 피할 수도 있을 것 같아서였다. 하지만 차창은 짙은 선팅으로 가려져 있어 안에 있는 범죄자들이 보이지 않았고, 두 사람은 세상에 얼마나 나쁜 것들이 있는지 이미 알고 있었다. 배신, 착취, 방관, 증오, 폭력, 무기력. 모두 가족 안에서 먼저 경험한 일이었다.

얼마쯤 걷다가 원미가 말했다.

"돈 고마워."

원형은 아무 말도 하지 않았다.

"나 약속 있어서 간다."

"그래."

원형은 원미에게 어디로 가냐고 묻지 않았다. 원미도 원형이 어디로 갈 건지 궁금해하지 않았다. 두 사람은 같이 다닌 목적이 사라지자 어색하고 불편해져 따로 가는 길을 선택했다. 아마 다시 어떤 사건이나 사고가 생길 때까지 오늘처럼 길게 붙어 있는 시간은 없을 것이다.

가족끼리 뭔가를 해본 게 언제인지 까마득했다. 아버지가 지금은 그만둔 버스기사를 하기 한참 전, 대기업에 다녔던 시절엔 놀러 다닌 적이 있었을까. 아무 의미 없는 생각이었다. 아버지가 대기업에 다녔고 그때는 잘나갔다는 얘기, 원형을 부잣집 도련님처럼 꾸며 놀이공원이고 산이고 바다고 놀러 다녔다는 아버지의 술주정은 당신의 기억 속에서 끄집어낸 이야기일 뿐이었다.

원미와는 좋은 기억도 있었다. 하지만 아버지의 술주정처럼, 그건 원미에게는 없고 원형에게만 남아 있는 기억이었다. 원형의 모든 것을 따라 하던 귀여운 동생 원미는 이제 어디에도 없었다. 원미가 작은 머리를 굴려서 뭔가를 생각하는 유아기에 아버지가 집에 돌아왔고, 부족하지만 적어도 평화로웠던 가족의 시간이 파편화되기 시작했다.

아버지는 지금도 과거의 기억에 묶여 있었다.

가족들을 언제나 그 끈적하고 어두운 늪으로 끌고 들어갔다. 현실의 가능성을 모조리 과거로 흘려보냈다. 과거를 바꾸고 싶어 하는 아버지에게 현실의 자식들은 쓸모없는 존재였다. 부족하고 거슬렸다.

원형과 원미는 그 모든 것을 민감하게 느낄 수 있었다. 자식인 그들의 존재가 아버지에게는 벗어나고 싶은 현실이었고, 어머니에게는 혼자서 감당할 수 없는 짐에 불과했다.

원형은 고개를 저었다.

'내가 바꿀 수 있어. 내가 우리 집을 일으킬 거야.'

원형은 다시 노량진으로 가기 위해 지하철역으로 향했다. 개찰구에 들어서자 열차가 막 들어오는 소리가 들렸다. 계단을 재빨리 내려갔지만 이미 문이 닫히고 있었다.

허탈해져 열차 안을 들여다보는데 누군가와 눈이 마주쳤다. 저 사람은! 원형은 뚫어지게 한 사람을 쳐다보았다.

하 집사였다.

하 집사와 똑같이 생긴 사람이 열차 안에서 원형을 마주 보고 있었다. 그는 금세 사람들 틈으로 사라졌다. 걸음을 옮기면서 움직이는 열차 안을 살폈다. 이제 하 집사는 보이지 않았다. 눈을 깜박이던 원형은 이상한 생각에 사로잡혔다. 하 집사와 똑같이 생긴 사람이 자신과 원미를 미행했을 거라는 직감이 들었다. 하지만 늘 스스로를 강하게 의심하는 원형은 고개를 세차게 저었다. 잘못 봤을 거라고. 하 집사는 게임회사에서 자체적으로 여러 얼굴을 조합해 만든 캐릭터라고 했으니 실제로 존재할 리 없었다. 우연히 비슷한 얼굴의 사람을 만난 거겠지.

원형은 벤치에 앉으며 숨을 골랐다. 고개 숙인 원형의 눈에 이틀 전에 산 소가죽 옥스퍼드 수제 구두가 들어왔다. 오래 걸어 다녀서 그런지 구두는 광채를 잃고 먼지를 뒤집어쓰고 있었다. 재벌 3세 놀이가 끝났다는 게 실감 났다.

게임회사 대표는 더 이상의 게임 테스트는 필요 없다고 했다. 그가 빌려준 돈으로 원미의 합의금을 낼 수 있었던 건 그나마 다행이었다. 게임회사 대표는 원형의 일이 남 일 같지 않다고 했다. 아마도 원형이 가족이데아를 시작하기 전에 지나치리만치 상세히 가족 얘기를 했기 때문인지도 몰랐다.

원형은 갑자기 부끄러웠다. 왜 그랬을까. 게임회사 대표는 가족이데아를 시작하려면 자기 가족의 진짜 모습과 자기가 바라는 가족의 모습을 잘 알아야 한다고 조언했을 뿐인데, 원형은 그가 묻지도 않은 가족사를 털어놓았다. 누군가에게라도 말하지 않으면 미칠 것 같아서였다.

'그래. 뭐 어때. 한 번도 만난 적 없는 사람인데. 앞으로도 만나지 않을 사람이고. 덕분에 동정심을 얻어 원미 합의금도 빌릴 수 있었잖아.'

원형은 애써 긍정적으로 생각해보았지만 갑자기 엄습해온 현실에 막막함을 느꼈다. 그동안 가족이데아에 빠져 있느라 공부를 못했다. 8월 시험까지 3개월밖에 남지 않았다. 학원 수강료를 낼 돈은 없고 이제 혼자 힘으로 공부해야 했다.

학원 사물함에서 빼낸 책을 가방에 넣고 오랜만에 공립도서관으로 향했다. 절망이 긴 그림자를 늘어뜨리고 있었지만 희망을 놓지 않았다. 막연히 미래는 다를 것이라 생각했다. 그래야 살 수 있었다.

◆◆◆

하마터면 정체를 들킬 뻔했다.

상원은 집으로 들어오자마자 변장하는 데 썼던 모자와 후줄근한 외투, 마스크를 벗었다. 삼각김밥과 캔 커피가 든 비닐 봉투를 서재 책상 위에 던지듯 내려놓았다.

상원은 고글을 쓰고 기계적으로 삼각김밥을 씹어먹으며 가족이데 아를 실행했다.

어둠이 삼킨 현실의 집과는 다르게 원래의 밝고 아늑한 상원의 집이 화면 속에 나타났다. 조금 전 지나온 현관문을 다시 지나 부엌으로 들어가자 지희가 보였다. 앞치마를 입은 딸이 뒤집개를 든 채 돌아보며 잔소리했다.

[아빠! 내가 저녁 할 테니까 그런 거 먹지 말라고 했잖아요.]

"어, 그래."

[거기 앉으세요. 계란프라이 거의 다 됐으니까. 노른자 안 터트리죠?]

"응, 안 터트려."

상원은 목이 메었다. 급하게 캔 커피를 따서 마시고 식탁에 앉았다. 지희가 접시를 내려놓으며 맞은편에 앉았다. 상원은 딸의 얼굴을 유심히 살폈다. 언제나 아무 일도 없어 보이는 얼굴, 상원이 기억하는 생전 모습 그대로였다. 지희가 웃었다.

[어서 드세요, 아빠.]

계란프라이, 잘게 자른 오이와 파프리카, 구운 김, 밥뿐인 소박한 식탁이었지만 딸과 함께 있으니 모든 게 풍족하게 느껴졌다. 지희의 표정은 잔잔한 호수처럼 늘 편안했다. 어쩌면 그 표정이 단 한 순간도 엄마가 곁에 없었던 여자아이가 아빠 앞에서 지을 수 있는 최선의 연기일지도 모른다는 생각이 들었지만 그것도 나쁘지 않다고 생각했다. 삶이란 어차피 각자 맡은 역할을 열심히 연기하는 것이니까.

아빠와 딸. 상원은 딸과 자신이 똑 닮았다고 생각했다. 책임감 있고 똑똑하고 계획적인 외유내강형 인간. 가끔, 아주 가끔은 딸에 대해 잘 모르는 게 아닐까 의문이 들었지만, 그리 신경 쓸 만한 일은 아니라고 생각했다. 마음 한편엔 신경 쓰지 않는 게 딸을 위해서도 좋은 일이라고 여겼다.

상원은 일찌감치 딸이 자립적인 인간이 될 수 있도록 방향을 잡았다. 10대 시절 공부만 했던 것처럼 육아도 각종 육아서를 찾아보면서 마스터했다. 덕분에 신생아 때 30분에 한 번씩 자다 깰 정도로 예민했던 딸아이는 혼자 침대에서 잠들 수 있게 되었다. 지희는 돌이 되기 전에 걷기 시작했고 기저귀도 일찍 뗐다. 투정 부리거나 떼쓰지 않는 아이였으며, 원하는 것이 있으면 조리 있게 설명할 줄 알았다.

어린이집 선생님은 지희가 적응력이 뛰어나고 아이들과 잘 지내며 똑똑한 아이라고 했다. 초등학교 선생님은 지희가 모범적이고 착한 아이라고 했다. 중학교 선생님은 지희가 공부면 공부, 교우 관계면 교우 관계 모두 흠잡을 데 없는 아이라고 했다. 지희가 그런 의젓한 딸이었기에 회사 일에 더 집중할 수 있었다. 회사를 키워 지희에게 모든 면에서 최고의 환경을 만들어주는 아빠가 되고 싶었다.

지희가 고등학생이 되면서부터 상원은 눈코 뜰 새 없어 바빴다. 지희도 그랬다. 지희는 고등학교 1학년을 마칠 때 전체 석차 중 1등을 차지했다. 대수로울 것 없다는 듯 성적표를 내미는 딸에게 상원은 기쁜 내색을 감추고 조언했다. 공부가 인생의 전부는 아니니 항상 다른 길도 열어두라고. 진짜 성적표는 사람들 사이로, 사회로 뛰어들었을 때 비로소 받게 되는 거라고. 잠시 생각하던 지희가 고개를 끄덕였다. 성숙하고 책임감 있는 아이였다. 학교생활이 어떤지 물으면 지희는 항상 같은 대답을 내놓았다.

다 잘돼가요.

그 말을 전부 믿지는 않았다. 사람은 완벽할 수 없으니까. 상원에게도 그림자가 있듯 지희에게도 그림자가 있으리라고 짐작했다. 다행인 점은 지희의 그림자가 무엇인지 자신이 잘 알고 있다는 것이었다. 모를 수 없었다. 같은 그림자니까.

지희의 친엄마.

지희를 갓난아기 때 버리고 간 그 여자. 언젠가 물어올 것에 대비해 상원은 해줄 말을 준비해두었지만 정작 지희는 엄마를 별로 궁금해하지 않았다. 언젠가 딱 한 번 지희가 이상한 질문을 한 적은 있었다.

"아빠."

"응?"

"그 여자가 떠났을 때 팔 한쪽을 잘라내는 기분이었어요?"

"뭐라고?"

"음, 어디서 봤거든요. 배우자와 이혼하는 건 수족 하나를 잃는 것과 같다고요."

상원은 자기도 모르게 웃음을 터트렸다.

"오, 지희야. 아빠는 그렇지 않았어. 그 여자는 애초에 내 신체 일부였던 적이 없거든."

그 말에 지희는 순간 미묘하게 상처받은 표정을 지었다가 빠르게 숨겼다. 상원은 왜 지희가 그런 표정을 지었는지 이해할 수 없었지만 서둘러 수습했다.

"하지만 그 여자, 아니 네 친엄마는 분명 널 많이 사랑했어. 지희야, 우리가 헤어진 건 우리 둘만의 문제였던 거야."

훌륭한 답변이었다. 거짓말이지만.

지희는 더 이상 엄마에 대해 묻지 않고 대신 엉뚱한 질문을 했다.

"아빠, 아빠는 만약 내가 지금의 내가 아니었다면 어땠을 것 같아요?"

"그게 무슨 말이야. 네가 지금의 네가 아니라니?"

지희는 상원의 눈빛을 피하고 괜히 딴청을 부리며 말했다.

"그러니까 말 안 듣고 공부 못하고 철없고……. 그런 딸이었다면요. 내가 미울 것 같아요? 혹시 버리고 싶다고 생각했을 것 같아요?"

"그런 말이 어딨어?"

상원이 충격받은 표정을 하자 지희는 배시시 웃으며 별거 아니라는 듯 손을 내저었다.

"그냥. 그냥 물어본 거예요."

상원은 지희가 지희답지 않은 것에 대해 한 번도 생각해본 적 없었다. 답은 정해져 있었다.

"아빠는 네가 어떤 사람이어도 널 사랑하고 응원할 거야. 절대 딸을 버린다는 생각은 하지도 않을 거야."

상원은 그 대답이 지희에게도 만족스럽기를 바랐다. 하지만 지희의 표정엔 아무 변화가 없었다. 그리고 예상 밖의 결론을 내렸다.

"역시 아빠는 완벽해요."

상원은 논리 구조가 어긋나는 듯한 결론에 잠시 사고가 정지되는 것 같았다. 정신을 차린 뒤 올바른 해석에 다가가기 위해 딸에게 몇 가지 질문을 던질 필요가 있다고 생각했지만 시간이 없었다. 출근길인 데다 이미 지희의 학교 앞이었다. 지희가 차에서 내리면 최대한 액셀을 밟고 회사에 들어가야 했다.

"지희야, 오늘 이 얘긴 나중에 다시 하자."

그 뒤로 같은 주제로 얘기를 나눌 기회는 생기지 않았다. 왜 이제 와서 그때 생각이 나는지 알 수 없었다. 별로 중요하지 않은 일화였다. 아무 실속 없는 기억이었다. 상원에게 필요한 건 지희가 얼마나 원미 때문에 고통받는지에 대한 기록, 증거물 같은 것이었다. 하지만 그 당시에는 지희가 일진들에게 괴롭힘을 당하고 있을 거라고는 상상도 못 했기에 그에 관해서는 어떤 것도 기억나지 않았다.

상관없었다. 법적인 처벌에 대한 기대는 저버렸으니까. 자력구제. 상원은 지금 자신이 무엇을 해야 하는지 잘 알았다. 지희를 죽인 살인자와 그 가족들에게 벌을 내리는 것. 완벽한 복수. 상원과 앞에 앉은 가상현실 속 지희가 간절히 바라는 것은 그뿐이었다.

[아빠, 벌써 지친 거예요? 의욕이 없어 보이네요.]

딸이 말했다. 상원이 미리 설정값을 입력한 AI 지희 캐릭터가.

"무슨 말씀을. 이제 시작인데."

상원은 계란프라이를 집어 밥에 올려놓고 윤기가 흐르는 탱글탱글한 노른자를 터뜨렸다. 아주 생생한 느낌이었다. 실제 먹고 있는 삼각김밥의 뒷맛이 씁쓸하게 느껴질 지경이었다. 새삼 가족이데아의 그래픽 기술에 감탄이 절로 나왔다. 원래 계획대로 가족이데아가 출시됐다면 어땠을까. 회사의 운명이 바뀌었을지도 모를 일이었다. 중소 게임회사가 단번에 대기업이 될 만큼 성공적인 게임이었을지도 모르는데.

[후회되지 않아요?]

"뭐가."

[아빠 게임이 이런 식으로 사용되는 거요. 회사엔 신경도 못 쓰고요.]

딸의 얼굴을 유심히 바라보았다. 3D로 재현된 완벽에 가까운 피조물이었다. 가족이데아가 끝까지 개발됐더라면 4D로 만들 수 있었을 텐데. 예쁜 아이였다. 갸름한 얼굴에 뚜렷한 이목구비. 지희 성격이 상원을 닮았다면 얼굴은 제 친모를 쏙 빼닮았다. 가끔 얼굴을 제대로 쳐다보기 힘들 정도였다. 하지만 누가 뭐래도 지희는 상원이 공들여 키운, 상원의 좋은 면을 빼다 박은 자신의 딸이었다. 그 예쁜 독사 같은 여자의 흔적이 지희 얼굴에 그대로 남아 있는 건 어쩔 수 없는 일이었다. 다행히 지희는 또래에 비해 외모를 꾸미는 데 지나치리만큼 관심이 없어 보였다. 지희는 시력이 좋은데도 일부러 검은색 뿔테 안경을 썼다.

상원은 그런 딸아이를 사랑했다. 꼭 자기 자신을 보는 것 같았다. 내면의 아픔을 드러내지 않고 타인에게 보이고 싶은 이미지대로 자신을 철저히 관리하며 올바르게 살아가는 모습이 기특했다.

"지희야, 아빠는 널 위해 최선을 다했어."

상원은 터지려는 울음을 꾹 참고 말했다.

[알아요.]

지희가 잔잔하게 미소 지었다.

[지금 하는 복수도 그런 거잖아요.]

"그래, 널 위해서야."

[고마워요, 아빠.]

"아빠가 지켜주지 못해서 미안해, 지희야."

[아니에요, 아빠 잘못이 아니잖아요. 원미와 원미를 그런 식으로 키운 그 가족 잘못이죠.]

지희의 팔이 상원의 어깨를 쓰다듬으려는 듯 쓱 다가왔다. 상원은 잠시 움찔했지만 피하지 않았다. 감촉은 느껴지지 않았다.

"지희야, 앞으로 그들을 어떻게 해야 할까? 넌 어떻게 했으면 좋겠니?"

[음…….]

지희가 젓가락 두 짝을 식탁에 탁탁 두드리기 시작했다. 상원이 바로잡지 못한 안 좋은 습관 중 하나였다. 상원은 거슬렸지만 가만히 기다렸다.

[이제 아빠가 직접 나서야 해요.]

"직접?"

[네, 아빠.]

"어떻게?"

[버그! 버그를 일으키세요.]

지희가 입술을 길게 찢으며 웃었다.

[원미 오빠 게임 속에서 그랬던 것처럼 원미네 가족 자체의 결함으로 그들을 죽게 만들어요, 아빠.]

◆◆◆

닭 볏이 될지언정 소꼬리는 되지 말아야지. 원섭이 잠에서 깨며 부여잡은 말이었다. 숙취가 텅 빈 머릿속부터 뱃속까지 훑으며 통증을 안겨주었지만 정신은 맑았다.

시계는 열한 시를 가리키고 있었다. 가족들이 모두 나가서 고요한 집. 원섭은 가장으로서 고독하고 비장한 기분을 느끼며 가부좌를 틀었다. 눈을 지그시 감고 입술 끝을 내리자 팔자주름이 깊어졌다. 잠시 눈을 감았을 뿐인데 지난 세월이 조금 전 일처럼 생생하게 떠올랐다.

형제들의 배신과 세상의 모략질. 그 속에서 어떻게 살아남았는지 생각하자 가슴이 답답하고 울분이 터져 나오려 했다. 원섭은 번쩍 뜬 눈에 힘을 주고 입술을 단단히 오므렸다. 오늘은 새 세상이 열릴 것이다.

냉장고 문을 열자 쉰 음식 냄새가 훅 끼쳤다. 집을 이 꼬라지로 만들어놓고 어딜 싸돌아다니는 건지. 원섭은 조만간 여편네를 한번 잡도리해야겠다고 다짐하며 약수물 담은 페트병을 입에 대고 벌컥벌컥 마셨다. 크아. 꺼억. 세상을 향해 큰 포효를 하고 나니 비로소 살아 있다는 기분이 들었다. 혓바닥에 밴 소주와 마늘의 향도 씻겨 내려가는 것 같았다.

원섭은 이대로 집에 있을 수 없었다. 달력을 보니 마침 밖에 나가는 날이었다. 원섭은 이를 닦지 않고 밖에 나가려다 마음을 바꿨다. 가끔 구취가 심한 놈들을 만날 때가 있는데 그런 놈들과 같아질 순 없었다. 이를 닦으며 세면대 위로 건선이 심한 머리를 긁었다. 흰 딱지 부스럼이 우수수 떨어졌다.

지난번엔 불쾌한 일이 있었다. 웬 거지 놈 하나가 '비듬이 심해서

같이 밥을 못 먹겠다'고 자리를 피한 것이었다. 이건 비듬이 아니라 건선이야! 썩은 동태 눈깔에다 황니 주제에 어디 감히.

원섭은 크게 쏘아붙이려다가 참고 점잖게 밥을 먹었다. 자신은 그런 건방진 노숙자 놈과 상대할 급이 아니었다.

원섭은 호기롭게 옷장 문을 열었다. 한숨 대신 침통한 신음이 흘러나왔다. 오십이 넘은 나이에 이런 구질구질한 옷들을 입을 순 없는 노릇인데. 문득 철없는 딸내미가 다른 애들은 다 교복을 두 벌씩 산다며 자기도 교복 하나를 더 사달라고 한 게 기억났다. 요즘 아이들은 하여간 참 편하게 살고 있었다. 옷 타령이나 하고 있으니.

그 나이 때 원섭은 라면 하나 끓여 먹고 학교 가기도 힘들었다. 버스비를 아끼려고 두 시간을 걸어 다녔다. 학교도 엎어지면 코 닿을 거리지, 무상급식 잘 나오지. 아무 걱정 없이 공부만 잘하면 되는데 왜 그렇게 하나같이 똑바로 하는 자식 놈이 없는 건지 원. 늘그막에 자식 덕을 볼 수 있을까 기대가 컸는데 이제 말짱 꽝이었다. 이럴 바에야 원미를 자퇴시키고 저 알아서 갈 길을 가라고 할까 싶기도 했다. 학교에 야금야금 들어가는 돈이 아까웠다.

원형이 놈도 한심하기는 마찬가지였다. 어렸을 때는 제법 똑똑해서 빛을 볼 줄 알았는데. 그깟 공무원 시험을 한 방에 못 붙고 쩔쩔매고 있었다. 집안의 희망인 줄 알았는데 실망도 그런 실망이 없었다.

'결국 믿을 건 나 하나뿐인가.'

원섭은 거울 속 모습을 들여다보자 씁쓸했다. 신수가 훤했던 얼굴이 검고 주름지고, 양 볼도 홀쭉해져 있었다. 부스스하게 뻗친 머리를 매만지며 원섭은 다시 한번 중얼거렸다. 닭 볏이 될지언정. 원섭은 한 번도 자신이 우두머리로 태어난 운명이라는 것을 의심해본 적이 없었 다. 세상이 도와주지 않았을 뿐. 이토록 비상한 인재가 집 안에만 틀어 박혀 있다는 건 국가적 손실이자 재난인데도 불구하고 아무도 알아주 지 않는다는 게 한탄스러웠다. 이제 본 실력을 펼쳐야 할 때가 온 것 같았다. 하지만 무엇으로 어떻게? 쉬이 답이 나오지 않았다.

버스기사는 성에 차지 않는 일자리였고, 명예퇴직할 나이에 대기 업에서 일하는 건 불가능한 일이었지만 원섭 스스로도 용납할 수 없 는 일이었다. 대기업이라면 치가 떨렸다. 회계팀에서 일하며 온갖 비 리를 목격한 뒤에 내부고발을 했는데, 회사 측은 원섭에게 횡령 혐의 를 씌워 고소했다. 원섭은 불법을 바로잡고 정의의 사도가 되려 했지 만 세상은 시련을 안겨주었다. 결국 징역을 살고 나온 원섭에겐 피해 의식과 분노조절장애라는 후유증이 남았다.

원섭은 자신의 정신적인 고통을 한 방에 해결하려면 오로지 세상 앞에 우두머리로 우뚝 서는 방법밖에 없다는 걸 알았다. 그렇다면 무 슨 일을 할지는 정해져 있었다. 사업을 하는 것이다. 그런데…… 무슨 사업? 원섭은 오늘도 이런저런 궁리를 하며 머리를 감았다. 마땅한 사업 아이템은 떠오르지 않고 샴푸가 닿은 두피는 쓰라렸다.

원섭은 옷장에서 20년 넘은 여름 양복을 골라 입고 다용도실로 갔 다. 보일러가 돌지 않는 바닥에 발을 딛자 날카로운 냉기를 느낀 원섭은 몸을 으스스 떨며 다용도실 안을 뒤졌다. 예전에 아파트 재활용 쓰레기장에서 주워온 가방이 어디 있었는데. 원섭은 세탁기 뒤쪽에 처박혀 있는 납작한 가방을 발견하고 빼내려다 무심코 세탁기 안을 들여다보았다. 그 안에 세탁만 하고 널지 않은 빨랫감이 그대로 들어 있었다. 벌써 며칠 지난 건지 빨랫감에서는 퀴퀴한 냄새가 났다.

원섭은 젖은 빨래 속에서 원미의 교복을 들어 올리며 충격에 빠졌다. 애는 오늘 뭘 입고 학교에 간 거지? 아예 학교에 안 간 건가? 그동안 애 엄마가 알아서 하려니 신경을 안 썼더니 이 모양이었다. 오늘은 작정하고 기강을 잡아야겠다는 생각이 들었다. 이것들이 아버지 무서운 맛을 봐야 똑바로 살지. 이 험한 세상 어떻게 살아나가려고. 원섭은 집게 손으로 들고 있던 원미의 교복을 도로 세탁기 안에 처박고 가방을 옆구리에 끼었다.

집 밖으로 나온 원섭은 주위 눈치를 전혀 보지 않는 것처럼 성큼성큼 걸었지만 사실은 그 반대였다. 부자연스러운 동공의 흔들림이나 뻣뻣한 걸음걸이, 한껏 치켜올린 턱에서 주변을 무척 신경 쓰고 있다는 티가 났다. 하지만 아무도 원섭이 지나가는 걸 의식하지 않았다.

다들 대수롭지 않게 보아 넘기는 것을 원섭은 그러지 않았다. 원섭은 길 한가운데 치우지 않은 개똥, 미용실 약 냄새, 하수구 틈에 낀 쓰레기 등 별의별 것에 일일이 화를 냈다. 슈퍼마켓 앞을 지나다가 움푹 파인 길에 있는 물을 잘못 밟고 그만 바지 밑단을 적셔버렸다. 원섭은 앞에 나와 있던 슈퍼 주인에게 버럭 화를 냈다.

"아이, 아줌마. 내가 여기다 물 뿌리지 말라고 했어요, 안 했어요?"

슈퍼 주인은 참을까 말까 하며 입술을 움찔거리더니 삿대질했다.

"아저씨, 내가 내 장삿집 앞에 물을 뿌리든 말든 댁이 뭔 상관이야. 그냥 가던 길이나 가셔."

원섭의 눈썹이 꿈틀거렸다.

"이 아줌마가 좋게 말했더니 안 되겠네. 여기가 공동 구역이지 아줌마 땅이야? 담에 또 물 버려봐, 응? 어떻게 되나."

슈퍼 주인이 어이없다는 듯 외면하자 원섭은 눈을 부라리다 기어이 침을 한번 퉤 뱉고 돌아섰다. 원섭은 걸어가면서 슈퍼 주인이 무슨 말을 하나 안 하나 귀를 곤두세웠다. 더 이상 아무 말도 들리지 않자 원섭은 그제야 이겼다는 생각에 마음이 편해졌다. 앞으로 뭔가 좋은 일이 생길 것 같은 흐뭇한 기분도 들었다.

원섭은 전철을 타고 종로에서 내렸다. 교회 앞에 벌써 긴 줄이 늘어서 있었다. 무료 급식을 받으려고 모여든 사람들의 행렬이었다. 원섭은 다른 사람이 앞에 서기 전에 얼른 줄 끝에 섰다. 늦게 온 것치곤 줄이 길지 않은 것 같아 만족스러웠다.

비록 이 거지들 뒤에 서 있지만 결코 그들과 같은 부류가 아니었다. 원섭은 속으로 혀를 찼다. 처자식이 있고 집이 있었다. 원대한 꿈과 목표, 태생적인 능력도 있었다. 다만 운과 때를 잘못 만나 잠시 주춤하고 있을 뿐이었다. 여기 서서 무료 급식을 받는 것도 꼭 집에 음식이 없어서가 아니었다. 자신의 존재야말로 이 쓸모없는 무료 급식

행사를 유일하게 가치 있게 만들어준다고 생각하기 때문이었다.

사람은 밥으로 사는 게 아니라 타고난 능력, 꿈과 희망으로 사는 것인데, 그가 보기에 여기 모인 대부분의 거지는 그저 밥충이에 불과했다. 무능력하고 목숨을 끊을 용기조차 없어 그냥 사는 거지들에게 밥을 먹인다고 사람답게 살까. 길가에 개똥은 크기가 작기라도 하지. 차라리 하루에 밥충이들 수백 명 먹일 돈을 자신에게 준다면 크게 재기할 자신이 있었고 부자가 되면 전부 기부할 배포가 있었다.

이 교회는 뭔가를 잘못하고 있다. 구원이란 이런 게 아니었다. 우두머리로 태어난 사람을 우두머리로 살게 도와주는 것이 구원이었다. 어차피 내버려두면 자연히 도태될 인간들에게 한 끼 적선이나 해주는 게 아니라.

원섭은 팔짱을 낀 채 시선을 돌려 무료 급식을 나눠주려고 나온 자원봉사자들을 굽어보았다. 그들이 밝은 미소를 지으며 거지들에게 말을 거는 걸 보니 한심했다. 마누라도 어디 가서 저러고 있을 거라는 생각이 들어 울화통이 치밀어올랐다. 쓸모없는 여편네. 집에서 자기 남편이나 잘 봉양할 일이지.

원섭은 불만 가득한 표정으로 자원봉사자들을 바라보았다. 그러다 맨 끝에서 국을 퍼주던 한 남자 자원봉사자와 눈이 마주쳤다.

연신 친절한 미소를 짓고 있던 그는 원섭을 보더니 표정이 돌연 바뀌었다. 의구심에 찬 듯 놀란 표정을 지었다. 원섭은 당황해서 시선을 어디에 두어야 할지 알 수 없었다.

'노숙자가 아니라는 걸 알아챘나? 이럴 줄 알았으면 씻지 말고 옷도 더 허름하게 입을걸. 다 내가 너무 잘나 보여서 그래. 딱 봐도 귀인의 풍모라 어쩔 수가 없는 거지.'

자원봉사자의 시선이 어서 다른 곳으로 분산되길 마음 졸이며 기다렸지만 잠시 뒤 고개를 돌리자 이제 그는 자신을 향해 똑바로 다가오고 있었다. 젠장맞을!

원섭은 우물쭈물하며 할 말을 생각해보았다. 여기 아내가 일하고 있는 줄 알고 찾아왔다고 할까. 뭐 그 여편네가 교회에 일하러 다니는 게 거짓말도 아니니까. 그러나 위기를 모면한다 해도 다른 노숙자들의 시선이 쏠리는 건 참기 힘들 것 같았다. 조용히 한 끼 때우고 가려 했는데 아무래도 안 될 모양이었다. 망신살이 뻗치기 전에 도망칠 궁리로 등을 돌렸다.

어느새 다가온 남자가 원섭의 어깨를 붙잡았다.

'이 자식이 포기를 모르네. 왜 사람을 붙잡고 야단이야.'

원섭은 궁지에 몰린 쥐처럼 펄쩍 뛰며 뒤돌았다.

"왜 사람을!"

막 욕설을 내뱉으려는데 남자가 말했다.

"혹시 개천중학교 이원섭 선배님 아니십니까?"

고양이 등처럼 바짝 긴장했던 어깨가 천천히 내려갔다.

"으응? 개천중……. 그래, 나 맞는데. 누구지?"

원섭은 자신의 최전성기를 떠올리자 눈물이 살짝 고였다. 남자는 허리를 90도로 꺾으며 넙죽 인사했다.

"안녕하십니까? 저는 23기 후배 하진우입니다."

원섭은 잔뜩 미간을 좁히며 생각에 잠겼다.

'하진우? 하진우라. 그게 누구지? 워낙 많은 후배 놈들이 나를 따랐어야지.'

"제가 선배님 도시락 가방, 실내화 가방 많이 들어드렸죠."

남자가 실실 웃었다.

"어, 어. 그래. 기억나. 진우. 하진우. 알지 알지."

전혀 기억나지 않았지만 상관없었다.

"이렇게 만나 뵙게 되어 영광입니다, 선배님."

남자는 만면 가득 웃음을 띠며 원섭의 손을 꽉 그러쥐었다.

◆◆◆

원형이 고등학교에 입학할 무렵이었다. 아버지가 집을 나간 지 3년 만에 돌아왔다.

아버지는 인사를 내뱉는 대신 쏘아붙였다.

"니들 왜 그런 눈으로 보냐."

아버지가 그렇게 말한 것도 무리가 아니었다. 모두 황당한 눈으로 아버지를 보았으니까. 아버지의 귀가 선언을 듣자마자 원형은 낙심하고 말았다. 아버지가 집에 돌아오는 바람에 한부모 가정 복지 혜택을 받으려던 계획이 물 건너간 것이었다. 맨정신으로 집에 돌아오기 힘들었는지 술에 취한 얼굴에는 가족들 속도 모르고 변함없이 거만한 빛이 떠올라 있었다.

더 심란한 건 어머니 태도였다. 어머니는 늘 그렇듯 처음엔 아버지를 쌀쌀맞게 대하다가 점차 익숙해졌고, 나중엔 떠날까 봐 두려워했다.

"너희들 이제 학비 걱정하지 않아도 된다. 조금만 아껴서 생활하면 나머지는 다 해결돼."

아버지는 직접 주민센터에 가서 기초생활수급자로 등록한 뒤 자신의 처세를 자랑스러워했다.

"이런 국가 혜택을 받을 줄 모르는 멍청이들이 세상에 수두룩하다니까."

원형은 가족과 가족을 둘러싼 모든 것이 항상 부끄러웠다. 반면 아버지는 매사에 당당했다. 한편으론 부러웠다. 스스로에 대한 그 관대함이. 아버지 형제 중에도 비슷한 경우가 없는 걸 보면 그건 천성이었다. 흔히 사람들이 말하는 소시오패스나 나르시시스트와는 달랐다. 아버지는 그런 성격으로 원하는 것을 가져본 적이 없었다. 돈이든 권력이든 인간관계든.

아버지의 자아상은 증명될 길이 없으니 그저 무모할 뿐이었다. 아버지가 상대를 가리지 않고 펼치려던 그 원대한 자아상은 나중엔 만만한 대상, 즉 가족들에게만 표출되었다.

가족이데아 게임이 끝난 후 한동안 공허감과 죄책감에 휩싸인 나

날을 보내고 있을 때였다. 원형이 아침에 집을 나서려는데 아버지가 안방 문을 벌컥 열어젖혔다. 대뜸 큰소리를 쳤다.

"어깨 좀 펴라. 너는 사내자식이 축 처져서는 왜 이렇게 배짱이 없냐?"

평소에는 통 관심도 없던 아버지가 그런 말을 한다는 건 기분이 썩 괜찮은 편이라는 뜻이었지만 원형은 그런 말을 받아줄 여력이 없었다.

"…… 아버지가 감당하실 수는 있겠어요? 제가 배짱 있게 변하면요."

"뭐?"

아버지가 벌떡 일어나 멱살을 잡고는 원형의 뺨을 갈겼다. 입술이 터질 때까지 연거푸 얻어맞자 원형은 도리어 속이 후련해졌다. 이 맛에 어머니도 맞고 사는 것인지 모른다는 생각이 들었다. 아버지가 고마웠다. 아버지가 가족이데아 게임 속 캐릭터처럼 어느 날 갑자기 변하지 않는 게 얼마나 다행인지! 그동안 게임의 결말을 망친 것 때문에 상심했던 마음이, 죄책감이 말끔히 사라졌다.

원형은 다시 자신에게 맞는 옷을 입은 것처럼 편해졌다. 아버지에게 흠씬 두들겨 맞고 나서야 가족이데아를 하기 전의 소심하고 우유부단한 원형으로 돌아갈 수 있었다. 원형은 아버지가 이렇게 늘 한결같기를 간절히 바랐다. 만약 아버지가 변한다면, 지난 20년의 세월을 갑자기 반성한다면 원형도 어떻게 돌변할지 몰랐다.

그날 학원 복도에서 기태를 만났다. 야위어 있었고 6월인데 몸을 떨었다.

"감기 걸렸어?"

기태는 고개를 저었다. 가까이 있는데 이상한 냄새가 났다.

"너 괜찮냐?"

고개 숙이고 있던 기태가 끼긱끼긱 웃음소리를 흘리더니 대답 대신 엉뚱한 말을 했다.

"그 게임 아직도 해?"

"아니."

"조심해. 그 게임 만든 사람이 악마라는 소문이 있어. 저주의 게임인 거지."

갑자기 가족이데아 얘기는 왜 꺼내는 건지. 무슨 괴담도 아니고 저주의 게임은 무슨 얘긴지 도무지 종잡을 수 없는 얘기였다. 게다가 그 게임은 아직 시중에 나오지도 않았는데.

노량진에 있다 보면 한눈에 봐도 공부를 너무 많이 해서 정신이 나간 것 같은 사람들을 종종 볼 수 있는데 기태는 그중에서도 중증 같았다. 스스로 미친 게 아니라 무언가에 조종당해서 미친 사람처럼 변한 것이다.

기태가 무슨 말인가 하려다 말고 고개를 흔들며 학원 출입문으로 나갔다. 몇 걸음 안 갔을 때 짙게 선팅되어 안이 전혀 보이지 않는 검은 밴이 앞에 와 섰다.

기태는 잠시 머뭇거리더니 차 문을 열고 안으로 들어갔다.

원형은 불길하게 지켜봤지만 달리 아무것도 하지 않았다. 게임 얘기를 꺼낸 게 이상하게 걸리긴 했지만 어차피 이제 다 끝났으니 신경 쓰지 않아도 될 것 같았다. 무엇보다 아무리 멀쩡했던 기태라도 미쳐버린 이상 더는 상대하지 않는 게 좋았다. 한 가지 일을 오랫동안 하면서 성과를 내지 못하고 포기하지도 못하면 정상인도 미친 사람이 되기 마련이었고, 노량진엔 그 경계에 있는 사람들이 흔했다. 기태는 벌써 그 경계를 훌쩍 넘어선 것 같았다.

원형은 또 하나의 노량진 낙오자를 신경 쓸 여력이 없었다. 가방 안에 있는 모의고사 채점 결과를 확인해야 했다. 모의고사 점수는 8월 시험 결과를 예측해볼 수 있는 중요한 점수였다. 그 점수가 본시험 점수로 그대로 나온다는 말이 있을 정도였다.

빈 강의실에 들어간 원형은 눈을 감았다 뜨며 채점표를 확인했다. 결과는 340점. 합격권이었다. 원형은 채점표에 적힌 점수를 보고 또 보았다. 그 점수를 확인하니 이미 공무원 시험에 합격한 것처럼 들떴다. 그것만으로도 게임 속에 나오는 좋은 집, 좋은 차, 헤어진 미선이보다 훨씬 예쁘고 능력 있는 여자. 희망찬 미래가 눈앞에 보이는 듯했다.

이런 좋은 날을 그냥 지나칠 수는 없었다. 원형은 도서관 열람실에 가지 않고 그대로 학원 출입문을 나섰다. 편의점에서 맥주 한 캔을 사서 나오다가 다시 들어갔다. 소주 한 병과 맥주 한 캔을 더 사서 근처 공원으로 향했다.

◆◆◆

상원은 원미 아버지와 대화를 나누는 장면을 수없이 시뮬레이션했다. 끓어오르는 감정을 숨기고 침착하려 노력했다. 예정대로 오지 않을까 봐 걱정도 했다. 하지만 원미 아버지는 왔다. 자식 잘못 키운 죗값을 치러야 할 인간이 뻔뻔하게 무료 급식을 받으러 온 것이다. 지희는 죽었는데 그의 딸은 멀쩡히 살아 있었다. 국자를 쥐고 있는 손이 떨렸다.

막상 연기를 시작하자 모든 게 술술 풀렸다. 의외로 순진한 인간이었다. 그를 꾀어내는 건 쉬운 일이었다. 그는 모든 사람이 자신에게 호의를 보이는 게 마땅하다고 믿는 어린아이 같았다. 좋은 술과 안주를 먹이고 옛 영광을 불러와 인정받고 싶은 욕구를 살살 긁어주자 주인을 잘 따르는 개처럼 온순해졌다. 몇 달이 걸릴 줄 알았던 일이 하루 만에 끝나버렸다.

상원은 도리어 허탈해졌다. 딸을 죽게 만들고 자신의 삶을 파탄에 이르게 한 대상이 고작 여고생이라는 사실을 깨달을 때마다 느끼는 감정과 비슷했다.

현관문을 열고 들어오자마자 힘없이 옷방으로 건너갔다. 수더분하고 싹싹한 중년 남자처럼 보이게 했던 안경과 가발은 벗어서 선반 위에 올리고 나이 들어 보이는 셔츠는 벗어서 빨래통에 넣었다. 모든 걸 다 무효로 만들고 싶은, 이대로 자신을 놓아버리고 싶은 마음을 눌러 참고 꾸역꾸역 정리했다.

흐트러진 마음을 다잡고 나서야 상원은 전화를 걸었다.

"네, 지금 막 집에 들어왔습니다."

상원은 지희 방으로 들어가며 통화를 이어나갔다.

"벌써 알아냈어요. 문자로 보내죠. 3개월만 장사하고 다른 곳으로 옮기세요. 그 정도면 5억은 버니까. 장사 더 하려다 탈내지 마시고요."

통화가 끝나자마자 원섭의 주민번호, 인감증명, 예금계좌를 문자로 전송했다. 돌이킬 수 없는 짓을 저질렀지만 불법은 만연하고 복수는 정당했다. 상원은 거리낄 것이 없었다. 야차 같은 술집 마담은 별로 고마워하지도 않았다. 마담은 원섭이 아니어도 수백 개의 명의도용 정보가 적힌 문서를 갖고 있었다. 원섭에게 자신의 명의는 단 하나뿐일 테지만 마담에게 원섭의 명의는 돈벌이를 위해 쓰고 버릴 수백 개의 신상 정보 중 하나일 뿐이다. 그쪽 세계 인간들이 그렇듯 마담은 양심의 가책을 느끼기에 너무 많은 돈을 벌어들이고 있었다.

서류는 완벽했다. 경찰은 술집에서 형식적으로 주민번호를 확인할 것이고 국세청은 원섭 앞으로 2억 5천만 원짜리 세금고지서를 내밀 것이다. 조만간 그걸 받고 황망해할 원섭의 표정을 떠올리자 얼어붙은 피가 뜨겁게 녹아 흐르는 기분이 들었다. 한편으론 과연 그 정도로 원섭이 죽음에 이를 수 있을까, 가족들을 함께 죽음의 늪으로 끌어들일까 의구심도 들었다. 두고 볼 일이었다.

상원은 지희의 책상 위에 덩그러니 놓인 박스를 다시 열어보았다.

'WM' 이니셜이 적힌 손수건, 입술에 물었다가 다시 집어넣은 듯 체리색 틴트가 묻은 담배. 그리고 지희의 책상 전체를 뒤집어서 겨우 찾은 노트 한 귀퉁이에 적힌 결정적인 문장이 있었다.

[원미만 사라진다면.]

그 문장 뒤에도 두 문장 정도 더 적혀 있었지만 같은 색 볼펜으로 새까맣게 그 위를 덮어 칠한 바람에 무슨 글자인지 알아볼 수 없었다. 지워진 글자에는 지희가 죽은 원인이 분명하게 적혀 있을 것 같았다.

상원은 담뱃갑에서 새 담배를 꺼내 물고 불을 붙였다. 처음 피워보는 담배였다. 연기 때문에 캑캑거리다가 찔끔 눈물을 흘렸다. 뒤늦게 바보 같은 짓이라는 생각이 들었다. 지희 방에서 담배를 피우다니.

상원은 분홍색 커튼을 젖히고 창문을 열어 연기를 내보냈다. 창문 너머로 놀이터에서 노는 아이들이 개미처럼 작게 보였다. CCTV가 돌아가고 탄성 매트가 깔린 안전한 구역이었지만 상원은 서서히 불안해졌다. CCTV의 사각지대에서 누군가 그 아이들을 데려갈지도 몰랐다.

지희도 저렇게 어린 시절이 있었다. 상원은 어린 딸을 혼자 놔두지 않았다. 베이비시터, 어린이집, 유치원, 아이돌봄 서비스. 상원이 일하는 동안 우수 인증을 받은 기관, 전문 돌봄사들이 지희를 맡았다. 지희는 철저한 보호 아래 있었다. 덕분에 중학교를 졸업하고 고등학생이 되도록 별 탈 없이 무사히 클 수 있었다. 그렇게 키웠는데. 이제 다

컸다고 안심하던 때 지희가 허무하게 죽어버렸다.

누군가의 손에 이끌려 놀이터를 벗어나는 아이들을 바라보고 있던 상원은 안방에서 고글을 가져왔다. 지희의 침대에 걸터앉아 가족이데아를 실행했다. 책상 의자에 앉은 지희의 뒷모습이 보였다.

지희는 책상 위 박스 안을 물끄러미 바라보더니 나지막하게 말했다.

[아빠, 이게 뭔지 알고 싶어요?]

"이미 알고 있어."

지희는 무심한 눈빛으로 상원을 돌아보았다.

[아빠는 왜 원미가 절 죽였다고 확신하세요?]

"그게 아니면 설명이 안 돼. 네 친구들도 하나같이 증언했어. 원미가 너한테 앙심을 품고 있었다고. 네가 죽던 날 널 찾아가기로 했다고."

[경찰은 외부 침입의 흔적이 없다고 했죠.]

"경찰은 믿지 않아."

잠시 침묵하던 지희가 말했다.

[아빠는 누굴 믿어요?]

"난 나 자신을 믿는다. 널 믿었고."

[아빠가 키웠으니 자신이 있었겠죠.]

"그래, 그랬지. 넌 정말 자랑스러운 딸이었어."

[힘들게 해서 미안해요.]

지희가 쓸쓸하게 웃었다.

"네 잘못이 아니잖니. 내가 공들여 키운 내 딸이 그 하찮은 인간들

손에서 길러진 형편없는 아이 때문에 죽었다는 걸 용서할 수 없어. 도저히."

상원이 눈물을 쏟았다. 화면 속 지희가 어느새 상자를 열어 체리색 틴트가 묻은 담배를 꺼냈다.

"지희야, 그건 안 돼. 다른 사람 거잖니. 네 입술이 닿으면 안 돼!"

말릴 틈도 없이 눈앞의 지희가 담배를 꺼내 물었다. 말도 안 되는 일이 화면 속에서 벌어지고 있었다. 지희는 턱을 치켜들고 상원과 달리 익숙하게 담배 연기를 뿜어냈다. 담배 연기가 천장 위로 타고 올라갔다. 지희는 흩어지는 연기를 보며 후후 웃더니 상원을 똑바로 쳐다보았다.

[아빠, 난 알고 있어요. 실은 그 아이를 저랑 똑같이 죽여야 하는데.]

지희가 고개를 옆으로 삐딱하게 숙였다.

[막상 하기가 좀 두렵죠?]

상원의 동공이 크게 흔들렸다. 고글이 머리를 짓누르는 듯했다.

"아니야!"

[맞아요. 그리고 난 이해해요. 아빠는 좋은 사람이잖아요. 좋은 환경에서 잘 자라 성공 가도를 달리며 큰일을 해냈어야 할 사람. 아빠는 그런 사람이잖아요.]

상원은 아빠라는 호칭만 빼면 그 말을 어디선가 들어본 것 같았다. 딱 그렇게 비아냥거리는 말투를. 그 여자, 지희 엄마가 했던 말이었다.

"지희야, 내가 여기서 뭘 더 어떻게 해야겠니?"

[아빠는 쉬운 길을 가고 있잖아요. 돌아가고 있잖아요.]

"돌아간다고?"

[네, 그 아이를 죽이지 못하고 엉뚱한 짓만 하고 있잖아요.]

"그런 게 아니야. 아빠는……."

[여기서 그만둘 건가요?]

"아니."

[잊지 마세요, 아빠. 원미가 이 게임의 최종 보스라는 거. 원미를 죽여야 끝난다는 거.]

지희가 책상 표면에 담배를 비벼 끄며 일어났다.

[힌트 줄까요? 그 집이 유지된 건 원미 오빠나 아빠가 있어서가 아니에요.]

"그럼?"

[엄마예요.]

"엄마?"

[네! 원미 엄마를 무너뜨려요, 아빠.]

◆◆◆

시작은 솜사탕이었다. 하늘색, 분홍색, 하얀색. 연한 빛깔의 예쁜 솜사탕. 솜사탕 기계 앞으로 모여든 아이들의 검은 머리통이 바글바글했다.

갈색 베레모를 쓰고 깨끗한 셔츠를 입은 아저씨는 친절했다. 오늘 하루만 솜사탕이 공짜라며 아이들이 직접 만들 수 있게 손을 잡아주었다. 순영은 처음엔 구경만 했다. 경계심이 많고 꾀죄죄한 차림의 순영은 아이들이 많은 곳에 함부로 끼어들지 않았다. 그저 멀찌감치 서서 아이들이 줄어들 때까지 침착하게 기다리면서 모든 걸 관찰했다.

아저씨가 무슨 말을 하는지, 아이들은 어떤 반응을 보이는지.

아저씨는 아이들에게 돈도 받지 않고 솜사탕을 내줄 정도로 착했지만 아이들은 약삭빨랐다. 아저씨가 솜사탕을 받는 대가로 안아달라고 했을 뿐인데 아무도 응하지 않았다. 모두 솜사탕을 받은 뒤에는 슬금슬금 멀어졌다. 그럼에도 아저씨는 조금도 서운해하는 기색 없이 아이들이 그저 귀엽다는 듯 허허, 웃었다.

순영은 솜사탕 아저씨가 착하고 불쌍하다고 생각했다. 순영은 대가 없는 사랑을 받아본 적이 없었다. 고작 열 살이었지만 학교 수업이 끝나면 동생들을 돌보고 집안일을 하는 것을 당연하게 여겼다. 친구들과 놀다가 집에 늦게 들어가는 건 있을 수 없는 일이었다. 언젠가 놀아주는 친구가 생겨 평소보다 30분 늦게 집에 갔더니 어머니가 저녁밥을 굶겼다.

어머니는 화가 많았다. 가끔 순영을 앉혀놓고 울기도 했다. 순영은 어머니의 끝없는 넋두리를 들어주었다. 아버지는 자주 손찌검을 했다. 순영은 동생들이 맞지 않도록 나서서 맞았고 잘못했다고 빌었다. 순영은 어른들은 거의 다 불쌍한 사람들이라고 생각했지만 자기 자신에 대해서는 아무것도 생각할 수 없었다. 자신이 뭘 원하는지, 뭘 좋아하는지 누가 물어본 적도 없지만 물어본다 해도 대답할 수 없었다. 그런 순영에게 아저씨가 물었다.

"넌 어떤 색깔을 갖고 싶니?"

순영은 아저씨가 자신에게 물어본 건지 확신할 수가 없어서 아무 대답도 하지 않았다. 아저씨가 다시 물었다. 순영은 작게 말했다.

"하, 하늘색이요."

"뭐라고? 좀 더 가까이 와서 얘기해주겠니."

순영은 수줍어서 볼이 붉어졌지만 착한 아저씨 말대로 가까이 다가갔다. 아저씨는 순영이 원하는 대로 하늘색 솜사탕을 만들어주었다. 다른 아이들 것보다 두 배는 큰 솜사탕이었다. 순영은 눈빛을 빛내며 커다란 솜사탕을 쳐다보았다. 한 번도 받아본 적 없는 호의에 탄성이 흘러나왔다.

"네 거야."

아저씨는 직접 순영에게 솜사탕이 감긴 나무막대기를 건넸다. 순영은 망설이다가 조심스레 나무막대기를 손에 쥐었다.

"좋으니?"

"네!"

순영은 아까보다 큰 소리로 대답했다. 아저씨는 입을 헤벌쭉 벌리며 웃더니 말했다.

"그럼 아저씨 볼에 뽀뽀해볼래?"

순영은 잠시 주춤했다. 무슨 상황인지 판단이 서질 않아서였다. 조금 전 약삭빠르게 솜사탕을 가져가던 아이들이 떠오를 뿐이었다. 옷이 지저분하다고, 목에 때가 끼었다고, 손톱이 길다고 순영을 놀리던 아이들이었다.

순영은 그 아이들처럼 나쁜 아이가 아니었다. 고마움을 아는 착한 아이였다. 순영은 멈칫하다가 아저씨 볼에 입을 맞추었다. 그러곤 누가 본 사람이 없는지 주위를 돌아보았다. 뽀뽀를 하기 전에는 착한 일을 하는 거라고 생각했는데 하고 나니 나쁜 일을 한 것 같았다.

"너 참 귀엽구나."

아저씨는 순영의 머리를 쓰다듬고 전단지 하나를 내밀었다.

"대학생 언니, 오빠 들이 운영하는 공부방이란다. 공짜로 공부도 가르쳐주고 간식도 주는데 주말에 한 번 와보련?"

"부모님께 여쭤봐야 해요."

"한 시간이면 돼. 허락받아서 꼭 오렴. 공부 잘하는 언니, 오빠 들이 공짜로 가르쳐주는 거라고 잘 말씀드려라."

"네."

순영은 크게 부풀어 오른 솜사탕을 들고 돌아섰다.

색소를 입힌 설탕 한 줌은 혀끝에서 금방 사라지고 딱딱한 나무막대기만 남았지만 순영은 다음 날 아저씨와 약속한 대로 공부방에 갔다.

언니, 오빠 들과 함께하는 공부는 재미있었고 마구 집어먹을 수 있는 과자와 사탕이 넘쳐났다. 봉고차를 타고 '헤븐'이라 불리는 큰 강당에 도착해 노래에 맞춰 율동을 하는 것도 재미있었다. 집에서 동생들을 돌보고 집안일만 할 때는 몰랐던 재미였다.

솜사탕을 공짜로 나눠주던 아저씨가 아이들 앞에 나와 율동을 가르쳐주었다. 집에 돌아갈 시간이 되자 순영은 아쉬웠다. 모두 함께 웃고 떠들고 맛있는 걸 먹을 수 있는 세상에서 빠져나오고 싶지 않았다.

"너 여기가 좋으니?"

"네."

"여기서 살고 싶니?"

"네."

아저씨는 순영의 머리를 쓰다듬으며 이제부터 자신을 '집사님'이라 부르라고 했다. 집사님은 공부를 잘해야 또 공부방에 올 수 있다고 했다. 순영은 열심히 공부했다. 학교 성적이 크게 오르자 아저씨는 자기 일처럼 기뻐하고 칭찬하며 반에서 1등 하면 언니, 오빠 들과 같이 살 수 있을지도 모른다고 북돋워주었다.

순영은 아저씨 말대로 해냈다.

어느 날, 아저씨와 함께 다른 어른 여럿이 순영의 집으로 찾아왔다. 순영은 문밖에서 조마조마한 마음으로 상황을 지켜보았다. 잠시 후 방문이 열리고 '헤븐'의 어른들이 거실로 나왔다. 부모님은 울고 있었다.

"똑똑한 아입니다. 저희가 키우면 성공할 거예요."

"아무쪼록 잘 부탁드립니다."

좋으면서도 불안했다. 순영은 부모님이 그렇게 쉽게 허락할 거라고는 생각지 못했다. 며칠 뒤 헤븐에서 다시 어른들이 찾아왔다. 솜사탕 아저씨였던 집사님은 흰 원피스와 붉은색 카디건을 내밀며 옷을 갈아입으라고 했다.

옷을 갈아입고 나오자 집사님이 손짓했다. 순영은 부모님 눈치를 봤지만 아무도 말리지 않았다. 한 발 한 발 떼며 집사님 앞으로 갔다. 집사님이 어깨를 찍어누르며 단단히 움켜쥐었다.

"순영아, 거기로 가면 더 잘 먹고 잘 입고 공부도 잘해서 훌륭한 사람이 될 수 있을 거야."

어머니가 전에 없이 다정하게 말했다. 어머니가 이토록 다정하다면 순영은 그곳엔 가지 않아도 된다고 말하고 싶었다.

"이제 데려가세요."

어머니는 돌아섰다. 아버지는 말없이 담배만 피웠고 동생들만이 울었다. 순영은 큰 눈을 끔벅거리며 봉고차에 올라탔다. 그게 마지막이었다. 순영은 자신이 알지 못하는 거래가 성립되었다는 것을 몰랐다.

헤븐에 살게 되자 놀러 갈 때와는 상황이 달라졌다. 순영은 이제 학교에 가지 않았다. 대신 헤븐의 어른들이 시키는 일을 했다.

새로 들어오는 어린아이들을 돌보거나 청소를 했다. 주말이면 강당 앞에 서서 수십 명의 아이들과 함께 흰 원피스, 붉은 카디건을 입고 성가대원으로 노래했다.

순영이 집으로 돌아가고 싶다고 하자 집사님이 말했다.

"아직도 모르겠니, 순영아. 네 부모는 널 버렸어. 이제부터 여기가 네 집이다."

어느 날 순영은 헤븐의 목사가 사는 집으로 갔다. 집사님은 이제 헤븐의 목사와 영광스러운 시간을 가질 거라고 했다. 순영은 목사 방으로 들어갔다. 목사가 무섭게 내려다보며 명령했다.

"자, 네가 원한다고 말해라."

"네?"

"그대로 따라 해. 제가 원합니다."

순영은 영문도 모른 채 겁에 질려 따라 했다.

"제가 원합니다."

"말해라. 주인님의 은혜를 받고 싶어요."

"주인님의 은혜를 받고 싶어요."

순영은 어렸다. 세상에는 착한 아이보다 착한 어른이 필요하며 착한 어른은 어린아이에게 대가를 요구하지 않는다는 것을 알지 못했다.

순영은 열일곱 살에 헤븐의 또래 남자아이와 결혼했다. 목사의 아내인 사모가 점지해준 남자아이였다. 헤븐은 합동결혼식을 열고 십수 명의 남자아이, 여자아이를 강제로 짝지었다. 세상 사람들은 알지 못하는 헤븐만의 결혼식이었다. 순영은 열여덟 살에 아기를 낳았다. 아이들은 여러 사람의 손을 타고 엄격한 통제하에 자랐으며 헤븐의 일꾼으로 자랄 예정이었다. 순영처럼, 순영에게 공부를 가르쳐주었던 언니, 오빠 들처럼.

순영은 스무 살이 되던 해 여름, 아이를 놔두고 무작정 헤븐에서 도망쳤다. 처음 간 곳은 경찰서였다. 순영은 경찰과 소통하기 어려웠다. 갈 곳이 없다고 하자 경찰은 가출한 게 아닌지 물었다. 감금과 폭행을 당했다는 말에 경찰은 증거가 있냐고 물었다. 마지막으로 경찰이 인적 사항을 묻자 순영은 겁에 질리고 말았다. 경찰이 헤븐에 연락하도록 놔둘 수는 없었다. 순영은 잠깐 볼일이 있다는 핑계를 대고 경찰서를 나왔다. 가족은 찾지 않았다. 가족에게 돌아가면 헤븐에 다시 잡혀들어갈 것 같았다.

다음으로 간 곳은 아동복지센터였다. 순영이 더듬거리며 자초지종을 설명하자 시종일관 안쓰러워하며 고개를 끄덕이던 직원이 어디론가 전화를 걸었다.

다른 직원이 와서 음료수를 건네며 벤치에 앉게 했다. 순영이 마음 놓고 음료수를 마시며 주변을 돌아보고 있을 때 두 직원이 대화 도중 '헤븐'을 언급하는 것이 들렸다. '정신지체아'라는 단어가 들렸다. '정신지체아'는 순영이 헤븐을 빠져나왔던 1990년대 당시에 지적장애를 지닌 아이들을 칭하는 용어였다. 그 용어는 또한 헤븐의 목사 부부가 도망가는 아이들을 통제하기 위해 외부에 둘러대는 거짓말이었다. 순영을 비롯한 헤븐의 아이들은 지적으로 아무런 이상이 없었다. 헤븐에서 아이들을 일부러 교육하지 않아 어리숙하게 만든 것일 뿐, 선천적인 지적 능력이 부족한 아이는 거의 없었다. 하지만 세상은 헤븐의 아이들이 지적으로, 정신적으로 문제가 있다고 받아들였다.

순영은 화장실을 다녀오겠다고 말하고 그 길로 줄행랑을 쳤다.

몇 달 동안 노숙을 하던 순영은 우연히 열정이 넘쳐 보이는 젊은 대학원생과 이야기를 나누게 되었다. 대학원생은 야학 교사였다. 순영은 대학원생의 권유로 야학을 다니게 되었다. 그리고 그곳에서 원섭을 만났다. 순영은 원섭을 순수하고 멋진 사람이라고 생각했다. 오만하고 제멋대로 행동하는 경향이 있었지만 그 흠결을 제대로 볼 수 없었다.

순영은 자신을 옭아매던 헤븐에서 탈출했지만, 살 밑에 감춰진 자기혐오에서 완전히 벗어나지는 못했다. 자신의 섬세함을 나약함으로 평가절하했고 원섭의 오만함을 강하고 믿음직스러운 면으로 추켜세웠다. 그런 판단은 헤븐에서 당한 일은 자신의 선택이고 자신의 잘못일지도 모른다는 무의식에서 비롯되었다.

순영은 자기 자신을 믿을 수 없어서 모든 반대되는 것을 믿었다. 원섭을 따랐고 원섭은 순영을 책임지겠다고 했다. 두 사람이 결혼한 해 원섭은 대기업에 들어갔고, 순영은 원형을 낳았다. 겹경사였다. 두 사람의 인연은 천생연분인 것 같았다.

한동안 회사를 잘 다니던 원섭이 갑자기 회사의 비리를 고발해야겠다고 나섰을 때 순영은 그를 응원했다. 원섭이 가족 때문에 정의 구현의 기회를 놓쳐서는 안 된다고 생각했다. 세상에 진실이 밝혀지면 모두 진실의 편에 설 거라고 믿었다. 하지만 일은 부부의 뜻대로 되지 않았다. 회사는 원섭에게 횡령 혐의를 뒤집어씌웠고, 세상은 대기업 편을 들었다. 원섭은 징역을 선고받았다. 순영은 면회할 때마다 그의 원망을 들었다. 자신이 감옥에 간 게 모두 순영 탓이라고 했고 더 자주 면회를 오지 않는다고 불평했다.

순영은 한 번도 원섭을 원망한 적이 없었다. 헤븐에 있을 때는 늘 굶주렸다. 몸이 아팠고 그보다 마음이 더 크게 아팠다. 원섭을 만나 남산에 처음 가보았다. 노래방이라는 곳을 가보았고 고깃집에 가보았다. 새로운 사랑의 감정을 느끼게 해주었다. 원섭은 은인이었다.

순영의 귀에 어디선가 헤븐의 사모 목소리가 들려오는 듯했다.

"너희들은 조상죄를 회개해야 한다. 헤븐을 떠나면 3대에 걸친 조상죄가 너희를 쫓아다닐 것이다."

순영은 그 말이 맞는지도 모른다고 생각했다. 순영의 인생이 풀리지 않는 것은 이미 정해진 일 같았다.

원섭은 1년 뒤 출소했지만 일자리를 구하지 못했다. 순영이 생계를 꾸려나갔다. 원섭은 술을 마셨다. 둘 사이에 또 아이가 생겼지만 그는 몇 년씩 집을 떠나 잠적하곤 했다.

순영은 아이들을 돌보면서 일하느라 한 직장에 오래 머물지 못했다. 자신의 삶에 문제가 있다는 것 정도는 인식할 수 있었지만, 해답을 찾을 수는 없었다. 가족이 없는 그녀는 어디에도 도움을 요청할 수 없었다. 그러다 자신의 인생에 대한 해답을 스스로 내려야만 하는 시점에 직면하게 되었다.

순영은 원섭이 당한 일을 돌이켜 생각해보았다. 문제는 과거에 있었고 해답은 세상을 바라보는 자신의 판단에 달려 있었다.

그래서 판단을 내렸다. 아무 대가를 바라지 않는 정의는 실현할 수 없다고. 사람들은 정의가 아닌 손해나 이익이 걸려 있을 때 움직인다고. 만약 원섭이 회사 임원들의 비리를 눈감아주는 대가로 더 높은 직급을 요구했다면 회사는 흔쾌히 들어주었을지도 몰랐다. 서로의 목줄을 잡고 있는 게 가장 안전하고 일반적인 방식이니까. 하지만 원섭은 아무 대가 없이 정의 구현을 이유로 내부고발을 감행했고, 언짢아진 회사는 미친개를 총으로 쏴 죽이듯 남편을 날려버렸다.

가장 끔찍한 곳에 살면서 아이러니하게도 가장 이상적인 세상을 꿈꿨던 순영은 인정하고 싶지 않은 세상의 이치를 알게 되었다. 헤븐은 세상의 축소판이라는 사실이었다. 그렇게 판단을 내린 순영은 한동안 운신하지 못할 만큼 무기력증에 빠졌다. 다시 살아갈 희망이 보이지 않았다. 아이들도 자신처럼 나쁜 환경에서 자란 엄마가 돌보느니 차라리 보육원으로 보내는 게 낫지 않을까 하루에도 몇 번씩 생각할 무렵, 헤븐이 찾아왔다. 헤븐은 순영이 필요하다고 했다.

실로 오랜만에 대면한 사모가 지난 일은 다 잊은 듯 빙긋 웃으며 말했다.

"넌 옛날부터 똑똑하고 신앙심이 깊었지. 헤븐을 관리하는 데 너만한 애가 없지 뭐니. 참, 네가 헤븐에서 낳은 아들은 잘 자라고 있단다."

순영은 두려웠다. 남편과 자식들이 모든 걸 알게 될까 봐 두려웠다. 일하는 조건으로 순영은 정당한 급여를 요구했다. 그렇지 않으면 헤븐의 모든 것을 폭로하겠다고 으름장을 놓았다. 결국 순영은 다시 헤븐으로 돌아갔다.

7년 동안 헤븐이 퍼뜨린 공부방은 수십 개가 되어 있었다. 공부방은 학원으로 확장되었고 헤븐의 주요 수익사업이 되었다. 지역사회에서 헤븐은 가정형편이 어려운 아이들을 돕는 복지기관으로 알려져 있었다. 재난 기부금을 명목으로 시에 몇천만 원씩 기부금을 전달하고 거금의 불우이웃 성금을 쾌척하는 착한 종교단체였다.

헤븐의 목사와 사모는 시의원들과 친분이 두터웠다. 헤븐의 목사는 종일 침대에 앉아 아이들을 불러들였다. 보석과 명품으로 온몸을 치장한 사모는 헤븐 아이들이 벌어들인 돈으로 롤스로이스를 타고 다니며 자선사업을 벌였다. 아이들을 착취해 백억 원의 부동산을 사들였지만 세상은 그들을 건드리지 못했다.

순영은 오로지 돈만 생각하기로 했다. 원형과 원미가 커서 번듯한 직장을 가질 때까지만 헤븐의 진실을 눈감기로 했다. 돈이 생기면 원섭도 달라질 것이었다. 원래 똑똑하고 좋은 사람이니까. 순영은 헤븐의 세계와 원형과 원미의 엄마로서의 현실을 오가며 미치지 않기 위해 애썼다. 절에 나가 삼천 배를 하고 성당에 다니며 고해성사를 했다. 순영은 일하는 틈틈이 헤븐의 추악한 진실을 알릴 증거를 모았다. 터트릴 용기는 나지 않았다. 원섭처럼 좌절될 것 같았다. 그렇게 5년이 흘렀다.

순영은 어느새 완전한 헤븐의 일원이 되었다.

얼마 전, 헤븐에 새로운 사람이 찾아왔다. 많아야 30대 후반으로 보이는 그의 이름은 하진우였다. 헤븐은 그를 소개하며 앞으로 순영의 일을 도와줄 거라고 했다. 그는 순영에게 밝게 인사했다.

"훌륭한 교회에서 일할 수 있게 되어 영광입니다. 앞으로 많이 가르쳐주십시오."

순영은 이 불청객에게 일자리를 뺏길까 봐 불안했다. 순영의 속내를 간파한 헤븐이 새로운 사람을 내세워 감시하려 하는지도 모른다고 생각했다. 처음엔 경계하며 그가 말을 걸어도 대답하지 않았다. 한 달이 지나고서야 그가 정말 아무것도 모르는 순수한 사람이라고 믿게 되었다.

그는 헤븐의 관계자와 개인적인 관계가 없었고, 헤븐을 그저 훌륭한 종교시설로 여기고 있었다. 그는 열심히 봉사하는 데만 관심이 있을 뿐 순영의 일자리는 넘보지 않았다. 게다가 부자였다.

"저는 딸을 잃었어요. 딸을 보내고 도저히 견딜 수 없어서 헤븐에 온 겁니다."

그토록 딸을 사랑하는 아빠가 헤븐의 추악한 진실을 알게 되면 얼마나 충격을 받을까. 순영은 걱정되었다.

"헤븐이 정말 좋은 곳이라고 생각하나요?"

"그럼요. 순영 씨같이 좋은 사람이 일하는 걸 보면 좋은 곳이죠. 헤븐으로 아예 거처를 옮길까 해요. 오갈 데 없는 아이들을 평생 돌보면서 살려고요."

참지 못한 순영은 결국 헤븐에 대해 실토했다.

"헤븐의 지도자는 목사가 아니에요. 비열한 아동학대범이죠."

그는 헤븐에 대해 들은 좋은 평판을 늘어놓으며 그럴 리 없다고 했다.

순영은 남자의 눈을 똑바로 쳐다보며 흔들림 없이 말했다.

"제가 산증인이에요."

순영은 헤븐이 저지른 온갖 악행을 열거했다.

"어서 여길 떠나세요. 여기는 진우 씨 같은 사람이 있어선 안 되는 곳이에요."

남자는 헤븐을 떠났고 다시 나타나지 않았다.

나흘 뒤, 남편이 집으로 그 남자를 데리고 왔다.

◆◆◆

[빨리 집에 와봐. 이 분위기 어쩔.]

원미에게 온 메시지를 확인하느라 기태를 놓쳤다. 정확히 말하면 기태와 닮은 노숙인을 지나쳤다. 주위를 살펴봤지만 그는 사라지고 없었다. 원형은 기태가 가족이데아에 대해 한 말이 거슬렸다. 뭔가 나쁜 일을 겪고 있는 것 같은데 지나친 것도 마음에 걸렸었다. 이후 학원, 피시방, 음식점, 술집, 모텔 앞, 있을 만한 곳이면 어디든 눈에 불을 켜고 다녔지만 기태를 찾을 순 없었다. 기태를 아는 공시생들을 만날 때마다 행방을 물었지만 아무것도 알아낼 수 없었다.

"빨리 와."

전화를 받자마자 대답도 하기 전에 원미가 중얼거리며 끊었다. 찾는 걸 포기하고 지하철역으로 발걸음을 돌렸다. 기껏해야 가족에게 일어날 수 있는 일들은 둘 중 하나로 정해져 있는데 오늘따라 왜 이렇게 호들갑을 떠는지 알 수 없었다.

엄마가 아빠에게 일방적으로 당하고 있거나.

원미가 아빠에게 대들다가 큰 싸움이 벌어졌거나.

뭐가 됐든 좋은 일일 리는 없었다.

원형은 집 앞에서 한참을 서성였다. 아버지처럼 화풀이할 줄 알면 잡히는 대로 때려 부수고 싶었다. 도망칠 줄 알면 집을 도망치고 싶었다. 하지만 그럴 수 없었다. 게임과 현실은 달랐다. 게임 속에선 이기적이고 폭력적인 본능을 마음껏 분출했어도 현실에선 이들과 한 가족이라는 것에 대한 책임감과 자신 또한 별수 없이 가족과 닮았다는 절망감에 사로잡혀 어디로도 갈 수 없었다. 어머니는 아버지를 버리지 못하고 원형은 아버지를 버릴 수 있지만 원미와 어머니를 버릴 수 없었다. 그게 원형의 가족이 지옥 속에서 서로 부대끼는 이유였다.

원형이 낡은 임대주택의 좁고 가파른 계단을 오르자 원미가 문을 열었다.

"왜 이렇게 늦게 와."

원형은 얼마나 심각한 상황인지 알기 위해 원미의 표정부터 살폈다. 틱틱거리면서도 별로 나쁜 표정은 아니었다. 당황스러운 건 집 안에서 쏟아지는 공기였다. 볶음 요리 냄새가 풍겼다.

"무슨 냄새야?"

"엄마가 잡채 만들어."

어머니가 집에서 음식을 만드는 것 자체가 놀라운데 잡채라니. 무슨 상황인지 감을 잡을 수 없었다. 원형은 현관문에서 세 발짝도 떼기 전에 더 심란한 상황에 봉착하고 말았다. 집에 가족 말고 다른 사람이 있었다.

"어, 원형이 왔구나. 인사드려라. 아버지 후배다."

아버지는 인근 재활용 쓰레기장에서 주워온 소파에 등을 기대고 있다가 고개를 들었다. 평상시에는 더러운 방에 꼼짝도 하지 않고 누워 있다가 방문을 열면 슬쩍 올려다보고 마는 아버지였는데. 그 아버지가 환하게 웃으며 반가운 척하고 있었다. 너무도 다른 모습에 놀란 원형은 자기도 모르게 뒷걸음질을 쳤다. 등을 보이고 앉아 있던 아버지 후배가 고개를 돌렸다.

"어, 네가 원형이구나."

원형은 더 다가가지 못하고 몸이 굳어버렸다. 하 집사. 놀랍게도 아버지 후배는 영락없이 가족이데아에 나온 그 하 집사와 비슷한 모습이었다.

"안녕…… 하세요."

원형은 옆방으로 들어가며 원미에게 손짓했다. 아버지가 방바닥을 두드렸다.

"앉아라. 밥 먹게."

"가방만 놓고 나올게요."

"뭐야, 아직 멀었어?"

아버지가 어머니에게 호통을 치는 사이 원형은 얼른 방으로 들어갔다. 원미가 방으로 따라 들어왔다. 두 사람은 방문을 닫고 최대한 문에서 떨어져 섰다.

"저 사람 누구야?"

"방금 들었잖아. 아빠 후배라고."

원미가 팔짱을 끼고 흥미 없다는 듯 말했다.

"그니까 우리 집에 왜 왔냐고."

어떻게 아버지 후배 얼굴이 하 집사와 같을 수 있냐고.

"모르지."

갑자기 원미가 키득거렸다.

"꼰대가 아주 신났던데?"

"뭐가 신나?"

"나가서 들어봐. 가관이니까."

그러고 보니 식탁엔 벌써 술이 올라가 있고 몇 순배의 술이 돌아갔는지 아버지는 취해서 억양이 한껏 올라가 있었다.

"아, 그러니까 홍신이 그 자식이 내 멱살을 딱 잡는 거야. 내가 피래미 새끼들한테 멱살 잡힐 그런 하급이 아니잖아. 너 알지?"

"네, 알지요. 형님."

앞머리를 옆으로 빗어 넘기고 교회 목사처럼 나긋나긋하고 미끈거리는 말투의 후배는 아버지와는 상반된 이미지였다. 원형은 교양 없는 아버지 말투를 계속 듣고 있기 창피해 견딜 수 없었다. 다른 사람이 끼어들 틈 없는 무용담은 계속되었다.

"그래서 내가 가만히 있을 수가 있나. 머리에 힘을 빡 주고 기냥 그 자식 턱을 들이박은 거 아냐."

"코피가 터졌죠."

"그래, 그랬지. 으하하핫."

"홍신이 형님 그때 코 움켜쥐고 뒤로 넘어지셨죠."

"야, 그놈의 자식이 형님은 무슨. 형님이라고 할 것도 없어."

아버지는 소주를 입안에 털어 넣더니 잡채를 입에 한가득 넣고 우물거렸다.

"별것도 아니었던 게 지금은 그깟 경찰서장 됐다고 까불고 말이야. 세상 참."

"그때 형님은 공부도, 싸움도 전교 1등이셨잖아요."

"난 뭐…… 다 1등이었지."

원형은 눈을 가늘게 뜨고 아버지 후배의 얼굴을 힐끔힐끔 보았다. 그는 아무 의도 없이 순수해 보이는 얼굴로 아버지를 쳐다보고 있었다. 시야를 가린 어머니가 예쁘게 담은 과일 안주 접시를 식탁 위에 내려놓았다.

"아이고, 이거. 감사합니다, 형님. 집까지 찾아와서 폐가 많습니다."

"폐는 무슨. 들어. 들라고."

한쪽에 놓인 바구니를 보아하니 과일은 아버지 후배가 사 온 모양이었다. 아버지는 고개를 숙이고 알 수 없는 노래를 흥얼거리더니 식탁을 두드렸다.

"이거 참 진짜 기분 좋은 날이네. 야. 이원미! 이원미!"

방에 있던 원미가 인상을 찡그리며 나왔다.

"너 일루 와 앉아봐. 원형이, 원미. 니들 맞춰봐라. 아부지가 오늘 왜 기분 좋은 줄 알아?"

원미가 삐딱하게 물었다.

"뭔데요?"

아버지는 순간 상을 뒤엎을 것 같은 표정을 지었지만 이내 가라앉히고 어머니에게 손짓했다.

"어이, 당신도 여기 앉아봐."

"전 여기 서 있을게요. 말씀하세요."

어머니가 가스레인지 옆에 붙어서 말했다. 아버지는 못마땅한 표정으로 노려보았지만 어머니는 꼼짝도 하지 않았다. 아버지는 이내 엄숙하게 목소리를 높였다.

"이 아부지가 이제 사장이 됐다 이 말이다."

"사장이요?"

원형과 원미가 동시에 외쳤다.

"그래, 사장. 여기 있는 이 아버지 후배랑 요식업을 하기로 했거든.

아주 크게."

"돈이 어딨어서요?"

원형과 원미가 이번에도 동시에 외쳤다.

"아, 이것들. 공부시켜봐야 소용이 없다니까. 이런 기본적인 것도 모르고 말이야."

아버지는 거만하게 입술을 삐죽이며 말을 이었다.

"그게 바로 동업이라는 거다, 동업! 아부지는 이 브레인, 뛰어난 머리가 있고."

아버지는 벌써 흐느적거리는 팔을 들어 손가락으로 자신의 머리를 가리켰다. 다른 한 손으로는 후배의 심장 쪽을 가리켰다.

"이 녀석은 허트. 마음이 있다 이거야."

원미가 고개를 돌리고 원형만 들리게 말했다. 뭔 소릴 하는 거야.

"이 둘이 만나면 막강해진다, 막강 파워다, 이 말씀이지."

아버지는 거기까지 설명하고 다시 술잔을 기울였다. 아버지 후배는 여전히 속을 알 수 없는 미소를 지으며 고개를 끄덕였다.

"맞는 말씀입니다, 형님."

가만. 그러니까 아버지 말은 아버지 관점에서 다시 해석해야 했다. 단어의 뜻부터 새로. 우선, 아버지가 말한 허트는 '돈'이었다. 누구보다 돈을 좋아하면서도 안 좋아하는 척하는 아버지는 자신이 갖지 못한 그 '돈'을 후배가 갖고 있다는 걸 인정하기 부끄러워 허트라고 표현한 것이었다. 그러면서 자기는 '브레인'을 갖고 있다고 한 것이고.

그렇다면 아버지가 말한 동업이란 것은, 아버지가 사장이 된다는 것은…… 쉽게 말해 저 후배라는 사람이 아버지를 바지사장으로 내세운단 얘기였다.

"강남에 아주 큰 식당이야. 아부지 다 보고 왔어. TV에도 나왔던 식당 인수하는 거야. 이 아부지랑 아부지 후배가."

원형은 힐끔 후배라는 사람을 보았다.

"니들 여기 있는 아부지 후배랑 아부지는 아주 막역한 사이야."

"제가 형님을 모시고 있는 거죠."

아버지는 그 대답이 마음에 들었는지 다시 허허, 웃었다.

"봐라. 허트가 있다는 건 이런 거다."

"감사합니다, 형님. 이제 날도 어두워졌고 전 이만 가봐야겠습니다."

그가 바닥에 붙인 엉덩이를 뗐다.

"아니, 왜 벌써 가."

아버지는 엉덩이를 들려다가 다시 털썩 주저앉았다.

"형님은 쉬세요. 저 애들 선물만 주고 가겠습니다."

"선물?"

아버지 말이 길어지면서부터 핸드폰만 들여다보고 있던 원미가 선물이란 말에 고개를 빼 들었다.

"자, 이건 원형이 태블릿. 그리고 이건 원미 것."

원미 선물은 향수였다.

"와, 미쳤다. 샤넬이잖아."

원미는 아버지 눈치를 보며 입을 막았다가 손을 떼며 말했다.

"어머, 감사합니다, 아저씨."

원형은 지문 하나 없이 깨끗하게 필름이 덮인 태블릿을 내려다보았다.

"네 아버지가 말씀은 좀 과격하셔도 너희들 생각 많이 하신다. 원형이가 공무원 시험 준비하는데 태블릿 하나 없다고 슬퍼하시길래 하나 샀다. 나도 아버지께 신세 진 것 많으니까. 너무 부담 갖지는 말고. 아버지한테 효도해야 한다, 알았지?"

"네!"

신이 난 원미는 팔꿈치로 원형을 쿡 찌르며 태블릿을 보았다.

"그거 나도 빌려주는 거다?"

"참!"

아버지 후배가 말했다.

"형수님 선물은 깜박하고 제가 챙기질 못했습니다. 다음번에 좋은 것으로 하나 마련하겠습니다."

"…… 괜찮습니다."

어머니는 어쩐지 긴장한 기색이었다. 그는 인사불성이 된 아버지에게 공손히 인사하더니 원형과 원미를 향해 손을 흔들었다.

"그럼 잘 있어라."

"아저씨, 안녕히 가세요. 또 오세요."

원미는 밝게 인사하더니 현관문이 닫히자 방방 뛰었다.

"헐, 대박. 엄마, 이거 봐봐. 엄마, 샤넬 알지?"

어머니 안색이 좋지 않았다.

"엄마, 왜 그래요?"

"응, 아냐."

"왜긴. 엄마는 선물 못 받아서 그런 거지."

어머니는 방으로 들어가더니 얇은 카디건을 하나 챙겨 입고 나왔다.

"음식물 쓰레기 좀 버리고 올게."

어머니가 지나치게 서두르는 통에 비닐봉지에서 흐른 국물이 바닥에 뚝뚝 떨어졌다. 원형은 우두커니 서서 그 모습을 지켜보았다.

"아, 엄마! 바닥 좀!"

원미가 소리쳤지만 어머니는 이미 밖으로 나간 뒤였다.

원형은 서둘러 방으로 들어가 문을 잠그고 창문을 열었다. 열린 창문 틈으로 고개를 천천히 내밀었다. 구체적인 사정을 짐작하고 용의주도하게 행동한 것이 아니었다. 그저 본능이 시킨 대로 움직인 것이었다. 골목 어귀에 선 어머니 옆모습이 보였다.

음식물 쓰레기를 버리는 곳은 그쪽이 아닌데.

어머니가 누군가와 말하고 있었는데 주차된 차에 가려져 상대가 누군지 보이지 않았다. 그때 차가 움직였고 어머니의 팔이 뒤로 밀리면서 맞은 편에 선 사람의 모습이 드러났다. 방금 나간 아버지 후배였다.

'엄마, 거기서 지금 뭐 하시는 거죠?'

원형은 들고 있던 태블릿으로 두 사람의 모습을 찍었다. 잠시 후 사진첩을 확인한 원형은 눈앞의 광경을 믿을 수 없었다. 사진첩 안에는 어머니가 피사체가 되어 찍힌 사진들이 이미 빼곡히 들어차 있었다.

◆◆◆

[기회를 잘 잡으셨어요, 아빠.]

지희 말대로였다. 순영은 울면서 사정했다. 원섭에게 헤븐에 대해 말하지 말아 달라고, 헤븐에서 겪었던 과거를 함구해달라고 했다. 상원은 기꺼이 그러겠다고 했다. 바라던 상황이었다. 상원은 원형이 지켜보고 있다는 걸 알고 착각하기 쉽도록 애틋한 표정을 지었다. 손을 잡아끌었고 울면서 주저앉은 순영을 달래주었다.

[원형은 이제 어떡할까요?]

"혼자 덮어둘 거다."

[왜요?]

"중요한 시험 앞두고 분란을 일으키고 싶지 않을 테니까."

[그럼 함께 있는 모습을 굳이 보여줄 필요가 없었잖아요.]

"아니지. 터트리지 않고 무의식에 쌓아두는 감정은 더 위험해. 이번 일로 애써 모른 척했던 엄마에 대한 혐오감이 깊어질 거야."

[원형이 과연 엄마를 죽일 수 있을까요?]

원형의 혐오감은 숙성이 필요했다.

"글쎄, 당장은."

[다른 가족을 염두에 두고 있으신 거군요. 원미예요? 아니면 원미 아빠?]

"누가 하면 좋겠니?"

[음, 원미는 맨 마지막에 남겨두고. 원미 아빠 어때요?]

"아빠 생각도 그래."

[앞으로 어떻게 하실 거예요?]

"원미 아빠가 원미 엄마에 대한 진실을 알도록 해야지."

상원이 할 수 있는 일은 거기까지였다. 그다음 일은 원미 아빠에게 달렸다. 상원은 원미 아빠가 자신의 뜻대로 원미 엄마를 죽일 것이라 믿었다. 원미 아빠가 그동안 가족을 대했던 태도를 보면 알 수 있었다. 당연한 귀결 같은 것이었다.

"지희야, 아빠는 널 위해서라면 무엇이든 할 수 있어."

상원은 한 단어, 한 단어 힘주어서 말했다. 지금 벌이고 있는 일들을 스스로 납득시킬 이유가 필요했다. 원미 가족의 삶을 끝장내기 위해서는 그들이 사는 세상 속에 발을 들여야 했다. 생각했던 것보다 더 어둡고 깊은 수렁이었다. 용기를 내야 했고 더러운 과정을 밟는 것을 정당화할 수 있어야 했다. 잘 이끌어가던 회사를 내팽개치고 추잡한 거짓과 참혹한 진실이 뒤섞인 헤븐의 소굴에 들어간 이유를, 변치 않을 명분을 끊임없이 상기해야 했다.

지쳐서 실의에 빠져 있을 여유는 없었다. 언제나 목표를 향해 살아왔기에 어떤 위기가 닥쳤을 때 아무것도 하지 않고 손을 놓고 있는 건 용납할 수 없었다. 목표가 사라지면 새로운 목표를 세워서라도 달려야 했다.

눈앞에 공부하는 지희의 옆모습이 보였다. 상원은 지희가 무언가에 열중해 가만히 앉아 있는 것을 지켜보는 게 좋았다. 어렸을 때도 그림을 그리거나 미로 찾기를 하거나 블록을 맞추고 있는 모습을 볼 때면 그렇게 사랑스러울 수가 없었다. 상원은 의자 등받이에 편히 몸을 기댔다. 지희가 고개를 들고 펜을 내려놓으며 말했다.

[아빠, 나를 위해 무엇이든 할 수 있다고 했죠?]

"맞아."

[그럼 나를 위한다는 건 어떤 걸까요?]

예상치 못한 질문이었다. 상원이 한 말의 방점은 '지희를 위한 일'이 아닌 '무엇이든 할 수 있다'에 있었다. 지희가 살아 있을 땐 지희를 위해 갖고 싶은 것, 먹고 싶은 것을 사주고, 지희를 위해 회사를 잘 이끌어가고, 지희를 위해 최고의 육아 전문가, 최고의 과외 선생을 붙여주는 것이 그 '무엇이든'이었다. 지희가 죽은 지금은 지희를 죽인 그 아이와 그 아이의 가족들에게 복수하는 것이 '무엇이든'에 해당했다.

그런데 이제 와 지희를 위하는 게 어떤 거냐고? 생각해본 적 없었다. 무엇이든 할 수 있다는 것의 전제는 의심할 필요가 없어서 의문을 달지 않았다. 정작 지희에게 물어본 적이 없었다.

"미안하다. 아빠가 네게 물어보질 못했어."

[괜찮아요. 아빠가 알고 있으면 됐죠. 아빠가 나를 위해 '무엇이든' 했다는 건 곧 '나를 위한 일'이 뭔지 알고 있었다는 뜻이니까요.]

지희를 위한 일. 알고 있었다. 알고 있다고 생각했다. 그런데 정말 알고 있었을까.

지희를 위해 했다고 생각한 모든 일이 사실 많은 부모가 자식들에게 그렇게 하듯 자신이 할 수 있는 일, 할 수 있다고 생각한 일 정도가 아니었을까. 하지만 적어도 상원은 노력했다. 원미 부모처럼 방향을 잃고 침몰하지 않기 위해, 자식에게 많은 도움을 주는 아빠가 되기 위해 최선을 다했다. 지희는 그 노력을 안다는 듯 잘 자라주었다.

부모라면 누구나 자식이 자신과 닮길 바라면서도 이상적이지 못한 부분, 결함은 닮지 않길 바란다. 지희는 그런 면에서 완벽한 결과물이었다. 대인관계가 그리 원만하지 못했던 자신과 달리 지희는 학교에서 반 아이들 누구와도 잘 어울렸고 공부도 잘했다. 지희를 위한 게 무엇이었는지는 몰라도 상원이 지희를 위한 일이라고 생각하고 한 일들은 결과적으로 성공이었다. 지희가 죽기 전까지는 모든 것이 순조로웠다.

원미 가족은 벌을 받아야 했다. 그들이 죽인 아이가 얼마나 바람직한 아이였는지, 얼마나 똑똑하고 착한 아이였는지, 얼마나 아까운 아이를 죽인 것인지 알아야 했다.

어떻게 하면 원미와 원미 가족을 가장 고통스럽게 만들 수 있을까.

원형과 원미는 궁극적으로 새로운 가족을 원했다. 심지어 부모인 원섭과 순영조차도 그런 가족을 원하고 있었다. 이제 상원은 그들이 원하는 것을 줄 생각이었다. 그들이 현실에서 이루지 못한 이상적인 가족을 강제로 만들어줄 생각이었다. 거래의 대가는 그들의 진짜 현실이었다. 상원은 원미 가족이 방치하고 돌보지 않은 진짜 현실을 손에 넣은 대신 아름답고 견고한 가상현실을 그들에게 내려줄 것이었다. 상원이 그들만을 위해 설계한 아름다운 지옥을.

그 지옥도에 대한 힌트는 '헤븐'에서 얻었다. 헤븐은 인간이 어디까지 추악해질 수 있는지를 보여주는 더할 나위 없이 끔찍한 지옥이었지만, 한편으론 상원에게 신선한 영감을 주었다. 사랑과 평화가 있는 진짜 천국에서는 결코 알 수 없는 중요한 정보를 얻었다. 인간을 효과적으로 통제하고 착취하는 방법이 거기 있었다. 상원은 헤븐의 목사 부부가 인간의 나약한 마음을 이용하는 방법을 배웠다. 정신이 온전히 박힌 사람들이 평범한 일상을 꾸려가는 삶의 공간에서는 결코 얻을 수 없는 통찰이 그곳에 있었다.

여느 사이비종교처럼 헤븐은 그들의 신도들에게 결코 친절하지 않았다. 헤븐은 잘못에 대해 엄격했고 죄책감을 심어주었고 서로를 견제하도록 만들었지만, 잘한 일에 대해서는 좀체 신도들에게 후한 보상을 주지 않았다.

신도들의 잘못을 다루는 체계는 벌점, 식사 열외, 체벌 등 다양했다. 그러나 보상 체계는 단 하나였다. 헤븐 지도자의 마음을 흡족하게 하면 상을 준다는 것이었다. 신도들은 헤븐 지도자를 기쁘게 하기 위해 시키는 대로 했다. 만족한 지도자는 그들에게 상을 내렸는데 그건 헤븐의 상징 동물인 '비둘기' 모양의 펜던트가 붙은 싸구려 쇠붙이 반지였다.

신도들의 눈에 비둘기 반지는 한낱 싸구려가 아니었다. 지도자는 비둘기 반지에 큰 의미를 부여했고 신도들은 비둘기 반지를 받으면 눈물을 흘리며 감사 기도를 올렸다. 비둘기 반지는 지도자의 사랑과 인정을 뜻했다. 그리고 그 사랑과 인정을 갈구하는 신도들은 앞다투어 지도자에게 잘 보이려 노력했다.

신도들은 왜 그렇게 잘 속을까. 왜 별거 아닌 보상에 의미를 부여하고 그것을 진심으로 받아들일까. 그들은 왜 자신들의 희생을 낮게 평가하고 지도자의 허름한 보상에 열광할까.

공통점이 있었다. 헤븐의 신도들은 하나같이 원가족 안에서 최소한의 관심과 돌봄을 받지 못하고 버림받은 아이들이었다.

상원은 헤븐을 모델로 새로운 사업을 구상하고 있었다. 헤븐은 추하지만 상원이 만들고 싶은 것은 아름답고 합리적인 세계였다. 정확히 말하면 아름다운 것처럼, 합리적인 것처럼 보이는 세계였다. 그 세계의 주인은 버려진 아이들이었다.

고맙게도 이 세상에 버려진 아이들은 많았다. 자기 핏줄 하나 제대로 돌보지 못할 정도로 나약한 인간들은 발에 챌 정도로 많았다. 값싼 노동력을 제공할 저출산 시대의 희망이었다. 잭팟. 블루오션 발견. 이 새로운 세계는 원미 가족을 묻어버릴 무덤에 피게 될 꽃과 같았다. 아편, 모르핀, 헤로인, 필로폰. 따지고 보면 결국 하나인, 돈과 죽음을 한꺼번에 불러들이는 마약의 원재료 양귀비꽃처럼 막대한 이익이 걸려 있었다.

◆◆◆

공무원 시험이 끝났지만 홀가분하지 않았다. 직감적으로 시험에 떨어졌다는 것을 알 수 있었다. 문제의 80퍼센트는 이해하지 못했고 나머지 20퍼센트는 정답을 확신할 수 없었다. 예상했던 일이었다. 믿었던 모의고사 점수는 신기루였다.

가족들을 탓했다. 이 순간에도 교회에서 아버지 후배를 만나고 있을지도 모르는 어머니 때문에, 지금껏 아무런 도움도 주지 않은 아버지 때문에, 사고나 치고 돌아다니는 동생 때문에 시험을 망쳤다고 생각했다. 분노가 치밀어올랐다. 그러다 덜컥 겁이 났다. 아버지처럼 자신의 인생 전체를 다른 사람을 원망하며 살까 봐 두려웠다.

어머니를 만나려고 헤븐 건물 앞까지 찾아갔다. 위로받고 싶었다. 잘난 아들, 아버지 대신 제대로 된 가장 노릇을 하는 아들이 되고 싶었는데 이번에도 안될 것 같다고, 미안하다고 말하고 싶었다. 어머니 문제에 대해, 우리 가족 문제에 대해 터놓고 의논하고 싶었다.

그렇게 한다면 모든 것이 달라지지 않을까. 하지만 원형의 심연은 다른 말을 했다. 그런 생각을 하는 건 너뿐이라고. 알고 있었다. 어머니가 그럴 의지가 있었다면 진작 헤븐을 빠져나와 원형과 대화했으리라는 것을.

어머니는 그러지 않았다. 어머니는 해결하지 못한 과거의 문제를 덮는 것 말고 다른 방법을 찾지 못했다. 언제나 '너희들은 모른다'는 말로 자식들을 무지한 상태로 몰아넣고 안정을 찾으려 했다. 원형의 가족은 서로에 대한 존중과 동등한 관계라는 개념이 들어설 자리가 없었다. 언제나 동경의 눈빛으로 위를 쳐다보거나 멸시의 눈빛으로 아래를 내려다볼 뿐이었다. 대화는 시작부터 불가능했다. 헛된 희망이었다.

온통 하얀 헤븐 건물의 지붕 위엔 창백하고 표정 없는 비둘기 장식이 있었다.

헤븐 건물의 흰색 페인트 마감은 순백의 깨끗한 느낌보다는 강박증 환자의 집착처럼 무겁고 음침한 기운이 느껴지는 것이었다. 가만히 멈춰 서 있는 동안 그 흰색 페인트가 스멀스멀 벗겨지면서 원형의 온몸을 꽉 움켜쥐고 뼈까지 녹여버릴 것 같은 기분이 들었다. 무서웠다. 꼭 공포의 집을 체험하기 전의 어린아이가 된 것처럼 겁이 났다. 사이비종교일 뿐이라고, 저기서 어머니를 구출해야 한다고 생각했지만 발이 떨어지지 않았다. 움켜쥔 주먹을 떨며 몸서리쳤다. 원형은 결국 등을 돌리고 도망쳐버렸다.

연립주택의 먼지 쌓인 계단을 올라가며 원형은 집에 아무도 없기를 바랐다. 일단 모든 상황을 회피한다면 침울한 기분을 몰아낼 수 있을 것 같았다. 오늘이 공무원 시험일이라는 것을 아버지가 기억하지 못하기를 바랐다.

소화전 밑에 감춰둔 열쇠로 조용히 현관문을 열고 들어갔다. 신발장 앞은 늘 그렇듯 모든 신발이 빠져나와 있어 혼잡했지만 집 안엔 아무도 없는 것 같았다.

안도하며 부엌으로 발을 옮기는데 양말에 이상한 감촉이 느껴졌다. 붉은 물줄기가 발끝으로 축축하게 스며들고 있었다. 현관 쪽에서부터 진한 핏물이 흘러내리고 있었다. 방바닥 경사가 일정하지 않은 탓에 붉은 핏물이 모양이 일정하지 않은 천연가죽 카펫처럼 이리저리 뻗어 있었다. 이성적으로 생각하기를 거부하게 만드는 그 강렬한 색은 뒤이어 끼치는 비릿하고 위협적인 냄새와 함께 원형을 흔들어 놓았다. 사람 피비린내였다. 아버지가 소파에 머리를 기댄 채 꼼짝도 하지 않고 있었다. 아버지 목에서 흘러나온 피가 사방에 흥건했다.

머릿속에 비상등이 켜지고 가슴이 흥분으로 날뛰었다. 잠시 동안 어찌할 바를 모르고 서 있던 원형은 이윽고 핏물을 밟고 아버지 곁으로 다가갔다.

손가락을 뻗어 아버지 코 밑에 댔다. 습기가 느껴지지 않았다. 가슴에 귀를 댔다. 심장박동 소리가 들리지 않았다. 목에 심한 자상을 입은 채 피를 쏟고 있고 머리는 소파에 뒤로 꺾여 있는 것만 봐도 알 수 있었다. 아버지는 죽어 있었다.

문이 열린 방 안을 살펴보았다. 안방도, 작은 방도 난장판이었다.

무언가를 찾으려고 집을 뒤집어엎은 듯했다.

강도?

어머니와 원미는 괜찮은 걸까?

원형은 두 사람에게 전화를 걸었지만 모두 받지 않았다. 원형은 마지막으로 경찰에게 전화를 걸려다가 말고 아버지의 얼굴을 보았다.

마지막까지 죽을 것을 예상하지 못한 듯 넋이 나간 얼굴. 피로 범벅된 옷. 아버지를 향해 손을 뻗다가 멈추었다. 인상을 찌푸리며 뒤로 물러났다.

'경찰의 의심을 사는 짓은 하고 싶지 않다.'

순간 원형의 머릿속에 떠오른 생각이었다. 아버지 죽음 앞에서 갖는 자신의 생각이 너무도 황폐한 탓에 그제야 눈물이 터져 나왔다. 오래전부터 아버지를 증오하고 있었다는 것을 깨달았다.

문제. 크나큰 문제가 벌어졌다는 생각이 뒤따랐다. 어머니와 원미가 저지른 짓일지도 모른다는 생각에 가슴이 철렁했다. 아버지는 분명 타살이었다. 칼로 자신의 목을 긋기도 힘들지만 무엇보다 아버지가 자살할 사람이라는 게 믿기 힘들었다. 지금은 아무것도 할 수 없었다. 경찰에 신고조차 못 할 정도로 그 무엇도 판단할 수 없었다. 머릿속을 어지럽게 돌아다니는 온갖 추정들에 질식할 것 같았다.

원형은 참지 못하고 집을 빠져나왔다. 동네로 들어오는 큰길 앞에 멍하니 서서 사람들을 쳐다보았다. 길 양쪽에 늘어선 상점들이 오늘따라 비현실적으로 보였다. 가게 주인도, 가게를 오가는 손님들도 영화나 드라마에 등장하는 가상의 인물들 같았다.

아무도 알지 못했다. 같은 동네, 같은 골목에 있는 집에서 어떤 일이 벌어졌는지. 아버지는 죽는 순간까지도 사람들의 관심을 받지 못했다.

넋이 나간 채 공터에 무심한 시선을 던지고 있는데 좁은 골목길 한 가운데를 꽉 채우며 외제 차 한 대가 들어오는 게 보였다. 가끔 이 동네에 비싼 차가 주차된 광경을 보아서 이상한 풍경은 아니었다. 그런데 차가 원형의 앞까지 오더니 멈춰 섰다.

원형은 머뭇거리며 주변을 돌아보았다. 무슨 상황인지 알 수 없었다. 어딘지 낯이 익다는 생각에 자세히 차를 살펴보았다. 가족 이데아에서 탔던 그 차였다. 원형은 홀린 듯 외제 차에 바짝 다가섰다.

운전석이 열리고 색안경을 낀 남자가 차 안에서 내렸다. 그는 가족 이데아에 나온 아버지 운전기사와 똑같은 차림을 하고 있었다.

"같이 가시죠."

바짝 마른 입술을 열어 대답할 새도 없었다. 남자는 뒷좌석 문을 열고 원형을 부드럽게 앉히더니 조수석에 원형의 가방을 놓았다. 아무 저항도 할 수 없었다. 혹시 게임 속에 있는 건가. 아버지가 죽은 것도, 이 상황도 게임 속 일은 아닐까. 몽롱한 상태에서 창밖을 보았다.

차가 동네 입구를 벗어날 때쯤 경찰차가 정면에서 마주 오는 게 보였다. 아버지에게 가는 경찰차일까. 경찰차와 원형이 탄 차는 작은 틈을 두고 스쳐 지나갔다. 문득 정신을 차리고 창문을 두드렸지만 경찰차는 그대로 지나가버렸다. 원형은 운전기사의 눈치를 보며 두 팔을 스르륵 내려 무릎 위에 얌전히 올려놓았다.

차 안에 정적이 흘렀다. 들리는 것은 엔진음뿐이었다. 운전기사는 숨소리조차 내지 않고 조용히 있었다.

3부

게임

지희 9세 일기 발췌 1

난 앞으로 이 일기장에 일기를 쓸 거다.

아빠가 사준 비밀 일기장.

아빠한테는 다 말해줄 거다.

아빠가 좋아하겠지?

지희 9세 일기 발췌 2

수학 학원이 끝나고 마스코 티처와 함께 집에 갔다.

영어 단어 dream을 배웠다.

마스코 티처가 내 꿈이 뭐냐고 물었다.

나는 아무것도 되고 싶지 않다고 했다.

꿈을 이루면 아빠처럼 바빠지니까. 그냥 아빠랑 같이 있고 싶다.

◆◆◆

약속 장소인 동물원에 가려고 회사를 나왔다.

'게임은 인생보다 쉽다'

상원의 게임회사 사무실 입구에는 이런 문구가 걸려 있다. 열정 어린 신입 개발자가 간과할 수 있는 진실을 적어놓은 것이었다. 게임을 인생보다 어렵게 만든다면 아무도 그 게임을 소비하지 않을 것이다. 캐릭터의 스펙을 높이고 아이템과 보상을 얻을 수 있도록 현질을 유도하지 않는다면 게임회사의 매출은 오르지 않을 것이다. 이런 진실을 외면하고 독특하고 어려운 게임, 이 세상에 없는 게임을 만들려고 한다면 게임회사는 성공할 수 없다.

상원 역시 어렵게 터득한 진실이었다. 실패를 거듭하고 많은 세월을 흘려보내면서 깨달은 진실. 하지만 상원은 게임과는 달리 인생은 어려운 길을 찾아가는 것이라고 생각했다. 클럽에서 만난 여자와 하룻밤을 보낸 결과로 생긴 아이를 끝까지 책임지기로 한 건 그 때문이었다. 태어난 지 얼마 안 된 갓난아기의 꼬물대는 손가락과 발가락이 귀여워서라거나 아이의 눈망울이 애처로워서가 아니었다. 신념 때문이었다. 쉬운 길을 택해서는 안 된다는 신념.

상원은 감상적인 인간이 아니었다. 애초에 감정을 행동으로 옮기는 사람이 아니었다. 클럽에서 만난 여자와 하룻밤을 보낸 것도 본능이 시킨 결과였다. 지희는 실수로 생겼다. 지희 엄마는 상원이 사랑할 수 있는 부류의 여자가 아니었다. 아이를 낳기 전 아이를 어떻게 잘 키울지에 대한 이야기보다는 최고급 산후조리원과 30평대 역세권 신축아파트, 어떤 차를 사줄 수 있는지를 물었던 여자, 무슨 대화든 상원의 집안 재산이 얼마인지를 알아내려는 것으로 귀결되는 그 여자를 사랑하기는 힘들었다. 함께 밥을 먹는 것만으로도 거북스러워 소화제를 미리 챙겨야 했다. 그 여자는 상원의 집안이 생각보다 부자가 아니라는 것을 알아차린 뒤 흔적도 없이 사라졌다.

지희를 남겨둔 채.

사랑하지도 않는 여자가 낳고 버린 아이, 그 여자를 닮은 아이가 처음부터 예뻐 보일 리 없었다. 하지만 상원은 아이가 예뻐 보이지 않는 건 아이를 키우는 데 전혀 문제가 되지 않는다고 생각했다. 그 아이 유전자의 절반이 자신의 것이니 책임져야 한다는 상식, 인생을 쉽게 살아서는 안 된다는 신념으로 아이를 키웠다.

상원의 부모는 상원의 선택을 인정하지 않았다.

"우리 체면도 생각해야지. 홀아비로 애를 키워? 네 인생을 망치게 할 거다. 고집부리지 말고 애는 보육원에 보내. 안 그럼 후회하게 될 거야."

부모는 쉬운 길, 옳지 않은 길을 가라고 했지만 상원은 듣지 않았다. 어려운 시기를 지나 회사는 성공 가도를 달렸고 지희는 보란 듯이 잘 자라주었다. 그럼에도 상원이 부모와 다시 연락하는 일은 없었다.

언제나 부모의 뜻에 따라 열심히 공부했고 부모가 원하는 대학에 갔으며 부모가 보기에 번듯한 자식이 되려고 노력했지만 정작 부모는 그가 힘든 시기에 그의 선택을 무시하고 도움의 손길을 주지 않았다. 어렵게 혼자 걸어갔다. 이제 가족은 없다고 생각했다. 아무도 믿지 않고 오직 자기 자신을 믿으며 지희를 키웠다.

지희는 상원의 노력이 만들어낸 결실이자 그의 신념이 옳았다는 증거였다. 그런 지희의 죽음은 그간 상원이 힘들게 이뤄낸 성과를 뒤엎고 배반하는 일이었다. 그의 끈기와 노력, 희생을 순식간에 증발시킨 일이었다. 영안실에서 지희의 시신을 보았을 때 슬픔 대신 분노가 차올랐다. 믿지 않았던 세상에, 믿지 않았던 신에게 뒤통수를 맞은 기분이었다. 허탈해서 웃음이 났다. 세상 사람들이 모두 손가락질하며 비웃는 것 같았다.

'미혼부라도 아이를 잘 키울 수 있다고 큰소리 뻥뻥 치더니 꼴좋다.'

어머니의 비꼬는 음성이 들리는 듯했다.

'것 봐라. 우리가 뭐라고 했니? 후회할 거라고 했지? 어린 것이 자살을 하다니. 맹랑하기도 하지. 밥 먹여줘. 학교 보내줘. 아빠가 회사 사장이라 돈 잘 벌어줘. 못 해준 게 뭐가 있다고 지가 자살을 해? 제 애미 피를 못 속이는 거다. 자식새끼 버리고 간 제 애미 피를 못 속여서 지 인생에도 책임감이 없는 거야.'

어머니의 음성은 사실 상원의 속마음이었다. 자살해버린 딸이 원망스러웠다. 딸이 죽고 싶을 정도로 괴로웠다는 것을 몰랐다는 것에 죄책감이 들었고 죄책감은 불쾌했다. 그런 죄책감을 느끼게 한 딸이 또다시 원망스러웠다. 부정적인 감정은 상원을 가라앉게 만들었다. 어떤 일도 해나갈 수 없게 바다으로 가라앉혔다. 감정을 분출할 다른 배출구가 필요했다. 상원에겐 복수의 대상이 필요했다. 반드시 타당한 대상이어야 했다.

원미가 사라지길 바랐던 지희의 메모를 보고 학교 아이들을 찾아가 물었다. 평소 둘 사이가 어땠느냐고. 학교 아이들은 두 사람이 애초부터 잘 어울리는 친구가 아니었다고 했다. 반장인 지희가 학교생활에 잘 적응하지 못하는 원미를 친절하게 대해준 것뿐, 지희는 갈수록 원미의 집착을 부담스러워했다는 것이었다. 충분히 짐작 가능한 얘기였다. 처지와 평판이 다른 대상을 동경하던 마음이 점차 질투와 집착으로 변질된 사춘기 여고생의 어긋난 애정. 상원은 원미가 왜 자신의 이니셜이 새겨진 손수건에 피를 묻혀 지희에게 보냈는지 알게 되었다.

하지만 경찰의 결론은 상원의 기대와 달랐다. 손수건의 피가 지희 것이라고 했다. 부검 결과 지희는 자살한 게 맞다고 했다. 유서가 없으니 괴롭힘에 의한 자살이라는 근거 역시 없다고 했다. 만약 원미가 괴롭혀서 자살한 거라는 유서가 발견된다고 해도 '법적으로' 원미는 처벌받지 않을 거라고 했다. 경찰은 상원의 반응이 다른 자살자 유가족과 크게 다르지 않다고 말했다. 경찰 수사 결과를 믿지 않는 상원에게 병원에 가볼 것을 권했다. 정신과 의사는 상원이 확증편향 증세를 보인다고 했다.

화를 참을 수 없었다.

'당신들이 뭘 알아.'

상원은 그들을 믿지 않았다.

'틀린 건 당신들이야. 부패 경찰, 돌팔이 정신과 의사. 당신들은 하나같이 엉터리야. 신념도 없이 적당히 일하는 직장인일 뿐이야. 난 당신들과 달라. 내 처지를 비관하지 않고 옳은 길을 걸어왔어. 난 최선을 다해 지희를 키웠어. 그런데 어떻게 지희가 죽을 수 있어? 일어나서는 안 되는 결론이잖아. 내 모든 걸 걸었는데…… 어떻게 감히 자기 맘대로 목숨을 끊어?'

상원은 분노를 가라앉히기 위해 숨을 내쉬었다. 손에 든 가방을 한번 내려다보고 자신이 어디에 와 있는지 돌아보았다. 약속 장소인 동물원이었다. 곳곳이 사람들로 북적거렸다. 그중 사람들이 가장 많이 머무는 곳은 단연 맹수들이 갇혀 있는 구역이었다.

사람들은 맹수가 우리 안에 갇혀 있는 것을 보면서 희열을 느끼고 안심한다. 문명사회에서 맹수는 더 이상 위험한 존재가 아니다. 하지만 맹수보다 더 위험한 존재가 있다. 원미 아버지 같은 부류의 인간들. 시끄럽고 예의 없고 탐욕스러우며 감정적인 기능이 망가진 인간들. 이런 인간들이 가정을 이루고 자식을 낳는 건 맹수를 밖에 풀어놓고 번식하게 만드는 것이나 마찬가지였다.

지희는 죽었다. 맹수보다 위험한 인간들이 우리에 갇혀 있지 않고 거리를 활보하는 바람에 딸이 죽었다. 또다시 분노가 머릿속을 꽉 채웠다. 가만히 왼손을 가슴에 얹고 숨을 천천히 들이마시고 내쉬었다. 세상은 도와주지 않았다. 미혼부가 되었을 때도, 딸이 죽었을 때도 아무도 도와주지 않았다. 세상이 해야 할 일을 하지 않는다면 상원 역시 세상의 윤리를 따를 필요는 없었다.

상원은 유모차 대여소 옆에 있는 물품 보관함으로 천천히 발걸음을 옮겼다. 지희가 어렸을 때 동물원에 데려온 적이 있었다. 일 때문에 오랜 시간 머물지 못했지만 지희를 유모차에 태웠던 기억만은 선명했다. 잠시 망설이던 상원은 주머니에서 열쇠를 꺼내 물품 보관함 문을 열었다. 검은색 비닐 봉투가 들어 있었다. 언뜻 주황색 주사기와 앰플이 비쳤다. 환각제였다. 상원은 비닐 봉투를 배낭에 쑤셔 넣었다. 상원은 아이들의 손을 잡고 이리저리 바쁘게 옮겨 다니는 가족들 사이를 잔뜩 굳은 얼굴로 가로질렀다.

◆◆◆

정신이 들자 뒤통수에서 피가 흐르는 기분이 들었다.

통증 부위를 만져보려고 했지만 손을 뻗을 수 없었다. 팔과 다리가 의자에 묶였는지 움직일 수 없었다. 어딘지 두리번거렸다. 이마에서 피인지 땀인지 모를 것이 흘러내려 시야를 흐리게 했다. 제대로 보기 위해 몇 번이고 눈을 깜박거리다가 겨우 고개를 숙여 몸을 살펴보았다. 알몸인 줄 알고 기겁했는데 알고 보니 몸에 달라붙는 얇은 피부

색 옷을 입고 있었다. 모든 게 혼란스러웠다.

보이는 건 사방이 하얗게 뻥 뚫린 공간뿐이었다. 바닥도 천장도 앞도 뒤도 없는 곳에서 보이지도 않는 끈에 결박되어 옴짝달싹할 수 없었다. 그나마 '공간이 있다'는 건 엉덩이가 의자에 닿는 느낌, 묶여 있어서 조금도 움직일 수 없는 갑갑한 느낌 때문에 알 수 있었다. 원미는 보이는 것을 최대한 현실적이고 익숙한 공간으로 이해해보려고 노력했지만 헛수고였다.

어디서부터 잘못된 걸까. 자물쇠가 달린 오빠 책상 서랍 문을 실핀으로 열었을 때부터?

원미는 원형 몰래 태블릿을 학교에 가져가고 싶었을 뿐이었다. 사진첩을 열어보고 나서야 원형이 서랍 문을 잠가놓은 이유를 알게 되었다. 아빠 후배라는 아저씨가 울고 있는 엄마 손을 잡고 일으키려는 사진이 있었다.

원형은 숨기려고 한 것 같았지만 원미는 그냥 넘길 수 없었다. 그렇다고 일을 크게 벌일 생각은 없었다. 엄마가 아빠 몰래 남자를 만나는 건 상관없었다. 그건 문제가 되지 않았다. 아빠 같은 사람을 견디려면 뭐라도 필요한 법이니까. 원미는 돈이 필요했다. 야릇한 두 사람의 사진은 돈을 벌 수 있는 좋은 건수였다.

아빠가 술에 취해 자고 있을 때 핸드폰을 뒤져 아빠 후배의 전화번호를 알아냈다. 전화를 걸어 엄마랑 어떤 사이인지 알고 있다고, 비밀을 유지해줄 테니 돈을 달라고 했다. 아빠 후배는 의외로 순순히 돈을 주겠다고 했다. 단, 호텔로 직접 찾아와야 한다고 했다. 호텔로 찾아가자 아빠 후배는 약속대로 돈을 주었다. 돈을 받고 기분 좋아진 원미는 건네받은 주황색 음료수를 거절하지 못하고 마셨다. 그리고 정신을 차려보니 이곳이었다.

멀리서 보인 점이 가까이 다가오더니 한 사람의 형상이 되었다. 아빠 후배였다.

"저한테 무슨 짓을 한 거예요? 어디예요, 여긴?"

"가상공간이란다."

원미는 그제야 이 상황을 현실적으로 받아들이려고 노력했던 것 자체가 허사였다는 것을 깨달았다. 꿈이었다.

"가족이데아 게임에 본격적으로 들어가기 전에 머무르는 대기실 같은 곳이라고 생각해라."

"가족이데아 게임……?"

"들어본 적 있니?"

지희가 자기 아빠가 만든 게임이라며 해보라고 권했던 게임, 몇 달 전 오빠가 했던 그 게임. 뜬금없이 가족이데아 게임 얘기가 왜 나오는지 알 수 없었다. 아무리 꿈이라지만 이건 너무 뒤죽박죽이었다.

"잘 모르겠어요."

원미는 다시 한번 몸부림쳤지만 결박된 몸은 꿈쩍도 하지 않았다. 이 이상한 대화를 멈추고 꿈에서 깨어나고 싶었다.

"대체 저한테 왜 이러시는 거예요?

"네가 왜 여기에 와 있다고 생각하니?"

"모르겠어요. 제가 아저씨랑 엄마 사이를 알게 되어서요? 다시는 돈 달라고 협박하지 않을게요. 그러니까 제발 좀 풀어주세요."

"그건 안 돼."

갑자기 아빠 후배가 보이지 않는 의자에 두 팔을 짚으며 바짝 얼굴을 들이댔다.

"내 딸 지희가 죽었잖니. 너 때문에."

원미는 움츠러든 채 눈을 끔벅거렸다. 아빠 후배가 아니라 지희 아빠라고? 지희가 나 때문에 죽었다고? 원미는 핏발이 선 지희 아빠의 눈을 바라보았다. 이건 꿈이 아니었다. 꿈이 이렇게 생생할 리 없었다. 원미는 있는 힘껏 소리쳤다.

"지희는 저 때문에 죽은 게 아니에요!"

지희 아빠는 아무 표정 변화 없이 손짓하더니 허공에 상자 하나를 띄웠다. 실물이 아닌 가상현실의 상자였다. 상자가 저절로 열리고 그 안에 피 묻은 손수건과 체리색 틴트가 묻은 담배, '원미가 사라진다면'이라는 문장이 적힌 노트가 나타났다. 원미는 허탈해하며 쓴웃음을 지었다.

"이게 다 뭐죠?"

"지희가 남긴 유품이다. 네 물건들. 네가 지희를 죽였다는 증거지."

"아뇨, 그건 전부 지희 물건이에요."

마음에 걸리는 하루가 있었다. 지희가 죽기 며칠 전 비 오던 날 처마 밑에서 만났을 때였다. 날 선 대화 끝에 원미는 처음으로 지희를 두고 먼저 일어났다. 하지만 정말 그날 일을 이유로 지희가 죽었다고 생각하지 않았다. 그럴 리가 없었다. 원미는 지희에게 그 정도로 중요한 사람이 아니었다.

"지희의 친구들도 하나같이 말하더구나. 지희가 그동안 너 때문에 괴로워했다고."

지희의 친구들? 지희에겐 친구가 없었다. 친구들이 많은 것처럼 보였지만 원미가 봤을 때 지희와 마음이 통하는 친구는 한 명도 없었다. 지희 아빠는 가장 믿을 게 없는 반 아이들, 이간질쟁이들의 말을 들은 게 틀림없었다. 그 아이들이 자신에 대해 좋게 말할 리 없었다. 원미는 언제나 눈엣가시, 따돌림당하면서도 자존심을 굽히지 않는 꼴 보기 싫게 드센 아이였으니까.

지희가 죽은 뒤, 일진 친구들과도 사이가 멀어지며 방황하던 시기에 그 이간질쟁이들과 잠시 어울린 적이 있었다. 그들은 기분 나쁜 호기심을 가지고 다가왔다. 지희가 자살한 진짜 이유를 듣고 싶어 했다. 원미는 그 아이들을 자신과 지희의 복수에 이용했다. 중학생 때 자신을 괴롭힌 왕따 주동자이자 지희에 대해 이상한 소문을 낸 최초 유포자를 잡아다 혼내주었다. 무릎 꿇리고 담뱃불로 팔뚝을 지졌다. 정의를 실현했다는 생각에 쾌감을 느끼며 들떠서 함께 돌아다니다, 우연히 차 키를 꽂아둔 자동차를 발견하고 훔쳐 탔다. 법정까지

간 뒤에야 짧은 일탈은 끝이 났다. 목적을 잃은 연합은 뿔뿔이 흩어졌다. 합의금을 물어주러 온 그 아이들의 훌륭하신 부모님들은 착한 자기 자식들이 원미처럼 나쁜 애와 어울려 다니다가 잘못 물들었다고 생각했다. 상관없었다. 그런 애들한테 버림받아도. 친구라고 생각하지 않았기에 상처받지 않았다.

지희를 제외하고는 모두가 그랬다.

원미가 함께하고 싶은 친구는 지희뿐이었다. 원미는 자신이 지희에게 그 정도로 중요하지 않다는 걸 알고 있었다. 가끔씩 그 사실이 서글프게 느껴지고 화가 났지만, 그런 이유로 지희를 죽이고 싶다고 생각한 적은 없었다. 정말이지 그런 적은 없었다.

지희는 모두와 친하게 지내는 것처럼 보였지만 아무도 상대할 사람이 없어 외로웠고, 여유로워 보였지만 내면은 초조했고, 친절하고 아름답고 똑똑했지만 속은 불안과 흠집투성이였다. 하지만 지희는 원미와 다르게 내면이 밖으로 드러나지 않았다. 원미는 언제나 가슴 서늘하게 깨닫곤 했다. 빛나는 세상의 중심에는 불안한 내면을 감쪽같이 감추는 지희와 같은 아이들이 있고, 그런 아이들은 운명적으로 결정되는 것이라고.

원미는 그런 운명의 아이들은 책임을 다해야 한다고 생각했다. 행운이 따른 만큼 욕망을 절제해야 한다고 생각했다. 하지만 지희는 절제하지 않았다. 아무도 모르게 숨어서 처리했어야 할 욕망을 너무 방만하게 누리고 말았다. 원미는 그게 지희가 죽은 진짜 이유라고 생각했다. 지희 아빠는 잘못 짚고 있었다.

"아저씨는 지희에 대해 아무것도 모르고 있어요."

원미는 잠시 갈등했다. 지희의 진실에 대해 모두 말해버릴까. 하지만 지희가 죽어서도 아빠가 진실을 알길 원치 않는다면? 아빠에게만큼은 끝까지 비밀로 하고 싶다면? 그렇다면 말할 수 없었다. 지금 잠깐의 위기를 모면할 작정으로 지희의 진실을 말한들 지희 아빠가 믿어준다는 보장도 없었다.

"전 정말 아니에요, 아저씨."

두려움에 목소리가 떨렸다. 지희 아빠가 죽이려는 걸까. 아니면 차라리 죽는 게 낫다고 생각할 정도로 끔찍한 고문을 할까. 어떤 경우든 원미는 다른 사람에게 죽임을 당하고 싶지 않았다. 바라는 죽음에 대해, 인생의 최후에 대해 별의별 상상을 다 해봤지만 다른 사람에게 목숨을 뺏기는 것만큼은 상상하고 싶지 않았다.

"마지막으로 할 말이 그것뿐이니?"

마지막이라고? 믿기지 않았다. 여기가 끝이라니. 이렇게 바라지 않았던 죽음을 맞이하게 되다니. 호텔에 오기까지의 모든 순간이 후회스러웠다. 지희와 비밀 친구로라도 지낼 수 있어서 좋다고 생각했던 과거의 날들이 어리석게 느껴졌다.

"전 아니에요. 풀어주세요."

지희 아빠는 동정심이 조금도 묻어나지 않는 말투로 말했다.

"만약 내가 지금 널 풀어준다고 해도 바깥의 현실은 지옥이다. 넌 돌아갈 곳이 없어."

무슨 뜻일까. 현실은 이미 지옥인데. 우리 가족은 더 이상 나빠질 것이 없는데.

"너희 아버지가 살해당했어."

원미는 그 단순한 문장을 제대로 이해하기 위해 한참을 곱씹어야 했다. 아버지가 살해당했다. 아버지가 살해당했다. 그럴 리 없었다. 거짓말이었다.

"너희 가족 안에서 벌어진 일이야. 존속살해지."

"존속살해? 우리 가족이 아빠를 죽였단 얘기예요, 그럼?"

말이 돼? 기 한 번 못 펴고 살았던 엄마와 오빠가 그 독재자를 죽였다고?

지희 아빠가 허공에 화면 하나를 띄웠다. 영상 속에 피가 흥건한 집 안의 풍경과 죽은 아버지가 보였다.

"아냐. 말도 안 돼."

화면에 머리를 감싼 채 비틀거리는 원형의 모습이 보였다.

"오빠가 대체 왜!"

"네 아버지가 네 어머니를 목 졸라 죽이려 했거든."

"믿을 수 없어요. 이 영상은 어디서 난 거죠?"

"중요한 건 이게 너희 가족의 실체라는 거겠지."

아직 충격에서 헤어나지 못했을 때 화면이 사라지고 아늑하게 정돈된 여자아이 방이 나타났다.

"지희 방이다."

원미는 사태를 파악하지 못하고 멍하니 지희 아빠를 보았다.

"이제부터 넌 게임 속에서 지희가 되어 미션을 완수해야 해."

"지희가 되라고요?"

"그래. 네가 지희가 되어 스스로를 살려야 해."

원미는 이 혼란스러운 사태를 정리해보려 노력했지만 불가능했다. 다만 무엇을 원하는지 생각해봤다. 원미는 끔찍한 현실로 돌아가고 싶지 않았다. 지희 아빠가 보여준 장면이 조작된 것이라 해도 마찬가지였다. 바퀴벌레가 기어 다니는 연립주택 3층 집엔 예전부터 가족이 없었다. 무섭고 공허한 학교 교실엔 지희가 없었다. 바깥세상 어디에도 원미가 머물 곳은 없었다.

게임 속에서 지희가 되어 스스로를 살리라고? 어떻게 지희를 살릴 수 있을까. 가상현실 속으로 들어가는 게 가능한 일이긴 할까. 모든 게 막막했지만 강렬한 욕망이 두려움도 삼켰다. 게임 속으로 들어가고 싶었다. 지희로 산다는 건, 단 하루라도 지희로 살아본다는 건 원미가 가장 바라왔던 일이었다.

갑자기 몸 전체에 수백 개의 길고 얇은 쇠꼬챙이가 꽂히는 듯한 고통이 훑고 지나갔다. 비명조차 지르기 힘든 짧고 치명적인 고통이 지나간 뒤 원미는 몸이 공중으로 붕 떠오르는 것을 느끼며 다시 의식을 잃었다.

◆◆◆

처음 계획은 순영을 원섭의 손에 죽게 만드는 것이었다.

상원은 원섭의 핸드폰으로 순영의 과거를 증명할 문서와 사진 파일을 보냈다. 원섭은 아내가 헤븐에서 이미 한 번 결혼했고, 장성한 자식까지 있다는 것을 알게 되자 길길이 날뛰었다. 원섭은 지금껏 순영이 자신을 속였고 조롱했다는 생각에 잠식되었다. 앞에 있는 사람이 27년간 함께 한 아내라는 것도 잊고, 자기만의 생각에 도취되었다. 한순간에 분노에 휩쓸렸다. 예상했던 전개였다.

원미 아빠는 지금까지와는 다른 방식으로 원미 엄마를 폭행했다. 때려눕히고 목을 졸랐다. 아마 조금만 더 시간이 지체되었어도 순영은 상원의 계획대로 죽었을 것이다.

상원은 마지막에 계획을 바꾸었다. 순영이 원섭을 죽이도록 했다. 이용 가치가 있는 순영은 살려두어야 했기 때문이었다. 집에 찾아온 에덱이 상원이 바꾼 계획의 변수였다. 에덱이 밀치자 원섭은 나가떨어지며 소파 턱에 머리를 부딪혔다. 에덱을 내보낸 순영은 부엌칼을 들고 원섭에게 다가갔다. 아직 붙어 있는 원섭의 목숨을 완전히 끊어놓았다. 집 안에 미리 설치한 CCTV로 그 광경을 몰래 살펴보던 상원은 마치 어리석은 인간 군상을 멀리서 지켜보는 신이 된 기분이었다.

[왜 목표물을 바꾸신 거예요?]

지희가 물었다.

"그편이 더 나은 것 같아서."

[왠지 행복해 보여요, 아빠.]

상원은 '행복'이라는 단어에 인상을 찌푸렸다. 그런 두루뭉술하게 낙관적이고 추상적인 단어를 좋아하지 않았다. 지희가 죽었는데 '행복'할 수 있다는 것 역시 찝찝한 일이었다. 상원은 상대의 신체 반응을 통해 감정을 파악하는 지희의 AI 기능을 꺼버렸다.

"행복하다기보다 결과적으로 그게 더 잘된 일인 것 같아."

[아빠는 변수를 좋아하지 않는 줄 알았는데요.]

"때론 변수가 기회가 된단다."

[누가 기회예요?]

"에덱. 원미 엄마가 헤븐에서 낳은 첫째 아이. 에덱도 가족이니 운명을 함께 해야지."

[아아!]

지희가 깔깔거리며 웃기 시작했다. 상원은 순간적으로 인상을 찡그렸다. 지희 친모와 닮은 웃음소리였다. 이성을 잃고 웃는 듯한 천박한 웃음소리. 아쉽게도 상원은 그 웃음소리를 고쳐주지 못했다.

[에덱도 죽이려는 거군요.]

상원은 그런 직접적인 표현은 쓰고 싶지 않았다.

"네 죽음을 그들 모두가 책임지는 거지."

[네.]

지희는 싱글벙글했다.

[앞으로 어떻게 하실지 정말 궁금해 못 견디겠어요.]

상원은 조금 꾸짖듯 말했다.

"이건 재밌는 게임 같은 게 아니란다. 실제 상황이지. 아빠는 주도면밀하게 이 일에 접근하고 있어. 왜냐하면 아빠는."

[반드시 그들을 응징해야 하니까요. 그죠? 아빠 딸을 죽인 사람들을 용서할 순 없으니까요.]

"그래."

[알아요. 진지하게 생각하지 않는 건 아니에요. 하지만 이왕이면 즐기면서 하는 게 좋잖아요. 안 그래요?]

화면 속 지희의 말투가 전과 달라진 것 같았다. 아마도 그건 상원이 예전과는 다르게 지희를 대하고 있기 때문인지도 몰랐다.

"지희야, 너도 그렇게 생각하니?"

[뭘요?]

"아빠가 너에 대해 모르는 게 많다고."

지희는 잔잔히 미소 지었다.

[원미가 한 말은 신경 쓰지 마세요. 아빠가 원래 알고 있던 제 모습이 있는 그대로의 모습이에요. 그게 제가 바라는 거예요.]

순간 깊은 상실감이 느껴졌다. 과연 그럴까.

'내가 생각했던 딸은 어디에도 없었어.'

상원은 그 생각을 곧바로 몰아냈다. 지나친 현실 인식은 목표를 수행하는 데 방해가 되는 법이었다.

상원은 이미 알고 있었다. 지희는 상원이 생각했던 대로의 딸이 아니었다. 지희가 따로 발췌해놓은 일기를 전부 읽고 알게 되었다. 상원은 예상과 다른 지희의 실체에 큰 충격을 받았지만 아무것도 모르는 척하고 있었다. 심지어 지희의 일기를 토대로 원미를 가둘 단단한 트랩을 만들었지만 그에 대해서는 한마디도 하지 않았다.

"고맙다, 지희야. 넌 항상 내게 자랑스러운 딸이었어."

이제 가상현실 속 지희는 그만 만나는 게 좋을 것 같았다. 비록 지희의 가상 캐릭터에 불과할지라도 속이고 싶지 않았다. 더 이상 지희는 복수를 위한 원동력이 아니었다. 아니, 오히려 상원의 앞날에 방해가 되었다. 하고자 하는 일의 정당성을 흐리게 만들었다. 상원은 기어이 이 일을 완수하고야 말 것이었다. 그것이 추한 진실을 덮고 지희의 명예를 지킬 수 있는 유일한 길이었다. 상원이 설계한 게임은 이미 시작되었고 플레이어들이 실제로 살아 숨 쉬는 인간이라 해도 결말은 정해져 있었다.

◆◆◆

지희 17세 일기 발췌

내일 원미는 학폭위 처분을 받게 된다. 미안한 생각도 들지만 어쩔 수 없는 일이다. 원미는 너무 감정적으로 행동했다. 그 충동적인 행동에 대한 대가는 원미가 치르는 것이 맞다. 내가 아니라.

눈이 부셔서 깨어났다. 작은 북향 창문으로 이토록 강렬한 햇빛이 들어온 적이 없었는데, 이상했다. 평소와 다른 달콤한 향기가 코끝에 맴돌았고 몸은 맨바닥이 아니라 푹신한 침대 위에 있었다.

머리맡을 더듬어보았다. 의자 연결부의 플라스틱이 부러져 청테이프로 감은 회전의자가 손에 잡히지 않았다. 원미는 눈을 게슴츠레 뜨고 주위를 둘러보았다. 얇은 커튼으로 쏟아지는 햇빛. 넓고 쾌적한 방. 집이 아니었다.

침대에서 벌떡 일어난 원미는 옆에 있는 책상으로 다가갔다. 엎어 놓은 탁자 거울을 들어 얼굴을 비춰보았다. 지희 얼굴이었다. 거울 속에서 속쌍꺼풀이 있는 큰 눈이 놀란 듯 깜박였다. 꿈을 꾸는 건가. 혼란스러워하다가 곧 깨달았다. 지금 내가 현실이 아닌 가상현실 세계, 가족이데아 게임 속에 있다는 것을.

분명 겁이 나는 상황이었지만 원미는 눈앞의 거울에 비친 자신의 모습에 정신을 차릴 수 없었다. 볼수록 신기했다. 거울을 책상에 세워두고 두 손으로 얼굴을 더듬었다.

깨끗한 피부. 크고 맑은 눈동자, 미묘하게 올라간 입꼬리. 지희였다. 늘 생각했었다.

'내가 너라면 그렇게 하지 않았을 거야. 내가 너처럼 모든 걸 다 가졌다면 큰 욕심을 부리지 않았을 거야. 너 같은 아이들은 닿지 않아

야 할 세계에 발을 들이지 않았을 거야.'

지희 아빠는 딸에 대해 잘 몰랐지만 원미가 지희를 동경하고 있다는 것만큼은 꿰뚫어 보았다.

몸은 생각보다 조금 나른하게 느껴졌다. 조금 전 수백 개의 바늘에 찔린 듯한 통증은 남아 있지 않았다.

지희가 가족이데아 게임을 권했을 때만 해도 별 흥미를 느끼지 못했다. 가상현실엔 좀체 몰입하기 어려웠다. 하지만 지금은 몰입할 필요가 없었다. 고글을 쓰거나 컨트롤러를 드는 방식의 가상현실이 아니었다. 원미의 의식이 직접 겪는 현실이었다. 이렇게 실감이 날 거라고는 미처 생각하지 못했다. 원미는 뛰어난 배우라도 된 것처럼 완벽히 지희가 된 기분을 느꼈다. 놀랍게도 원미는 지희가 아침마다 느낀다는 감정, 무기력한 긴장감마저 똑같이 느끼고 있었다. 아름답고 생기 있는 얼굴과는 다르게 눈빛은 체념이 어려 있고 어깨는 축 처져 있던 지희의 속마음은 그런 것이었다.

'어쩔 수 없잖아. 해야지.'

지희가 자주 하는 말이었다. 원미는 살면서 그런 생각을 가져본 적이 없었다. 매일 아침, 원미는 짜증과 탄식, 분노가 뒤섞인 흥분 상태에 놓이거나 반대로 눈도 뜨기 싫을 만큼 묵직한 좌절감에 짓눌리곤 했다. 무기력했다. 하지만 이제 그런 기분이 들지 않았다. 어쩐지 묘한 흥분으로 가슴이 뛰었다. 지희를 알게 된 뒤부터 내면 깊숙이 숨겨두었던 꿈이 이루어진 것이었다.

똑똑.

노크 소리가 나고 지희 아빠 목소리가 들렸다.

"일어났니?"

"네, 네. 아빠."

원미는 불안한 마음을 숨기고 속으로 주문을 걸었다.

겁내지 마. 이제부터 난 지희야. 최지희.

"식탁에 아침 차려놨다. 학교는 못 데려다줄 것 같구나. 아빠 먼저 나갈게. 아침 꼭 먹고 학교 가."

"네."

평범하고 평화로운 아침이었다. 새벽부터 나가느라 부산스러운 오빠 때문에 잠을 깰 필요도, 늘 신경이 날카로운 아버지에게 어떤 불똥이 튈지 몰라 몸을 사릴 필요도 없는 아침.

"참!"

현관문 쪽으로 향하던 지희 아빠가 발소리를 멈추었다. 원미는 숨을 멈추고 문밖의 기척을 살폈다.

'방에 들어오려나. 아직 자연스럽게 지희 아빠를 맞을 준비는 안 됐는데.'

"내일 아침 식사 당번은 너라는 거 잊지 마. 저녁에 장 보고 와야 해. 아빠 갈게."

웃음소리가 섞인 숨소리가 멀어지더니 현관문을 여닫는 소리가 들렸다.

휴우!

극도로 긴장했던 가슴을 진정시키며 다시 한번 되뇌었다.

'잊지 마. 난 지희야.'

원미는 곧바로 지희라면 아침에 했을 일들을 시작했다. 흐트러진 달력과 탁자 거울을 바로 세우고 침대를 정돈했다. 씻고 나서 민낯에 로션과 선크림만 바르고 교복 치마는 무릎을 반절쯤 가리게 입고 머리는 포니테일로 단정하게 묶은 다음 마지막으로 뿔테 안경을 썼다. 지희가 학교에서, 또 아빠에게 보였던 완벽한 위장술을 따라 한 것이었다.

식탁에 정갈한 아침 식사가 차려져 있었다. 오믈렛과 신선한 샐러드, 우유. 지희가 좋아하는 메뉴였다. 원미는 내일 아침 식탁에 올려야 할 메뉴를 알고 있었다. 된장찌개, 계란말이, 김치. 지희 아빠가 좋아하는 메뉴였다.

부녀가 아침마다 이토록 사이좋게 서로가 좋아하는 음식을 해주다니. 원미로선 참으로 비현실적이었다.

포크로 부드러운 오믈렛의 가운데를 푹 찌르며 지희의 아빠가 남긴 쪽지를 읽었다.

[딸, 혹시 늦으면 택시 타고 가. 항상 고마워. 사랑한다.]

원미는 한쪽 입꼬리를 삐쭉 올리며 쪽지를 던지고 그 쪽지 위에 올려진 2만 원을 챙겼다.

집을 나와 버스를 탔다. 학교에 가는 동안 학교에서 수행해야 할 지희의 역할을 떠올려보았다.

모범생, 전교 1등, 반장.

어느 편도 들지 않는 중재자, 평화유지군.

허울 좋은 지희의 일부분. 지희는 그 역할과 의무를 사랑했고, 그런 모습만 보이고 싶어 했다. 모두 그런 지희를 사랑했다. 놀라운 일이었다. 안팎이 완전히 다른 그 모습을 지희는 어떤 식으로 통제할 수 있었던 걸까.

창밖을 보며 고민에 빠져 있는데 무릎 위로 묵직한 충격이 덮쳐왔다. 버스가 빠르게 코너를 돌면서 의자를 잡고 위태롭게 서 있던 할머니가 원미에게 엎어진 것이었다.

설상가상으로 할머니가 손에 들고 있던 보자기가 의자에 부딪혔다. 고추장 물이 원미의 흰 운동화에 뚝뚝 떨어졌다.

바닥에 주저앉은 할머니는 보자기를 풀어 확인하며 혀를 찼다.

"이 귀한 걸. 괴기 갈아서 만든 건데. 어쩌나."

"저기요, 할머니!"

원미의 짜증 섞인 소리에 버스에 탄 사람들의 시선이 쏠렸다. 당장이라도 할머니를 비난해야 마땅했지만 원미는 순간 창가에 비친 자신의 옆모습을 보았다. 의심할 여지 없이 지희 얼굴이었다. 원미는 흥분을 가라앉히고 생각해보았다.

이럴 때 지희라면 어떻게 했을까.

원미는 아무 말 없이 일어나 할머니에게 자리를 양보했다. 더러워진 치마와 운동화는 세탁하면 그만이었다. 새로 사는 것도 얼마든지 가능했다. 감정적으로 대응할 필요가 없었다. 너그러워질 수 있었다. 지희 아빠는 돈이 많았다. 돈이 많다는 건 돈으로 손쉽게 해결할 수 있는 문제에 연연하지 않는다는 것이었다. 원미는 지희 입장에서 어떻게 대처하는 게 최선인지 알고 있었다. 심지어 친구들이 벌겋게 물든 운동화와 냄새나는 치마에 대해 물어본다면 어떤 대답을 해줄지도 벌써 머릿속에 떠올랐다.

이 일은 기분 나쁘고 재수 없는 사건이 아니었다. 지루한 등굣길에 일어난 깜짝쇼, 해프닝일 뿐이었다. 지희는 다른 사람의 마음을 조종하듯 자신의 마음도 얼마든지 조종할 수 있었다. 원미는 쏟아지는 사람들의 시선을 즐겼다. 이건 초라한 모습이 아니었다.

'이런 기분이구나. 지희가 된다는 건. 단순히 모습만 바뀌는 게 아니야. 관점이 바뀌는 거야.'

황홀한 일이었다. 일부러 일진스럽게 행동하며 그동안 자신을 괴롭힌 아이들에게 물리적인 힘을 과시할 때와는 다른 쾌감이 있었다. 그 색다른 쾌감은 종일 이어졌다.

학교에 간 원미는 한 번도 받아본 적 없는 환대를 받았다. 대놓고 표현하지 않아도 다들 인정하는 분위기와 동경의 눈빛이 자신을 향했다. 학기 초, 반을 배정받자마자 교실에 들어가면 한 시간도 채 지나지 않아 암묵적으로 정해진 서열에서 지희는 단연 우위에 있었다.

예쁘고 공부를 잘하며 사교적이었다. 지희는 특유의 어른스럽고 나른한 미소를 지으며 복도에서 마주친 다른 반 아이들에게 손을 흔들어주곤 했다.

1년 전, 원미는 반장인 지희의 특별관리대상이었다. 반 아이들 모두 그렇게 생각했다. 말 없는 아이. 가장 먼저 등교하고 가장 나중에 하교하며, 모두의 관심 밖에 머물러 있는 아이.

원미는 고등학교에 들어가면 달라지기로 마음먹었지만 중학교 3년 내내 따돌림을 당하며 위축된 마음은 좀체 회복되지 않았다. 그런 원미를 지희가 흔들어놓았다. 지희는 반장이 된 다음 날 하교하는 원미 어깨에 팔을 걸치며 속삭였다.

"기죽지 마. 쟤들 다 별거 아냐."

지희와 원미는 비밀 친구가 되었다. 원래부터 그렇게 될 수밖에 없는 것처럼 자연스럽게.

지희는 우정 백문백답 노트에 아빠가 미혼부라는 자신의 비밀을 털어놓았고, 원미도 중학교 때 따돌림을 당한 일과 우울한 집안 환경을 털어놓았다. 원미는 지희와 소통하며 점차 밝아졌고, 지희에게 인정받자 같이 밥 먹는 친구도 생겼다.

지희는 학교에서 따로 어울리는 무리가 있었지만 원미는 오직 자신만이 지희의 진실된 모습을 알고 있다고 생각했다. 자신만이 지희와 마음이 통하는 친구라고 생각했다.

교실로 들어서던 원미는 구석에 앉아 있는 자신을 보고 멈칫했다. 누구도 접근하지 못하도록 보이지 않는 유리 돔으로 스스로를 덮어

둔 것처럼 보였다. 원미는 자신의 모습을 외면하고서 지희의 자리로 가 앉았다.

교실 벽에 걸린 달력을 살펴보았다. 연도를 보니 1년 전 5월이었다. 지희와 반에서 처음 만난 지 두 달 뒤의 시점이었다.

1년 전, 5월.

원미는 작년 5월이 어땠는지 기억하고 있었다. 꿈만 같았던 3, 4월이 악몽으로 변했던 5월을. 원미는 화장실 사건 때문에 학폭 가해자로 학폭위에 올라갔다. 정확한 날짜를 알기 위해 핸드폰을 켜고 상단에 뜬 날짜를 확인했다. 5월 2일. 학폭위가 열린 날이었다. 원미가 유별나게 어두워 보였던 이유였다.

다시 한번 지희의 핸드폰 배경 화면을 내려다보았다. 반 아이들 여러 명과 함께 찍은 단체 사진이 보였다. 예전에 그 배경 화면을 보고 질투심에 사로잡힌 적이 있었다. 배경 화면 사진 안에 원미가 없었던 것이다. 원미는 지희의 핸드폰 잠근 패턴을 풀고 그 안을 들여다보고 싶었다. 이제 지희가 되었으니 볼 자격이 충분했다. 하지만 아무리 시도해도 핸드폰 패턴이 풀리지 않았다.

"에이 쌍!"

원미는 참을성 없이 소리쳤다가 누군가 들었을까 다시 조심스레 주위를 살폈다. 다행히 일교시 시작 전이라 교실 안에 소음이 가득해서인지 제대로 들은 아이는 없는 것 같았다. 저기 있는 과거의 원미를 제외하곤.

이상한 순간이었다. 원미는 저만치에 떨어져 있는 자신을 바라보고 있었고, 그 과거의 원미는 지희를 보고 있는 것이니까.

원미는 과거의 원미에게 밝고 가벼운 지희 특유의 미소를 지어 보였다.

과거의 원미는 화들짝 놀라며 시선을 피했다. 원미는 과거의 원미가 어떤 마음일지 잘 이해하고 있었다. 착잡할 것이다. 지희에게 배신감을 느끼고 있을 테고.

모든 게 화장실 사건 때문이었다.

"반장 걔도 은근히 가식적이지 않냐."

"은근히가 아니라 대놓고지. 우리 반 찐따를 다 챙기고."

"원미 걔 요새 으쓱한 거 보면 가관이더라."

"그러니까. 지희가 착한 척하려고 지 이용하는 줄도 모르고."

원미는 화장실 칸막이 안에서 그 말을 듣고 있었다.

'기죽지 마. 다 별거 아냐.'

지희의 말을 떠올리며 용기를 낸 원미는 화장실 문을 박차고 나왔다.

"어머, 너 거기 있었니?"

아이들은 낄낄거리며 비웃었고 원미는 신고 있던 슬리퍼를 벗어 아이들을 향해 던졌다.

아이들도 가만있지 않았다. 원미에게 달려들어 머리채를 뜯어놓았다. 쌍방의 폭행으로 번졌지만 학폭위에 가해자로 올라간 건 원미뿐이었다.

원미는 지희에게 도움을 요청했지만 지희는 선을 그었다.

"이 일에 날 끌어들이지 마."

지희는 생활기록부에 오점을 남기고 싶지 않았으므로 원미 편을 들지 않았다.

보통 학폭위에서 벌점을 받은 가해자 부모들은 변호사를 붙여 생활기록부에 기록이 남지 않도록 조치하지만 원미는 가족에게 알리지도 않았다. 학폭 담당 교사에게 가족이 모두 병원에 입원해 있어 와줄 사람이 없다고 했다. 물론 거짓말이었다.

이간질쟁이들, 그 부모들이 원미에게 집중포화를 쏟는 동안 원미는 위축되어 스스로를 변호할 수 없었고 도와줄 사람은 없었다.

결국 교내 봉사활동 처분을 받았다. 자퇴 권고나 퇴학만큼 심각한 처분이 아니었지만 그런 건 원미에게 아무런 위안이 되지 않았다. 원미는 근본적인 고통에서 헤어날 수 없었다. 학교에 가고 싶지 않았다. 옷, 머리 모양, 피부 상태, 쓰고 있는 물건, 그 모든 것이 원미를 말해주었고 그것들을 제외한 다른 모습은 멍하고 둔해 보였다.

겉으로 보이는 모습을 조금이라도 나아지게 하면 될까? 그런 생각을 해보지 않은 것은 아니었지만 다른 아이들에게 잘 보이기 위해 그렇게 하는 것이란 생각에 자존심이 상했다. 아이들에게 좋게 보이고도 선택받지 못한다면 그때는 자존심마저 사라진 자신을 견디기 어려울 것 같았다.

원미는 상처받은 자존심을 회복할 방법으로 돌이킬 수 없는 선택을 했다. 진짜 학폭 가해자가 되기로 마음먹은 것이었다. 원미는 소위 일진 무리와 어울리기 시작했다. 자신을 가해자로 만든 아이들을 밤중에 한 명씩 공사장으로 불러내 겁을 주었다. 증거와 증인을 남기지 않기 위해 보험 삼아 그들의 약점을 캤다. 때리기 전에 핸드폰을 빼앗았다. 원미는 그런 교묘한 술수로 아이들을 괴롭혔다.

나쁜 짓이라는 건 분명히 알고 있었다. 알고 있어서 더 좋았다. 선함과 악함의 기준은 모호했지만 힘이 있고 없고의 기준은 명확했다. 원미가 변하자 원미를 대하는 아이들의 태도도 변했다. 양심의 가책은 전혀 느껴지지 않았다.

'그때 네가 내 편을 들어줬다면 난 나쁜 길로 빠지지 않았을 거야.'

학폭 사건 이후 그런 식으로 지희를 원망했다. 날 망친 건 바로 너라고.

이제 게임 속에서 모든 걸 바꿀 기회가 눈앞에 있었다. 자리에서 일어나 교탁으로 갔다. 저 구석 자리에 웅크리고 앉아 있는 과거의 원미를 보았다.

"얘들아, 이것 좀 볼래?"

아이들이 웅성거리며 관심을 보이기 시작했다.

원미는 양팔을 뻗어 교탁 가장자리를 자연스럽게 잡고 아이들을 내려다보았다. 매일 손거울이나 들여다보며, 그저 그런 남자애들한테 주목받으려고 안달이 난 반 아이들을, 세상에서 가장 사랑스럽고 다정하고 멋진 친구들이라는 듯이 바라보았다.

'현실이 아니야. 가상현실 게임이야.'

원미는 간절히 속으로 되뇌고 핸드폰을 손에 쥐었다.

'가상현실에 적응하는 데 필요한 일은 자신을 속이는 거야.'

원미는 이제 어떻게 해야 할지 알고 있었다.

'패턴 바꿨어.'

원미는 스스로에게 그렇게 말한 뒤 검지를 들어 방금 생각한 패턴을 그었다. 지희의 핸드폰 잠금이 해제되었다. 원미는 내친김에 동영상을 재생했다.

"얘들아, 이게 진실이야."

영상에는 서로 치고받고 싸우는 사건의 전말이 고스란히 담겨 있었다. 물론 원래는 아무도 찍은 적 없는 동영상이었다. 동영상에서 흘러나온 소리를 들었는지 구석 자리에 엎어져 있던 과거의 원미가 고개를 들었다. 과거의 원미는 놀란 눈으로 입까지 벌리고 원미를 보았다.

원미는 자기 자신과 눈을 마주치며 친근한 눈짓을 했다. 반 아이들이 수군거리는 소리가 교실을 꽉 채웠다. 원미와 싸웠던 아이들은 얼굴이 벌게져 고개도 들지 못했다.

전율이 느껴졌다. 과거에 일어났으면 했던 상황이 실제로 벌어졌다. 지희가 원미 편을 들어주었다. 아니, 원미가 지희가 되어 잘못된 일을 바로잡은 것이었다.

◆◆◆

색안경을 낀 남자는 내비게이션도 켜지 않고 말없이 운전에만 집중했다. 오랜 세월 동안 아주 까다로운 손님을 모셔 온 운전기사처럼 능수능란하게 도로를 누볐다.

원형은 창밖의 간판을 보며 대략 강남대로를 지나고 있다는 정도만 알아챌 수 있었다. 벗어날 방법은 포기하고 좌석에 등을 기댔다.

운전자는 아버지 죽음과 어떤 관련이 있을까. 직접적인 관련이 있는 걸까. 아니면 누구에게 명령을 받은 것일까. 원형이 밖에 나와 있을 줄 어떻게 알고 차까지 대기해 접근해온 것일까. 전부 이해가 가지 않았다.

짚이는 건 있었다. 어머니와 외도 중인 아버지 후배가 의심스러웠다. 하 집사를 닮은 것부터 마음에 들지 않았는데 그 사람이 아버지에게 접근한 지 채 두 달이 지나지 않아 이런 일이 생긴 것이었다.

원형의 마음 깊은 곳에서 불길한 생각이 치솟았다. 가족이데아. 그 재수 없는 게임. 그 게임에 뭔가 있는 것 같았다. 하지만 가족이데아 게임과 아버지 사이의 연결고리를 찾을 수 없었다. 넉 달 전 게임 속에서 가족들이 모두 살해된 것은 기분 나쁜 징조지만 그게 정말 아버지 살해와 관련이 있다는 건 논리적으로 있을 수 없는 일이었다.

게다가 그 게임의 결과대로라면 자신을 제외한 가족들 모두가 죽는 건데. 설마.

원형은 머리를 저으며 창밖으로 고개를 돌렸다. 게임 속 상황은 가족이 가족을 죽이는 것이었다.

'정말 두 사람이 아버지를?'

아무래도 그럴 가능성이 높았다. 다툼 끝에 어머니와 원미가 아버지를 죽이고 어디론가 도망간 것이다! 원형은 처음으로 운전자에게 할 수 있는 안전한 질문을 떠올릴 수 있었다.

"저희 가족들한테 가는 건가요?"

운전자는 백미러로 원형을 힐끔 보고는 다시 전방에만 신경을 쓰는 것 같았다.

"어디로 가는지는 가보면 알아."

어쩌면 운전자가 사채업자의 명령대로 움직이는 사람일지 모른다는 생각이 들었다. 아버지가 사채업자에 의해 살해당하고, 어머니와 원미는 납치당했으며 이제 자신마저 납치당하는 중이라고. 이제 어떻게 되는 걸까.

아버지는 언제나 자신이 저지른 과오를 은밀히 처리하곤 했다. 자식들에게 숨기고 싶은 건지, 자기 자신에게 숨기고 싶은 건지는 몰라도 전화를 받지 말라고 하면서 집에 있는 전화선을 빼놓거나 우편함을 보지 말라고 하기도 했다.

이제 계속 숨기고 처리하지 못한 일들의 대가를 치를 때가 온 것 같았다. 장기매매? 암살? 아니면 지문이 지워지고, 신분을 잃어버리고, 노예처럼 떠돌다 착취를 당하게 되는 것일까?

"내려."

끔찍한 망상의 막을 내리는 목소리가 들린 뒤에도 원형은 재빨리 현실로 돌아오지 못하고 어리둥절해했다. 창밖에 호텔이 보였다. PARADISE HEAVEN HOTEL. 파라다이스 헤븐 호텔?

"여기서요?"

운전자가 귀찮게 하지 말고 어서 내리라는 고갯짓을 했다. 차에서 내리자 건장한 남자 둘이 다가와 원형의 옆에 바짝 붙었다.

"시끄럽게 해도 여기선 아무도 신경 쓰지 않아. 조용히 가자."

남자들의 단단한 손아귀 힘에 움찔하며 몸이 굳었다.

빠져나가고 싶었지만 그랬다간 더 험한 꼴을 볼지도 몰랐다. 밝은 호텔 출입구 앞에는 잘 차려입은 많은 사람이 오갔지만 원형이 처한 곤란한 상황은 그들에게 보이지 않았다. 원형은 사람들이 외면하고 지나치기 쉬운 어두운 공간에 반 층짜리 계단이 있는 곳으로 이동했다. 계단 밑에는 기계실로 통하는 것 같은 투박한 회색 문이 있었다. 원형은 양쪽을 에워싼 남자들과 함께 계단을 내려갔다.

남자들이 양쪽에서 계단 문을 열며 원형을 툭툭 밀었다. 안으로 들어가라는 뜻이었다.

얼핏 내부를 보았지만 어두워서 무엇이 있는지 식별할 수 없었다. 도망칠 수는 없었다. 양쪽에 다부진 체격의 남자가 둘 있었다. 이 휘황찬란한 황금빛 호텔 뒤의 어둠 속에서 무슨 짓을 당해도 사람들은 신경 쓰지 않을 것 같았다. 사람들은 자신들이 파라다이스 헤븐 호텔에 온 목적과 무관하게 벌어지는 다른 일들은 알고 싶지 않을 것이었다.

작은 문 안으로 들어가자 검은 양복을 입은 남자들은 따라 들어올 것처럼 다가오더니 밖에서 문을 잠가버렸다.

문이 닫히는 소리를 듣곤 망연자실 서 있던 원형은 어쩔 수 없이 걸음을 옮겼다. 발밑에 검붉은 카펫이 깔린 복도가 길게 이어져 있었다.

천장에 일정한 간격으로 달린 작은 조명은 어두웠다. 어떤 소리가 들리기 시작했다. 처음엔 멀리서 들리는 진동 소리 같았지만 그 소리는 점점 많은 발이 동시에 구르는 소리로 들렸다. 그게 무엇인지 예측하기 힘들었다.

코너를 돌자 또 다른 문이 나타났다. 둥둥. 이제는 물속에서 음악을 듣는 것 같은 파동이 느껴졌다. 문을 열자 귀를 찌를 듯한 음악이 쏟아졌다.

황급히 문을 닫았다가 다시 열었다. 반대편 문은 건장한 남자 둘이 잠가놓고 빠져나갈 곳은 새로운 문뿐이었다. 안으로 들어서자마자 긴장으로 목덜미가 뻣뻣해졌다. 원형이 들어선 곳은 클럽이었다. 클럽 풍경이 익숙했다.

가족이데아에 나온 클럽이었다. 재벌가 자제들, 톱스타들이 은밀히 놀다 가는 곳. 누나를 함정에 빠트렸던 그 클럽.

예전 기억을 떠올리며 원형은 VIP룸이 모여 있는 복도에 발을 디뎠다. 밑을 내려다보자 사람들이 춤을 추고 있었다. 현란한 조명, 클럽 안을 꽉 채우며 사람들을 움직이게 만드는 빠른 템포의 음악. 잠시 넋이 나간 채 그 광경을 지켜보았다. 아까 했던 생각들은 클럽 음악에 휩쓸려 흔적도 없이 사라졌다. 어떤 생각도 이어지지 않았다.

원형은 클럽에 온 사람들과는 달리 후줄근한 차림으로 엉거주춤 서 있었다. 게임 속에서는 더없이 익숙했던 공간이었지만 현실에선 낯설기만 했다. 맘껏 즐기고 있는 사람들 속에서 어울리지 않는 이방인, 관찰자였다. 길고 풍성한 머리를 늘어뜨리고 몸에 딱 붙는 주황색 원피스를 입은 여자가 아까부터 쳐다보더니 가까이 다가왔다. 진한 화장과 몸매가 드러나는 옷. 원형은 정신이 산란해져 눈을 피했다. 여자는 원형이 자신을 어떻게 여기는지 잘 알고 있다는 듯 여유로운 표정으로 웃었다.

"이쪽으로."

여자는 짙은 아이라이너를 한 커다란 눈을 원형에게서 떼지 않은 채 맨 끝 구석에 위치한 VIP룸을 열고 먼저 들어갔다.

원형은 잠시 주춤거리다가 따라 들어갔다. 문을 닫자 클럽 음악의 소음이 다시 물속에서 듣는 것처럼 웅웅거리는 수준이 되었다. 겨우 숨을 토해내며 긴 소파 끝에 앉았다.

"전 누굴 찾으러 온 거예요."

"알고 있어요. 시끄러운 걸 좋아하지 않는 것 같아서 여기로 온 거예요."

"이상하게 들리겠지만 제가 어쩌다 여기 오게 됐는지 아세요?"

여자는 넓은 테이블 위로 시선을 던지며 말했다.

"그건 잘 몰라요. 당신이 오면 옆에 같이 있어 달라는 지시만 받았어요."

여자는 희고 가는 팔을 길게 뻗어 여자의 원피스 색깔과 같은 음료수를 유리컵에 따랐다.

원형은 바닥에 복잡한 무늬가 있는 크리스털 유리컵을 가만히 바라보았다. 여자는 유리컵을 말없이 앞으로 내밀었다.

음료를 마시지 않고 한동안 오렌지빛 탄산음료에서 기포가 올라왔다가 사라지는 것을 바라만 보았다. 여자는 테이블에 손바닥을 짚고 선 채로 그런 원형을 뚫어지게 쳐다보았다.

여자는 결심이 선 듯 옆으로 다가가 자리를 옆으로 조금 비켜달라는 듯 엉덩이를 조금 흔들었다. 원형은 얼굴을 붉히며 자리를 옮겼다.

"무슨 사연이 있는지는 모르겠지만."

여자는 엎어져 있는 유리컵을 바로 세우고 병에 남은 음료수를 다따랐다.

"인생이 뜻대로 되던가요? 흘러가는 대로 맡겨봐요."

여자는 그렇게 말하며 고개를 옆으로 기울였다. 여자의 깊게 팬 가슴골로 긴 머리카락이 부드럽게 흘러들어갔다.

"당신이 찾는 사람은 곧 올 거예요."

여자는 음료수가 담긴 컵을 들고 건배하자는 동작을 취했다.

원형은 앞에 놓인 잔을 잠시 물끄러미 바라보았다. 목이 말랐다. 저 기포들을 모두 뱃속으로 넣으면 머릿속이 더 이상 부글거리지 않을 것 같았다. 물론 시원하고 달콤할 것이다. 여자가 건배를 청했다. 컵을 맞부딪쳤다. 유리컵에서는 금방이라도 깨질 듯이 연약하면서 아름다운 소리가 났다. 음료수를 단숨에 들이켰다.

이번엔 원형이 테이블 위 고급 양주에 눈길을 주었다. 여자 말대로 오늘 하루를 흘러가는 대로 내버려두고 싶었다. 하루 동안 겪은 최악의 스트레스를 이 자리에서 다 풀어버리고 싶었다. 아까부터 어떤 생각이 끈덕지게 달라붙어 떨어지지 않았다.

이건 우연이 아니야.

내가 가족이데아를 시작하게 된 것도, 이곳이 게임 속 클럽과 똑같은 모습인 것도. 심지어 이 호텔 이름이 파라다이스 헤븐인 것도. 헤븐. 헤븐. 어머니가 다니는 교회.

하지만 원형은 생각을 멈출 수밖에 없었다. 시야가 흐려지고 어지러웠다.

"괜찮아요?"

여자는 도톰한 입술을 벌려 말했다.

"당신 몸이 지금 흔들리고 있어요."

"당시이드, 누우구야?"

혀가 끝에서부터 마비되는 기분이 들었다.

여자가 웃었다. 웃고 있는 여자 얼굴이 옆으로 기울면서 의식이 끊겼다.

◆◆◆

지희 18세 일기 발췌

엄마가 없어서 그러냐고? 원미의 주제넘은 말이 귓가를 맴돈다.
아무래도 원미와는 거리를 두는 게 좋을 것 같다.

◆◆◆

학폭위원회 사건은 말끔히 해결되었다.

동영상을 본 반 아이들이 지희와 함께 모두 원미 편을 들어주자 화
장실 이간질쟁이들은 학폭위 건의를 철회했다. 현실과는 다른 일이
벌어지고 있었다. 원미가 원미의 얼굴로, 원미의 환경, 원미의 상태로
말했더라면 아무도 동조해주지 않았을 일이었다. 아니, 애초에 원미
라면 그렇게 당당하게 교탁 앞에 설 수도 없었다.

원미는 처음으로 학교에 가는 게 즐거웠다. 가상현실이라는 점만
빼면 완벽했다. 또 하나, 가상현실 밖에서 지희의 아빠가 원미의 행동
을 화면으로 지켜보고 있으리라는 점만 빼면.

원미는 아침에 잠에서 깨어 지희 아빠를 마주할 때마다 섬뜩했다.
불현듯 다가와 목을 조르며 으르렁거릴 것 같았다.

'넌 내 딸 지희가 아냐. 지희를 살려. 지희를 살려내.'

하지만 그런 일은 일어나지 않았다. 지희 아빠는 원미가 상상했던

대로 점잖고 다정다감한 아빠 그 자체였다. 현실에 존재하는 아빠처럼 상스러운 말을 내뱉지도, 러닝 바람으로 돌아다니지도, 머리를 긁어 비듬을 털어내지도, 김치를 안주 삼아 며칠 동안 술을 마시지도 않았다.

지희 아빠는 원미보다 일찍 일어났다. 아침 식사에 맞는 간단한 메뉴들을 열 가지 이상 만들 줄 알았고 학교까지 차로 바래다주기도 했다. 지희 아빠도 지희처럼 완벽했다.

원미는 지희를 연기하는 게 어렵지 않았다. 원미의 본래 자아는 작고 단단하게 뭉쳐서 거슬리지 않게 단단히 고정되어 있었고, 나머지는 모두 지희였다. 스스로도 놀라울 정도로 쉽게 지희가 되었다.

'내가 네가 되어서 널 지켜줄 거야.'

원미는 나지막하게 지희에게, 아니 이제는 자기 자신에게 말했다. 현실에서는 지희가 외면하는 바람에 기회가 없었지만, 지희가 된 가상현실 게임에서는 죽도록 내버려두지 않을 것이었다. 지희가 겪은 모든 일에 하나하나 관여할 생각이었다. 마치 지희의 엄마가 된 것처럼 철저히 지희를 단속하고 위험 요소로부터 떨어뜨려놓을 작정이었다.

원미는 '지희 구하기' 미션에서 가장 중요한 게 뭔지 알고 있었다. 바로 남자 문제였다. 지희는 1년 전, 세 명의 남자아이에게 3일 연속으로 고백을 받은 적이 있었다.

첫 번째 남자아이는 지희와 전교에서 1, 2등을 다투는 모범생이었다. 지희는 남자아이가 건넨 장미꽃 다발과 편지를 돌려주며 말했었다.

"미안. 남자친구는 대학 가서 만들기로 했어."

두 번째 남자아이는 지희처럼 학교 임원이며 잘생기고 운동을 잘하는 다재다능한 남자아이였다. 지희와 친구 관계를 유지하고 있었는데, 모범생 남자아이가 운동장에서 고백했다는 소식을 듣고 급하게 뒤따라 고백한 것이었다. 그 남자애도 결과는 마찬가지였다. 지희가 말했다.

"난 너랑 어색해지기 싫어."

세 번째 남자아이는 일진 무리에 속한 아이였다. 그 아이는 교실 문을 드르륵 열고 나타나더니 다짜고짜 지희의 손목을 잡아끌고 갔다. 보라색 꽃망울이 포도처럼 늘어진 등나무 벤치에 그 아이 친구들이 대기하고 서서 두 사람이 나타나면 꽃송이를 흩뿌릴 준비를 하고 있었지만 지희는 벤치까지 가지도 않았다. 중간까지 가다가 손목을 비틀며 빠져나온 것이었다.

원미는 고등학생 남자애들이 사랑에 빠지면 어떻게 되는지 관찰했다. 남자애들 반응은 똑같았다. 지희 발등에 거의 입이라도 맞출 것처럼 무릎을 꿇었다. 원미는 한 번도 받아본 적 없는 애틋한 구애였다.

아무래도 대낮에 학교에서 벌어진 일이다 보니 좁은 교내에서 소문은 삽시간에 퍼졌다. 심지어 교사들 사이에서도 화제가 되었다. 교사들이 학생들의 연애사까지 꿰고 있는 것은 아니지만 지희라면 그럴만했다. 지희 같은 아이는 학교에서 원미와는 다른 의미로 특별관리대상이었다. 서울대에 입학해 학교의 위상을 빛내줄 아이로서 관리를 받는 것이었다.

하지만 선생님과 아이들은 알지 못했다. 지희가 세 남자아이에게 모두 퇴짜 놓은 진짜 이유를. 원미는 알고 있었다.

아빠의 술 심부름을 하러 슈퍼에 가던 길이었다. 원미는 골목길에 서 있는 지희를 보았다.

'우리 동네에 웬일이지? 설마 나한테 할 말 있어서 왔나?'

온갖 상상을 하며 지희에게 다가가던 원미는 반쯤 허물어진 돌벽 뒤에 급하게 몸을 숨길 수밖에 없었다. 학교에서 '댈구(담배를 대신 사다 주는 아이)'로 통하는 남자아이가 막 슈퍼마켓에서 나와 지희에게 다가갔던 것이다.

'저 자식이 왜 우리 지희한테?'

원미는 여차하면 달려나가 지희를 보호해야겠다고 마음먹으면서도 어딘가 이상하다고 생각했다. 여기는 지희가 사는 동네가 아니었다. 왜 지희가 댈구가 사는 동네에 제 발로 찾아온 걸까. 찰나의 의문은 곧 해소되었다. 댈구가 담배를 건넸고, 지희는 익숙하게 담배를 받아 치마 주머니에 넣었다. 주위를 두리번거리더니 그대로 돌아서는 지희를 댈구가 붙잡았다.

"잠깐. 담뱃값."

곧 놀라운 일이 벌어졌다. 지희가 댈구의 목을 끌어안고 익숙하게 입을 맞춘 것이었다. 원미는 숨이 막힌 것처럼 입을 틀어막고 그 광경을 지켜보았다. 댈구는 눈을 감고 황홀한 표정을 짓다가 살며시 눈을 뜨고 지희를 지켜보았다. 지희는 댈구의 시선을 눈치챘는지 바로 입술을 뗐다.

"됐지?"

"다음번엔 다른 데도 키스해줘."

지희는 웃으면서 받아쳤다.

"꺼져."

왜 그랬을까. 원미는 충격을 받아 슈퍼마켓에 곧바로 가지 못하고 동네를 몇 바퀴를 돌며 배회했다. 지희한테 담뱃값은 아무것도 아닐 텐데 왜.

원미가 내린 결론은 이유야 어쨌든 지희가 그러지 말았어야 한다는 것이었다.

'그렇게 많은 것을 소유하고서 무책임하게 행동하면 안 되지.'

지희가 댈구와 어울리는 건 모두에 대한 배신이고 기만이라고 생각했다. 분한 나머지 밤에 잠도 잘 오지 않았다. 그런 특별한 운을 가진 애가 그토록 함부로 행동하다니.

다음 날 학교에 간 원미는 지희에게 쪽지를 건넸다.

[네가 한 짓을 알고 있어. 나랑 얘기 좀 할까. 제2휴게실에서.]

학교에 휴게실은 두 군데였는데 제1휴게실은 아이들이 많이 들락날락했지만 제2휴게실은 거의 비어 있었다. 복도 끝 외진 곳에 위치한 데다 면적이 협소하고 귀신 소리가 난다는 괴담(아마도 외풍이 들어서 삐그덕거리는 소리 탓에)이 돌기 때문이었다. 원미는 그곳이 단둘이 중요한 얘기를 하기에 좋은 장소라고 생각했다. 쪽지에 적힌 내용 때문인지 지희는 사색이 되어 나타났다.

"무슨 일이야?"

원미는 지희의 깨끗한 와이셔츠, 교복 재킷, 뻣뻣하고 숱이 적은 자신의 머리카락과는 달리 풍성하게 찰랑거리는 머리카락, 무엇보다 그토록 소유하고 싶은 '최지희'라고 적힌 이름표를 물끄러미 바라보았다. 원미는 매일 보는 지희의 작은 것들에 일일이 속으로 감탄한 뒤 겨우 입을 열었다.

"내가 최대한 네 입장에서 생각해봤어."

처음엔 질책할 목적으로 보자고 했지만 막상 지희를 보자 동정심이 일었다. 원미는 지희를 불쌍하게 볼 수 있는 위치에 있다는 점이 마음에 들기 시작했다. 이 부분에서만큼은 지희보다 어른스럽게, 우위에 서서 말할 수 있었다.

"지희야, 이제 댈구한테 담배 사지 마. 헤프게 굴지도 말고."

지희는 믿을 수 없다는 표정으로 대들었다.

"네가 뭔데 간섭하는 거야?"

원미는 지희의 반항이 사랑스럽다고 생각했다. 지희는 머리가 똑똑하고 몸만 성숙했지 아이나 마찬가지였다. 이 순진한 애가 뭘 알겠는가. 유능한 아빠와 함께 주말에는 영화나 뮤지컬, 오페라를 보러 가거나 미술관에 갔을 아이가. 학교를 마치면 학원 뺑뺑이를 돌며 보장된 미래를 걷던 애가. 먼지와 쓰레기가 뒹굴고 바퀴벌레가 나오는 낡은 연립주택은 본 적도 없고 이웃집에서 들려오는 고성은 들은 적도 없었을 애가.

세상이 얼마나 고통으로 가득한지, 얼마나 더러운지 조금도 겪어본 적 없는 지희는 흠집 하나 없이 계속 깨끗해야 했다. 불평, 불만, 부정적인 생각, 문란함은 지희에게 깃들어서는 안 되는 개념이었다. 아무리 많은 것을 소유해도 없는 것을 찾는 게 인간이라지만 지희는 그러면 안 되는 것이었다. 원미는 지희가 정신 차리길 바라며 두 팔을 꽉 잡고 말했다.

"그러지 마, 지희야. 너 엄마 없어서 그래?"

지희는 무서운 표정을 짓더니 원미 뺨을 때리고 자리를 떠나버렸다. 원미는 휘둥그레진 눈을 하고 뭘 잘못했는지도 모른 채 뺨을 어루만지며 서서 지희를 원망했다. 얼마나 걱정했는데, 얼마나 좋아했는데.

원미가 바로잡고 싶은 건 이런 일들이었다.

이제 원미가 지희가 됐으므로 문제없었다. 두 사람은 하나니까. 마음을 몰라줄 수 없는 하나. 원미는 게임 속 과거의 원미를 보며 친밀한 미소를 지었다. 두 사람은 이제 둘도 없는 친구였다.

원미는 기억을 거슬러 모범생에게 고백을 받던 때로 돌아갔다. 게임 속에서는 다른 선택을 했다. 모범생 남자친구의 고백을 받아들였고 더 이상 댈구를 찾아가 만나지 않았다.

지희와 원미는 이제 비밀 친구가 아니었다. 학교에서도 서로가 친밀하다는 것을 숨기지 않았다. 게임 속에서 지희는 죽지 않을 것이다. 지희 삶을 집어삼키지 않을 안전한 남자친구와 지희를 끝까지 보호해줄 하나뿐인 친구가 생겼으니까.

원미는 미션을 성공시킬 자신이 있었다.

◆◆◆

눈을 떴을 때 원형은 기억나지 않는 꿈을 오랫동안 꾼 기분이었다. 세포가 하나씩 천천히 깨어났다. 이상하게도 의자에 기대 잠을 잤을 때의 익숙한 찌뿌둥한 느낌이 없었다. 원형은 낯선 촉감이 허리부터 온몸으로 퍼지는 걸 느끼며 어리둥절해했다. 주위를 돌아보았다. 쾌적한 침실이었다. 의자 회전 바퀴에 원미 머리카락이 낄까 봐 조심스럽게 허리를 세울 필요가 없는 공간이었다. 집이 아니었다. 새하얀 침구류가 바스락거리는 소리가 나는 호텔이었다.

집이…… 아니라고?

의식을 잃기 전 마지막으로 봤던 클럽 여자부터 어제 일이 역순으로 떠올랐다. 그 끝에 끔찍한 사실이 있었다.

아버지가 돌아가셨다.

이제 아버지란 사람은 없다. 혹시 그것도 꿈은 아닐까. 잠깐 편했던 호텔 침구의 감촉이 거칠게 느껴졌다. 왜 여기 와 있는지 알 수 없었다. 어머니와 원미를 찾아야 했다.

협탁 위를 더듬어 두꺼운 근시 안경을 쓰고 핸드폰을 집어 들었다.

이불을 홱 젖히고 일어서려는데 객실 문이 열렸다.

"에덱."

"오빠!"

어머니와 원미였다.

왜 엄마가 나를 에덱이라고 부르지?

원형은 두 사람을 멍한 눈길로 쳐다보며 도로 침대에 걸터앉았다.

"어떻게 된 거예요? 어디 있었어요?"

어머니와 원미는 흐느껴 울고 있었다.

"이제 힘든 건 다 끝났어."

어머니가 원형의 등을 토닥거렸다.

"다 끝났다뇨?"

"에덱, 이제 우리끼리 행복하게 살 수 있다."

"행복이라뇨? 어제 아버지가 죽었는데. 그리고 왜 자꾸 저한테……."

어머니는 아무 말도 하지 못했다.

"아버진 살해당했어요. 알고 계세요?"

어머니와 원미가 당혹스러운 눈길로 눈빛을 교환했다.

"동네 사람이 한 짓이야."

"동네 사람이요?"

"아빠와 평소 사이가 안 좋았던 골목 슈퍼 여자 남편. 그 여자 남편이 술 먹다가 아빠를……."

"경찰에 신고는요?"

"경황이 없었어. 일단 피신부터 해야 했으니까."

"그래서 여기 있는 거예요?"

원미가 말했다.

"응, 엄마랑 난 먼저 피신했고. 오빠도 부른 거야."

"여기가 어딘데? 그리고…… 왜 자꾸 아까부터 날 에덱이라고 부르는 거야?"

"그야, 오빠가 에덱이니까. 난 라헬. 엄마는 마르타고."

원형은 어처구니가 없어서 웃었다.

"뭔 소릴 하는 거야?"

어머니와 원미는 이번엔 안타깝게 원형을 보았다.

"여기선 다들 그렇게 부르잖니, 에덱. 넌 이제 더 이상 원형일 필요가 없어."

"오빠, 정말 기억 안 나?"

원미가 걱정스럽다는 듯 물었다.

"내가 아직도 꿈을 꾸고 있는 건 아니지?"

원형은 주위를 두리번거리며 중얼거렸다.

"불쌍한 내 아들."

어머니는 울컥 눈물이 쏟아지려는 걸 참으며 원형의 어깨에 떨리는 손을 얹었다. 원미는 입술을 깨물었다. 원형은 그제야 두 사람의 반응을 심각하게 받아들였다.

"왜 그러세요, 어머니. 뭐가 어떻게 된 건지 제발 알아듣게 설명 좀 해주세요."

"넌 열두 살 때 혜븐의 존재를 알아버렸어. 기억나니? 외할아버지, 외할머니가 처음으로 우리 집에 오셨던 날."

"혜븐. 혜븐이라고요? 거긴 어머니가 다니는 교회잖아요."

"맞아. 너와 원미도 다니고 있고."

"다니고 있다고요? 제가요?"

"그리고 여기가……."

"잠시만요."

원형의 머릿속에서 경고음 같은 게 들렸다. 혜븐. 잊고 있었던 기억이 떠올랐다. 어머니가 다니는 사이비종교단체라고만 생각하고 애써 외면했는데 그게 다가 아니었다.

원형은 혜븐에 가본 적이 있었다. 어제가 처음이 아니었다. 혜븐의 건물만 보고도 몸서리를 친 건 혜븐을 이미 어린 시절에 경험했기 때문이었다.

외할머니, 외할아버지를 처음 만난 날, 원형은 두 사람에게 받은 용돈을 갖고 피시방에 갔었다. 날이 어둑어둑해진 다음에야 원형은 부랴부랴 피시방을 나왔다. 할머니 할아버지가 떠날까 봐 서둘러 집으로 달려갔다.

현관문을 열자 할머니, 할아버지 신발은 그대로 있었지만 원형은 안으로 들어갈 수 없었다. 거실에서 믿을 수 없는 소리가 새어 나왔던 것이다. 짐승이 울부짖는 것 같은 기괴한 소리였다. 언제나 차분하던 어머니가 갑작스레 터트린 울음소리였다. 원미가 따라 우는 소리가 연이어 들렸다. 어머니의 통곡과 네 살 아이의 울음소리. 예상치 못한 상황에 원형은 정신을 차릴 수 없었다. 작게 열린 문틈으로 광기에 번뜩이는 어머니 눈이 보였다.

어머니가 소리쳤다.

당신들이 절 헤븐에 버렸잖아요!

그 뒤로 흘러나온 말들을 원형은 완전히 알아들을 수 없었다.

에덱. 헤븐의 아이.

겨우 알아들은 단어들이 원형의 머릿속을 반복해서 맴돌았다.

에덱. 헤븐의 아이…….

내가 아이 둘을 낳고 잘살고 있으니 다행이라고요? 이게 당신들이 모르는 실체예요. 당신들이 날 헤븐에 버려서 생긴 일이에요. 할머니 할아버지가 가슴을 부여잡고 뒤로 쓰러질 듯 움찔했지만 어머니는 터져 나오는 분노를 거두지 않았다.

그때까지 쌓여 있던 현실의 그럴듯한 이미지들은 산산이 부서졌다. 원형은 학교에서 높은 아이큐 점수 때문에 유명한 아이였다. 아이들과 교사들의 기대만큼 원형은 노력했고, 그 기대를 충족시키는 결과물을 내곤 했다. 각종 경시대회에 나가 상을 받았고 높은 성적을 유지했다. 사람들이 원형의 아이큐에 지나친 관심을 두지 않았더라면 어땠을지 모르겠지만 사람들은 그랬고 원형은 영향을 받았다.

원형은 또래보다 키가 컸고 생각이 깊었으며 학교에서 장기 자랑을 하면 주인공을 맡았지만 먼저 나서지 않는 성격으로 모두의 사랑을 받았다. 어떤 분야든 1등을 놓치지 않았지만 거들먹거리지 않았다. 어린아이답게 천진난만했지만 한편으론 차분했다. 원형은 자신을 착한 주인공, 영웅이라고 여겼다. 아버지를 대신해 어머니와 여동생을 지키는 착하고 용기 있는 남자아이는 크면 이 세상을 악에서 구원하는 멋진 어른이 되겠다고 다짐했었다.

그런데 원형은 이제 영웅이 될 수 없었다.

사생아.

국어 시간에 배운 그 단어가 가슴을 파고들었다. 원형은 불경스럽게 들리는 그 단어가 자신과는 상관없다고 여겼었다. 작은 영웅은 사라지고 없었다. 그 자리에 사이비종교단체의 합동 짝짓기로 태어난 보잘것없는 존재가 남아 있었다. 사생아. 그런 부정한 존재는 영웅이 될 수 없었다. 그런 아이에겐 아무도 영웅의 자리를 기대하지 않는다. 그런 존재는 대개 열등감과 결핍에 시달리며 영웅을 괴롭히는 악당이 되기 마련이었다.

원형은 도망쳤다. 희망으로 빛나는 견고한 세계가 무너지는 것을 목격하느니 도망치는 편이 나았다. 하지만 아무리 빨리 달려도 자기 자신으로부터 도망칠 수는 없었다. 원형은 노력 없이 주어진 아이큐로 사람들의 찬사를 받은 전력이 있었던 만큼 태생의 불온함에 비정상적으로 집착했다.

'나는 태어나지 말았어야 해. 난 아버지의 친아들이 아니야. 난 우리 가족의 수치야.'

그건 어린 원형이 스스로 만들어낸 강박증이 아니었다. 주변을 둘러싼 사람들 모두의 무의식에 깔린 믿음이었다. 아닌 척해도, 안 그런 척해도 사람들은 빛나는 왕좌의 주인이 태어날 때부터 정해져 있다고 생각했다. 원형도 그 생각에 동의했다. 태초부터 변치 않는, 선천적으로 주어지는 영광, 영원불멸한 질서가 있다고 말이다. 그들이 생각하는 질서에서 멀어지면 멀어질수록 인간은 불완전해진다. 신과 멀어지는 사악한 인간이 된다. 원형은 커갈수록 자신이 영웅의 반대편에 선 사악한 인간이라고 느꼈다.

많은 사람의 관심을 받았던 천재 소년은 사람들의 보이지 않는 믿음을 흡수하면서 점차 고립되었다. 똑똑하고 조숙했던 소년의 불안은 아버지가 집에 올 때마다 증폭되었다. 어머니의 끔찍한 과거를 받아들이기 힘든 마음과 아버지의 친자식이 아니라는 죄책감이 날이 갈수록 커졌다. 어머니와 자식들을 돌보지 않는 아버지에 대한 증오는 아버지의 친아들이 아니라는 죄책감, 무딘 칼이 되어 속을 파고들었다. 머릿속을 갉아먹었다. 그 잘난 아이큐조차 아무 소용이 없었다. 학교 성적은 크게 떨어졌다. 천재 소년의 몰락은 그리 오래 걸리지 않았다.

금박이 벗겨진 자리에 녹이 슬자, 점점 숨은 진실의 형체가 드러났다. 일이 너무 바빠 집에는 거의 오지 않지만 생활비를 보내주고, 생일이나 성탄절에 작은 선물과 카드를 보내오는 자상하고 능력 있는 아버지는 어머니가 만들어온 가짜 아버지의 가짜 이미지였다.

아버지는 집안이 어떻게 돌아가는지, 자식들이 잘 자라고 있는지 신경 쓰지 않았다. 다만 소유물이 사라지지 않았는지 살피듯 집에 들렀을 뿐이었다. 잔뜩 술에 취한 몰골로, 미안해하고 부끄러워하는 기색도 없이 당당하게.

가짜 아버지가 집에 오는 횟수가 많아질수록 결국 어머니가 지키고자 했던 가짜 아버지의 이미지도 깨질 수밖에 없었다. 동경하고 그리워했던 아버지는 어디에도 없었다. 원형은 아버지의 추락을 목격했다. 얼굴도 모르는 친아버지의 존재도, 학교에서 급변한 자신의 위치도 받아들일 수 없었다. 상실감은 커져만 갔다. 당장 매일 아침에 눈을 뜨는 게 두려울 정도였다. 자꾸만 아무 일이 없던 과거로 돌아가고 싶었고, 초라한 현실처럼 미래 역시 같으리라는 막막함이 들었다.

원형은 어머니가 조부모와의 대화 속에서 언급한 동네로 찾아가 헤븐의 공부방에 접근했다. 중학교도 졸업하지 못한 수준으로 대학생이라 속이는 헤븐 출신 형, 누나 들이 가르치는 공부방이었다.

원형은 공부방을 통해 순조롭게 헤븐의 숙소를 찾아갔다. 비둘기 장식을 비롯한 요란한 조형물들이 잔디밭에 세워져 있고 흰색 담장이 둘러진 그 무시무시한 장소에 발을 들였다. 집 곳곳에 CCTV가 달려 있었지만 문제는 없었다. 그 CCTV는 놀랍게도 밖이 아닌 안을 비추고 있었다. 들어올 수는 있지만 나갈 수 없는 소굴이었다.

원형은 그 안에 있는 어머니를 보았다. 갑자기 믿을 수 없는 일이 벌어졌다. 어머니가 넓적한 회초리를 들더니 바짓단을 걷고 서 있는 아이들의 종아리를 때리기 시작했다. 집에서는 한 번도 매를 든 적 없는 어머니가 헤븐의 아이들을 거침없이 매질했다. '회개문'인지 뭔지를 잘 읽어야 한다고 고함치고 욕설을 내뱉고 어린아이들을 짐승 취급했다. 어머니는 완전히 다른 사람 같았다.

원형은 기억 속에서 빠져나와 눈앞에 있는 어머니를 보았다. 시야가 흐려져 잘 보이지 않았다.

"기억났어요⋯⋯ 이제."

"넌 에덱이라는 걸 알게 된 후 해리성 정체감 장애를 겪었단다. 두 사람으로 분리된 채 생활했지. 한 명은 원형, 한 명은 에덱으로."

"해리성 정체감 장애?"

원형의 목소리가 허망하게 울려 퍼졌다. 어머니 실체에 대한 충격이 가시기도 전에 자신 또한 헤븐에서 이중생활을 해왔다는 말을 어떻게 받아들여야 할지 알 수 없었다.

"넌 우리 가족이 다시 헤븐으로 돌아갈 수 있게 무던히 애를 썼어. 어린 시절부터 말야. 영특해서 고등학생 때부터 헤븐의 공부방 교사로 활동했고 커서는 헤븐의 임대사업을 도왔지."

"제가 사이비종교 일을 도왔다고요?"

어머니가 고개를 저었다.

"헤븐은 그렇게 나쁜 곳이 아니란다. 책임감 없는 부모가 내맡기고 간 아이들, 세상이 구원하지 못한 아이들을 거두어 먹여주고 입혀주는 일종의 대안공동체지. 아이들을 사회인으로 바르게 자라게 하기 위해 조금 엄격하게 교육하긴 하지만 절대 네가 생각하는 그런 곳은 아니야. 사이비라니. 그분들이 얼마나 훌륭하고 좋은 분들인데."

"하지만 어머니는 그때 외할머니, 외할아버지께……."

"그건 단지 부모님이 나를 거두지 않은 것에 대한 원망이었단다. 헤븐에서 살 때는 행복했지만 그때는 헤븐을 떠난 지 한참 되었으니까 왠지 모를 억울함과 원망이 가득했던 때였지."

"난 헤븐에 대한 기억을 잊고 있었어요. 좋지 않은 기억이니까요."

"아니야. 넌 우리와 같이 헤븐에 있었어. 우리 가족 모두 그 평화로운 공동체로 돌아갈 수 있도록 노력했어. 또 다른 인격체 에덱이 되어서."

"오빠, 에덱으로 살던 기억은 안 나?"

전혀 없었다. 실감 나지 않았다. 내가, 내가 알던 내가 아니라고? 세상이, 내가 알고 지내던 세상이 전부가 아니라고? 실패를 거듭한 3년 차 공시생, 낡은 연립주택과 노량진의 학원가가 내 삶의 전부가 아니었다고? 내가 하루의 절반을 사이비종교단체 헤븐의 아이로, 에덱으로 살았다고?

"에덱, 괜찮니?"

어머니가 휘청거리는 원형의 상태를 조심스레 살폈다.

"증거가 필요해요. 제가 에덱이라는 구체적인 증거요."

"우리 두 사람으로 부족하니? 이 엄마. 그리고 네 여동생."

어머니가 호소하듯 말했다. 원형은 고개를 저었다.

"전부 거짓일 수도 있잖아요."

"우리가 왜 너한테 거짓말을 하겠니?"

"모르겠어요. 하지만 믿을 수 없어요. 이걸 어떻게 믿어요. 미안해요, 엄마."

두 사람이 아버지를 살해하고 헤븐으로 도망친 걸 수도 있었다. 자신을 속이려고 거짓말하는 것일 수도 있었다.

"믿게 해줄게."

원미가 협탁 위의 호텔 카탈로그를 집어 원형에게 건넸다.

"뭔데 이게?"

"안경 벗고 글자 읽어봐."

원형은 의아한 표정으로 원미를 보았다.

"나 고도근시야. 안경 안 쓰면 못 보는 거 알잖아."

"안경 없어도 앞이 잘 보일 거야. 오빠 몇 년 전에 눈에 렌즈 삽입하는 수술 받았잖아."

렌즈삽입수술? 그런 수술은 받은 적 없었다. 학원비도 없는데 그런 수술을 받았을 리가. 원미는 무슨 꿈 같은 소리를 하는 걸까. 원형은 헛웃음을 지으며 천천히 안경을 벗었다. 문득 이 모든 게 헤븐에 빠져 있는 두 사람이 원형을 끌어들이려고 하는 수작인지도 모른다는 생각이 들었다. 두 사람 다 사이비종교에 푹 빠져서 제정신이 아닌 게 분명했다.

아버지는 어떻게 된 걸까.

두 사람이 분명 아버지 죽음에 대해 뭔가를 숨기고 있다는 생각이 들었다. 원형은 보나 마나 뻔한 결과를 확인하기 위해 벗은 안경을 손에 쥔 채 눈을 깜박거렸다.

[품격있는 파라다이스 헤븐 호텔의 클럽 라운지, 콜드문을 이용해 보세요.]

심장에 차가운 물이라도 끼얹은 느낌이었다. 이게 어떻게 된 일일까. 글자가 보이지 않아야 맞는데.

보였다. 작은 글씨마저.

그 밑에 파라다이스 헤븐 호텔이라고 적힌 선명하고 굵은 로고마저 또렷이 보였다.

"보이지, 오빠?"

원미가 다 안다는 듯 물었다.

"어."

원형이 카탈로그를 든 손을 힘없이 무릎에 내려놓으며 말했다.

"뭐가 뭔지 모르겠어."

"서서히 기억날 거다."

어머니가 말했다.

"다들 널 기다리고 있어. 가자꾸나."

"저를요?"

원미가 일어나더니 옷장 쪽으로 걸어갔다.

"이리 와봐, 오빠."

원형이 다가가자 원미가 기대감에 찬 얼굴로 옷장 문을 열었다.

"입어봐."

옷장 안에 가족이데아에서 입었던 천만 원을 호가하는 양복이 걸려 있었다. 원미가 속삭이듯 말했다.

"오빠가 클럽 이사장이 된 기념으로 헤븐 지도자님이 특별히 선물해주신 옷이야, 얼른 입어봐."

"그래, 모두 네 취임식 연설을 기다리고 있단다."

내가 이 호텔 클럽 이사장이라고? 원형은 홀린 듯 옷장 안으로 다가가 걸려 있는 양복을 만져보았다. 정말 그 옷이었다. 게임 속에서 재벌 3세였을 때 입었던 옷. 실크 셔츠와 안감에 브랜드명이 새겨진 재킷. 단지 옷만으로 권위가 세워지는 명품. 그 옷을 실제로 입게 될 줄은 생각지도 못했다.

원형은 양복을 만지던 손가락을 거두었다. 이럴 때가 아니었다. 아버지 죽음을 먼저 수습해야 했다. 동네 사람이 아버지를 죽였는데 어떻게 태연히 여기서 취임식 연설인지 뭔지를 한단 얘긴가.

게다가 동네 사람이 정말 아버지를 살해한 게 맞는지도 알 수 없는 일이었다. 어머니와 원미를 추궁하고 현실에 닥친 문제를 해결해야 했다. 하지만 어떻게. 우리 가족이 언제 현실의 문제를 해결한 적이 있기나 하던가.

원형은 옷장 문을 닫으려다 멈추었다. 거울 속 자기 자신을 보았다. 거울 속 원형은 희미하게 웃고 있었다.

'여기서 그냥 돌아서겠다고? 진실을 파헤치는 건 나중에 해도 늦지 않아. 내 인생에서 이런 날이 또 올 것 같아? 오랫동안 학대했던 의붓 아버지 죽음에 뭘 그렇게 신경 써? 수습은 나중에 하면 돼. 이사장 취임식에 가자. 가서 내가 어떤 사람인지 직접 확인하자. 아니다 싶으면 그때 가서 슈트 따위 벗어던지고 나오면 그만이잖아.'

한참 동안 거울 속 자신을 바라보던 원형이 마침내 입을 열었다.

"알았어요. 갈게요."

◆◆◆

지희 18세 일기 발췌

이번 주말 친구 생일 파티에 초대받았다. 호텔에서 룸을 잡고 놀기로 했다. 아빠는 생일 파티 장소가 어딘지도 모른다.

◆◆◆

"너 왜 요즘 DM 다 씹어?"

원미는 뒤쪽에 앉은 친구가 걱정스러운 얼굴로 물어오고 나서야 지희의 SNS가 방치되고 있다는 것을 깨달았다. 원미는 SNS를 하지 않았다. 아무도 자신에게 DM이나 멘션을 보내오지 않을 거라는 것을 알고 있기 때문에 시작도 하지 않았다.

상관없었다. 지희가 된 원미는 언제나 가장 멋진 것을 동경했다. 2, 3등 같은 건 없었다. 1등이 아니면 무가치했다. 평범한 아이들이 SNS에 올리는 시시한 자랑질은 보고 싶지 않았다. 원미는 자신 안의 지희가 아닌, 다른 아이들과 소통하고 싶은 생각 따위 없었다.

원미는 뒤늦게 지희의 SNS에 들어갔다. 지희는 다른 아이들처럼 아주 활발히 SNS를 하고 있었다. 지희가 원미가 아닌 다른 친구들과 작은 일상을 나누고 약속을 잡고 비밀을 나누고 있는 모습을 보니 기분이 묘했다.

원미는 지희의 SNS를 읽어내려가며 손톱을 깨물고 입술 살을 뜯다가 핸드폰을 던져버렸다. 핸드폰이 저만치 날아가 교단에 부딪혔다. 반 아이들의 시선이 쏠렸다.

'내가 무슨 짓을 한 거지. 애들이 다 쳐다보잖아.'

늘 침착한 지희의 태도와 어울리지 않는 짓이었다. 원미가 어쩔 줄 모르고 있는데 저쪽에서 과거의 원미가 걸어가더니 지희의 핸드폰을 주웠다.

'안 돼. 핸드폰 보지 마!'

과거의 원미가 SNS를 확인하면 상처받을 것이다. 지금 원미가 그렇듯. 원미는 고개를 숙이고 흘러내리는 머리를 두 손으로 감쌌다.

과거의 원미가 다가왔다.

"괜찮아?"

과거의 원미는 걱정하는 표정으로 핸드폰을 건넸다. 원미는 핸드폰을 받으며 어색한 미소를 지어 보였다. 너는 내 마음 알지? 가끔 아무 이유 없이 폭발할 것 같은 기분. 그런 메시지가 담긴 미소였다.

과거의 원미가 이해한다는 듯 고개를 끄덕였다. 과거의 원미가 자리로 돌아가고 나서야 원미는 가슴을 쓸어내리며 안도했다. 이상하게 과거의 원미에게 눈치가 보였다. 두려웠다. 과거의 원미가 지희의 모든 것을 알게 될까 봐.

어떻게 내가 나를 두려워할 수 있을까? 그래. 이게 다 SNS 때문이었다. 지희 SNS를 끊어버려야 했다. 원미는 과거의 원미에 대한 우려는 한쪽으로 밀어버리고 지희의 SNS 화면을 열었다. 우측 상단의 자물쇠 표시를 누르고 고객센터 탭을 클릭하자 계정관리 화면이 나왔다.

계정을 영구적으로 삭제하시겠습니까? 원미는 엄지손가락을 든 채 망설였다. 정말 지희 SNS를 없애는 게 방법일까.

원미는 결국 취소 버튼을 누르고 화면을 벗어났다. 마음을 고쳐먹고 지희의 SNS를 관리하기로 했다. 괜히 SNS를 끊어 변수를 만들 필요는 없을 것 같았다. 지희에 대한 정보를 얻고 지희의 입장을 이해할 수 있는 수단으로 두면 좋을 것 같았다. 게임의 미션은 지희를 살리는 것. 사사로운 감정에 사로잡혀 일을 그르칠 수 없었다. 지희에게 닥칠 위기를 막을 수 있는 것이라면 모두 열어두고 살펴봐야 했다.

혼란스러운 마음을 가다듬자, 돌연 웃음이 새어 나왔다. 지희가 다른 아이들과 어떤 대화를 나누는지, 어디에서 놀고 무엇에 관심이 있는지 늘 궁금했었는데 이제 전부 알 수 있게 되었다. 쉬는 시간이 끝나는 종이 울렸다. 책상 밑으로 핸드폰을 끄려는데 메시지가 왔다. 메시지를 보낸 사람은 옆 반 아이였다.

그 아이가 어떤 메시지를 보냈는지 짐작이 갔다. 예상대로였다. 메시지를 열자 생일 파티 초대장이 나왔다. 깔끔한 디자인의 웹 초대장 밑에는 'PARADISE HEAVEN HOTEL'이라는 영문 로고가 적혀 있었다.

◆◆◆

취임식은 길지 않았다. 원형은 긴 연설문을 외울 필요가 없었다. 좌중의 분위기는 이미 들뜰 대로 들떠 있어서 간단한 소감과 샴페인 한 잔을 치켜드는 것만으로 충분했다.

소감을 끝내자 누군가 다가와 원형의 팔에 백금 시계를 채웠다.

"이게 뭐예요?"

어머니가 작게 말했다.

"시계 안을 봐. 헤븐 목사님 서명이 있어."

원형은 에덱의 기억이 없다는 것을 사람들에게 들키지 않을까 불안했다. 어머니, 원미와 함께 클럽에 들어서자마자 사람들은 환호하며 원형이 지나갈 수 있도록 양쪽으로 갈라서 길을 내주었다. 원형이 에덱이 아니라는 걸 알아채는 사람은 없었다.

원형은 어머니와 원미가 귀띔해준 대로 중요한 손님들을 찾아가 일일이 감사 인사를 했다. 처음 본 사람들이 한 명씩 다가와 포옹해 주고 엄지를 치켜올리고 감격 어린 표정으로 박수를 쳤다. 원형은 14년 만에 다시 주인공이 된 기분, 헹가래를 받는 것처럼 쑥스럽고 어색하지만 공중에 떠 있는 황홀한 기분을 느꼈다.

에덱으로 산다는 건 이런 걸까. 그를 믿고 열렬한 지지를 보여주는 밝고 희망찬 사람들에게 항상 둘러싸여 있는 삶? 에덱의 삶은 원형이 잃어버린 꿈과 같았다. 사람들은 아낌없이 원형을 칭찬하고 클럽 콜드문의 앞날을 축하해주었다.

"에덱, 당신은 정말 대단한 사람이에요. 헤븐의 창창한 미래예요."

어머니와 원미는 사람들의 인정이 당연하다는 듯 좌중에 섞여 고개를 끄덕였다. 움츠러든 원형의 등은 점점 곧게 펴졌다. 사교적이고 교양 있는 태도도 자연스럽게 나왔다. 어쩌면 그동안 헤븐을 오해하고 있었는지도 모르겠다는 생각이 들었다.

클럽에 대해서도 마찬가지였다. 전날 밤, 고압적인 운전기사를 따라 클럽에 들어섰을 때 느꼈던 퇴폐적이고 문란한 분위기는 없었다. 사람들은 모두 순수해 보였고 서로를 소탈하게 대했다. 차림새도 직업도 연령대도 다르지만 그들은 헤븐이라는 공동체를 중심으로 연결된 사람들이었다. 그들이 거물이라는 건 나중에야 알게 되었다.

원형은 사람들을 소개받을 때마다 재빨리 그들의 이름과 직함을 외우며 점점 능숙하게 행동했다.

"적응이 빠르시네요."

원형은 가까이 다가와 속삭이듯 말한 여자의 정체를 확인하기 위해 고개를 들었다.

"어? 당신! 어제……."

원형은 자기도 모르게 손가락으로 여자를 가리켰다. VIP룸으로 이끌고 유리컵 바닥에 미리 약을 깔아놓고 주스를 따라 먹인 여자. 구불거리는 긴 머리는 온데간데없이 짧게 커트한 모습이었지만 오목조목한 이목구비가 더 선명하게 드러났다. 그리고 어제처럼 요란스럽지는 않지만 여전히 몸매가 드러나는 옷을 입고 있었다. 여자는 웃음을 터트렸다. 짧고 청량한 웃음소리였다.

그녀는 원형에게 망설임 없이 팔짱을 끼곤 조명이 미치지 않는 어두운 구석으로 이끌었다. 그러고 나선 화를 낼 틈도 없이 사과했다.

"어젠 미안했어요."

"진짜 그러겠네요."

원형은 팔을 빼면서 짐짓 화가 난 듯 말했지만 여자를 봐서 반가웠다. 어머니와 원미는 사람들 속에 섞여서 보이지 않았고 잠깐 본 사이라 해도 아는 얼굴은 이 여자가 유일했다. 물론 그뿐만은 아니지만.

"어쩔 수 없었어요. 당신이 에덱이라는 걸 모르니까, 약을 먹여서라도 알리고 싶었어요."

"그렇다고 칩시다."

원형은 여자의 눈을 바라보다가 기다리지 않고 물었다.

"이름이 뭐예요?"

"문정. 히브리어로는 델레트. 당신 이름이 에덱인 것처럼."

"전 그 히브리어 별명, 좀 오글거리는데."

문정은 이해한다는 듯 웃으면서도 단호하게 말했다.

"헤븐의 아이들은 우리나라 이름으로 부르면 안 돼요. 히브리어 이름을 쓰는 게 원칙이에요."

"뭐, 그러죠."

원형은 순순히 대답하며 생각했다. 이 매력적인 여자에게도 어딘가 병적인 구석이 있을까. 헤븐에서 자랐으니 그럴지도 몰랐다.

"프로답게 보이고 싶어서 머리 잘랐는데, 어때요? 잘 어울려요?"

원형은 대답 대신 고개를 끄덕였다. 아까부터 정말 그렇다고 생각했지만 꺼내지 못한 말이었다. 문정은 누구나 자신에게 반할 수 있다는 사실을 아는 것 같았지만 거만하게 굴지 않았다. 가늘게 눈을 뜨고 눈웃음을 치는 모습에 경계심이 허물어졌다. 누구에게나 호감을 주고 시선을 사로잡는 저 능력은 타고난 걸까, 터득한 처세술일까. 원형은 문정이 계속 곁에 있으면 좋겠다고 생각했다.

"안내 좀 해줘요. 뭐가 뭔지 잘 모르겠어요."

문정은 다 알고 있다는 듯 웃었다.

"그래서 온 거예요."

두 사람은 본격적으로 클럽 홀 안을 천천히 돌기 시작했다.

"여기 있는 많은 사람이 다 헤븐의 비밀 신도들이자 후원자들이에요."

문정은 사람들의 면면을 살피며 누가 더 핵심 후원자인지 알려주었다.

"그들의 선의에 감사해하며 후원금을 더 많이 내도록 유도하는 게 우리 역할이죠."

문정의 시선은 긴 스카프를 늘어뜨린 키 작은 중년 여자에게 쏠렸다. 중년 여자는 포동포동한 손으로 입을 가리고 웃음을 터트리고 있었다.

"저분도 핵심 후원자예요?"

"네."

"태생적인 부잣집 사모님인가 보군요."

문정은 걸음을 멈추었다.

"보이는 것과 달라요."

"네?"

"저분은 어린 시절 부모로부터 차별과 학대를 받고 자랐어요. 결혼을 일찍 해서 독립했는데 남편에게도 학대당했고, 유산으로 아이를 세 번이나 잃었어요. 이혼하고 악착같이 벌어서 부동산 재벌이 됐죠."

원형은 더 입을 열 수 없었다.

"헤븐은 후원자들에게 이상적인 가족 모델이에요. 우리는 그들에게 유사 가족의 느낌을 주려고 노력해요. 가족의 일원인 것처럼 후원자들의 감성을 자극하지만 너무 불쌍해 보이지는 않아야 해요. 사람들은 생각보다 동정심이 많지 않아요. 너무 큰 동정심은 죄책감을 불러일으키고 죄책감은 불쾌하죠. 불쾌한 감정에 돈을 쓰고 싶어 하는 사람은 없어요."

문정은 원형을 데리고 비상구 근처로 갔다. 검은 휘장을 걷자 수십 개의 액자가 나타났다.

"우리는 다른 자선단체와 차별화된 전략을 쓰고 있어요. 우리는 헤븐의 아이들이 그들 덕분에 얼마나 멋지게 성장했는지 보여주려고 해요. 아이들은 헤븐의 아이들인 동시에 그 후원자들의 아이들이죠."

액자는 아기 때부터 청년이 된 아이들의 성장 과정을 볼 수 있도록 배치되어 있었다.

"헤븐의 아이들도 축복받은 인생을 살 권리가 있어요. 우리는 그 아이들이 세상의 주변부에 속하도록 두지 않죠. 공부를 잘하는 아이, 노래를 잘하는 아이, 춤을 잘 추는 아이, 그림을 잘 그리는 아이, 운동신경이 좋은 아이, 예쁜 아이, 몸매가 좋은 아이. 헤븐의 아이들은 각자 자신만의 재능을 보석처럼 품고 있어요. 그 아이들 모두 다른 부모가 있는 가정의 아이들처럼, 아니 그보다 더 좋은 여건 속에서 자라게 하는 게 헤븐의 목표죠."

"어떻게 그게 가능하죠?"

"헤븐 후원자들의 인맥을 동원하는 거죠. 우리는 아이들에게 알맞은 후원자들을 매칭해줘요. 아이들은 그들과 상호작용하면서 빠르게 성장해요."

"굉장한 일이네요."

문정이 아까처럼 청량하게 웃었다.

"뭐예요. 당신이 만든 시스템이잖아요."

"제가요?"

"네, 에덱. 바로 당신이 제안하고 만들어낸 체계죠."

문정이 존경의 뜻을 담아 바라보았지만 원형의 얼굴에는 복잡한 심경이 그대로 드러났다.

"아직도 본인이 에덱이라는 걸 의심하는 중이에요? 적응한 줄 알았는데……."

"아주 잠깐 기분이 좋았던 건 사실이지만, 적어도 내가 아는 나는 그런 사람이 아니에요. 난 아무것도 이룬 게 없어요. 공무원 시험에 3년째 실패한 스물여섯 살짜리 흔한 청년. 그게 나예요. 하지만 여기 있는 난 이상해요. 내가 에덱이라니 너무……."

"비현실적이라고요?"

"네, 뭐가 어떻게 된 건지 하나도 모르겠어요."

"나도 헤븐에 오기 전엔 남들 하는 건 다 따라 하는 평범한 대학생이었어요. 그런데 어느 순간 세상일이 다 부질없게 느껴졌죠. 이 불공평한 경쟁에서 난 영원히 밑바닥을 차지할 거라는 깨달음이 왔어요. 돈이 아닌 의미 있는 일을 찾고 싶었어요. 그때 헤븐이 구원이 되어주었죠. 어쩌면 우리는 익숙한 세상과 다른 세상을 만나면 다 비현실적이라고 느끼는지도 몰라요. 난 지금 여기를 어느 곳보다 현실적이라고 느껴요. 이상했던 건 오히려 예전에 살던 세상이고요."

문정은 확신에 차 있었다. 원형은 그 확신에 찬 태도가 한편으로 부러웠다. 원형은 끊임없이 의심하고 있었다. 정말 헤븐은 문정의 확신처럼 완전한 세계일까.

원형은 주위를 둘러보다가 문득 어머니와 원미가 아까부터 보이지 않는다는 사실을 떠올렸다. 마음이 급해졌다.

"잠깐만요. 어머니랑 동생을 찾으러 가야겠어요."

문정이 떠나려는 원형의 손목을 잡았다.

"괜찮아요. 두 사람은 쉬고 있을 거예요. 요 며칠 힘들었으니까."

요 며칠? 문정도 알고 있는 걸까. 우리 가족이 어떤 일을 겪었는지. 원형은 문정의 눈을 바라보았지만 속마음을 짐작하기 어려웠다.

"혹시 알고 있어요? 어머니랑 원미가 왜 힘들었는지?"

"알죠."

원형은 문정이 아버지 죽음에 대해 아는 것 같다는 생각에 신경이 곤두섰다. 두 사람이 힘들었다는 건 아버지 죽음과 관련된 얘기 같았다. 원형은 사건이 다 벌어진 이후만 알 뿐이었다. 어머니와 동생이 무엇을 목격했는지는 알지 못했다. 문정이 아는 게 무엇인지 추궁하려는 찰나 갑자기 연단이 있던 무대 쪽 스피커에서 펑, 하는 소리가 났다. 두 사람 사이에 무겁게 흐르던 공기가 깨졌다. 원형은 개의치 않고 물었다.

"문정 씨는 뭘 알고 있죠? 두 사람이 왜 힘들었다는 거예요?"

문정이 가볍게 눈을 흘겼다.

"당연히 클럽 이사장 취임식 때문이잖아요. 오늘 행사를 잘 치르려고 모두 고생했죠. 아직 자기가 누군지도 모르는 사람을 위해서요."

천연덕스러운 말투였다. 임기응변으로 하는 말일까. 아니면 진짜일까.

"그건…… 미안합니다."

원형은 더 묻지 않았지만 여전히 문정이 아버지 죽음에 대해 알고 있다는 생각을 지울 수 없었다. 아버지 죽음이 헤븐과 관련되어 있을 것 같다는 막연한 의심이 스쳤다.

'공무원 시험을 마치고 돌아오니 아버지가 죽어 있었다. 나는 낯선 차를 타고 호텔 클럽으로 온 뒤 문정이 준 음료를 마시고 잠들었다. 깨어나 보니 어머니와 여동생이 나를 에덱이라고 불렀다. 지금은 모두가 나를 에덱이라고 부르지만 나는 내가 누구인지 모른다.'

이게 지금까지의 정황이었다. 어쩐지 모든 사람에게 속고 있다는 생각이 들었지만 이 많은 사람이 오직 원형 한 사람을 속이기 위해 이 자리에 있을 리는 없었다.

'내가 에덱이라는 걸 기억하고 인정하면 모든 문제가 해결되는 게 아닐까.'

그렇게만 되면 이 혼란과 무지의 상태에서 벗어날 수 있었다. 에덱이라는 걸 인정하면 아버지 죽음에 대한 진실도, 헤븐이 어떤 곳인지도 더 쉽게 알 수 있을 것 같았다. 그렇지만 아무것도 기억나지 않았다. 아무리 작은 기억의 실마리라도 찾아내려 애를 써보았지만 에덴으로 살았던 기억은 없었다.

피로감이 몰려들었다. 계속 두리번거리며 어머니와 원미를 찾았는데 보이지 않았다. 대신 연단이 있던 무대에 한 무리의 10대 아이들이 올라서는 게 보였다. 한눈에 봐도 앳된 아이들이었다.

"저 애들은 뭐죠?"

"곧 축하 공연이 열릴 거예요."

문정은 원형의 손목을 잡아끌며 이번엔 무대 앞까지 사람들을 비집고 들어갔다.

공연이 시작되자 아이들은 열정적으로 노래하고 춤을 췄다. 남자아이들은 가슴이 파인 옷을, 여자아이들은 짧은 치마를 입고 있었다. 곳곳에서 후원자들이 휘슬을 불고 박수를 쳤다. 문정이 속삭였다.

"우린 쇼 비즈니스에도 연줄이 있어요. 헤븐의 아이 중에 무대에 오르고 싶어 하는 아이들이 많거든요. 클럽을 연 이유죠. 아이들은 여기서 케이팝 공연을 하거나 미술 전시회를 열 수 있어요. 화장품 론칭, 패션쇼 같은 행사 장소로 쓰이기도 하죠."

첫 번째 공연이 끝나고 문정이 물었다.

"어땠어요?"

"최고였어요. 아이들이 굉장하네요."

"다 당신이 만든 결과예요."

"그런가요? 아직 잘 모르겠어요."

"당신은 빨리 자신이 에텍이라는 걸 받아들여야 해요."

"알아요. 둘 중 하나겠죠. 제자리로 돌아가든가. 아니면 빨리 에텍의 기억을 찾든가."

두 사람 다 아무 말도 하지 않았다. 제자리로 돌아간다면 문정은 다시 보기 힘들 것이다. 클럽 콜드문은 누가 운영할까. 문정은 말도 안 되는 얘기라고 생각할지도 몰랐다. 원형은 문정이 에텍을 대신할 자격이 되어 보인다고 얘기하려다 관두었다. 책임을 회피하는 남자로 보이기는 싫었다.

두 번째 공연이 시작되기 직전 문정이 입을 열었다.

"내가 도와줄게요. 당신이 에텍이라는 걸 기억하도록"

"어떻게요?"

"당신 집에 가면 알아요."

◆◆◆

지희 18세 일기 발췌

내가 생일 파티에 간다는 걸 원미가 알게 되었다. 댈구 일을 들킨 뒤로 원미를 모른 척할 수가 없지만 데려갈 생각을 하니 벌써 걱정이 앞선다. 원미가 그 암울한 얼굴을 하고서 때와 장소에 맞지 않는 말을 늘어놓을 생각을 하니.

◆◆◆

예쁘거나 공부를 잘하거나 부유한 집 아이들이 모이는 생일 파티에 참석하기 위해 원미가 얼마나 눈물겨운 노력을 했는지는 아무도 몰라야 했다. 원미 스스로는 부끄러울 정도로 잘 알고 있었다. 그 하루 동안 잘 보이기 위해 아이들이 그냥 지나칠 만한 것들을 원미는 세심하게 신경 써서 준비했다. 완벽한 지희처럼 보이기 위해서.

약속 장소는 파라다이스 헤븐 호텔 내 카페였다. 원미는 친구들과 '애프터눈 티 세트 서머 베케이션'이라는 행사 디저트를 즐겼다. 디즈니 만화에 나올 법한 아기자기한 디저트는 한입 베어 물면 머리가 땡할 정도로 달았지만 원미는 카페를 나올 때쯤에야 맛을 느낄 수 있었다.

원미는 긴장하고 있었다. 다른 아이들처럼 편하게 대화를 나누며 디저트를 즐길 수 없었다. 다른 아이들과 비슷한 서클 렌즈를 낀 게 맞는지, 화장이나 옷차림은 과하지 않은지, 테이블에 슬며시 올려놓은 팔에 낀 팔찌 역시 아이들과 비슷한 수준인지, 교양 없는 말투를 쓰고 있는 건 아닌지, 아이들은 어떤 말에 웃고 긍정적인 반응을 보이는지 쉬지 않고 살피고 연구하느라 바빴던 것이다.

마침내 그 모든 것이 적절한 수준이라는 것을 확인하고 나서야 원미는 안심하고 포크를 집어들 수 있었다.

"지희야, 너 오늘 이상하게 말이 없다."

"그러게. 잘 먹지도 않고. 뺄 데가 어딨다고 다이어트를 하냐?"

이런 얘기를 듣고 난 뒤엔 다시 포크를 내려놓아야 했지만.

호텔에 있는 동안 원미는 일관된 다이어트 콘셉트를 유지하기 위해 쫄쫄 굶었지만 최고의 시간을 보냈다.

1년 전 오늘과는 완벽하게 달랐다. 떠올리고 싶지 않은 그 현실에서 원미는 아버지가 세탁실에서 피운 담배 냄새가 잔뜩 배고 겨드랑이 부분이 찢긴 재킷을 입고 있었다. 원미는 팔도 제대로 못 펴고 있다가 생일 주인공이 포장지도 뜯지 않은 선물을 남겨둔 채 도망쳤다. 급한 일이 있다고 핑계 대고 호텔을 빠져나왔었다. 비가 쏟아졌다. 집에 가려고 버스를 탔지만 버스카드 잔액이 모자라 황급히 버스에서 내린 다음 한참 동안 버스정류장에 앉아 있었다. 지희와 그 자리에 낄 수 있다고 생각했던 것 자체가 얼마나 어리석었는지를 뼈저리게 깨달으면서.

지금은 달랐다. 초대된 친구들이 각자 선물을 증정하는 시간에 원미는 생일인 친구가 좋아하는 아이돌의 콘서트 티켓을 내밀었다.

친구는 감격했다.

"어머, 지희야. 이거 구하기 힘들었을 텐데. 웬일이야. 너무 좋아."

그래. 나도 너무 좋다.

원미도 같은 마음이었다. 이곳에서는 모든 게 꼭 마법 같았다. 종잇조각을 콘서트 티켓으로 바꾸고 그 가짜 티켓을 보고 좋아하는 가상의 친구가 있는 세계. 모든 것이 가짜지만 원미가 느끼는 만족감은 진짜였다.

"아빠한테 표가 있었어."

"진짜?"

"응. 그 아이돌, 아빠 게임회사 광고모델이거든."

거짓말이 술술 나왔다. 아이들이 탄성을 질렀고 너도나도 표를 구해달라고 부탁했다. 원미는 처음엔 곤란해하다가 흔쾌히 수락했다. 그깟 콘서트 티켓, 또 만들어내면 그만이었다.

티타임이 끝난 뒤 원미는 친구들과 호텔 객실 안에서 마피아 게임과 진실 게임을 하며 놀았다. 원미는 게임 도중 지희를 죽게 만든 친구에 대한 단서를 발견할지도 모른다고 생각했지만 별다른 징후는 찾을 수 없었다.

원미는 마피아 게임을 할 때마다 마피아였지만 아이들은 알아채지 못했다. 진실 게임을 할 때 모범생 남자친구와 보낸 짜릿한 하룻밤을 지어내서 말했지만 아무도 거짓말을 한다고 생각하지 않았다. 시시한 것들만 얘기하던 친구들의 눈빛이 빛났다.

수영장에서 한참 동안 수영을 하고 다시 객실로 돌아왔을 때 파티의 주인공인 친구가 나지막이 말했다.

"아, 클럽 가고 싶다."

마치 지금껏 놀았던 건 그리 즐거운 일이 아니었다는 듯 낮고 공허한 목소리였다. 침대 위에 축 늘어져 있던 아이들이 벌떡 일어났다.

"클럽? 여기 지하에 있는 클럽 말이야?"

"연예인들 많이 온다고 유명하던데."

"거기 미성년자 출입 금지 아니야?"

말은 그렇게 했지만 아이들은 모두 가고 싶어 했다. 클럽은 금기의 장소였고 언제나 그렇듯 금기는 깨고 싶어지는 법이었다. 애초에 왜 클럽이 위험한 곳인지 아이들은 이해할 수 없었다. 아이들은 그저 약간의 술을 원했고 사람들 속에서 어른 흉내를 내며 춤추기를 원할 뿐이었다.

원미는 눈을 질끈 감았다 뜨며 쓰읍 소리를 냈다.

"가자, 우리."

"어떻게? 민증 검사할 텐데?"

말은 그렇게 하면서도 아이들은 콘서트 티켓을 선물한 원미의 능력을 믿고 있었다. 원미는 기대에 부응했다. 클럽 홈페이지에 들어가 덜컥 천만 원을 결제했다. 아이들은 원미가 신이라도 되는 듯 우러러보았다.

"됐지? 가자."

클럽 경호원은 아이들을 통과시켜 주었다. 아무도 천만 원을 선결제한 미성년자의 주민등록증을 확인하지 않았다.

원미의 비현실적인 능력이 모든 걸 가능하게 했다. 능력이 있다면 금기는 없었다. 힘이 있기에 욕망을 실현할 수 있었고 가상현실이기에 들킬 일은 없었다. 원미는 1년 전, 현실에서 그 아이들에게 무시당하고 혼자서 생일 파티를 빠져나왔던 일은 잊어버렸다. 자신을 무시했던 아이들의 인정을 받고 그 속에 부대껴 어울리는 게 좋았다.

◆◆◆

지희 13세 일기 발췌

나는 친구가 없다. 놀이터에서 놀아본 적이 없기 때문에. 나는 책이 좋지만 책에는 친구가 없다. 그 세상에는 나 혼자다. 친구가 있으면 좋겠다. 아빠는 나중에 사회생활을 잘하려면 인간관계를 잘 맺어야 한다고 했다. 너무 책만 읽기보다 아이들과 어울리는 것이 좋겠다고 했다. 하지만 나는 인간관계가 필요한 게 아니다. 친구가 필요하다. 친구 만들기는 어렵다. 책 읽기보다 훨씬 훨씬 어렵다.

◆◆◆

호텔 지하의 한 객실로 들어갔다.

거실 탁자에 웰컴 과일 바구니가 놓여 있었다.

"드디어 두 명이 아닌 한 명이 되는 날이잖아요."

과일 바구니 한편에는 '에덱, 축하해요 - 헤븐 일동'이라고 적힌 카드가 꽂혀 있었다. 하지만 원형의 시선은 금방 과일 바구니를 벗어나 넓은 거실 벽에 쏠렸다. 아트월 위에 붙은 수백 장의 사진이 보였다. 원형의 잃어버린 기억이 거기에 있었다. 열두 살부터 스물여섯 살까지의 흐름이 한눈에 보이는 사진이었다. 원형은 정말 헤븐에 있었다.

헤븐의 존재를 처음 알았던 열두 살 당시 헤븐 공부방에서 찍은 사진, 다른 헤븐의 아이들, 어머니, 원미와 함께 찍은 사진…… 전부 사실이었다. 실제 에덱으로 살았다는 증거였다. 원형은 사진 한 장 한 장을 더듬으며 살펴보았다.

원형은 사진 속에서 웃고 있었다. 자신감 넘치고 쾌활해 보였으며, 어디서나 가장 중심에 있었다. 그동안 외롭고 힘든 시절만 있다고 생각했는데 그렇지 않았다. 원형은 이렇게 많은 사람과 함께 있었다. 모두 가족이라는 이름으로, 헤븐에 있는 사람들이었다.

"고마워요."

원형은 재빨리 눈가를 훔쳤다.

"내가 혼자가 아니었다는 걸 보여줘서."

문정은 따뜻하게 원형을 바라보았다. 그때 맞은편에 닫혀 있던 방문이 열리고 어머니와 원미가 나왔다.

"어머니? 원미?"

기막히게 절묘한 타이밍이었다. 방문이 깜짝 선물 상자 뚜껑같이 활짝 열렸고, 어머니와 원미는 등 뒤에 스프링이 달린 인형처럼 나타났다.

"어디 있었어요?"

"우리 집에 있었지."

"여기가 우리 집이라고요?"

원형은 찬찬히 집을 돌아보았다. 분양 예정인 아파트 모델하우스처럼 아늑하고 편리한 시설들이 갖춰져 있으며 어디선가 은은한 라일락 방향제 향기가 나는 집.

"근데 우린 왜 그동안 다른 곳에서 살았던 거지?"

"그거야 위장이지."

"위장? 그 집이 가짜고 여기가 진짜란 말이야?"

"그래."

원형은 의아했다.

"그런데 왜 이곳에서 살던 기억이 조금도 없을까."

"오빠 원형일 때 너무 자기 마음속으로 갇히곤 했어. 다른 사람 말을 잘 안 들었어."

"내가?"

"그래, 옛날 환경은 일종의 체험일 뿐이라고. 우리 집이 아니라고 내가 몇 번이나 말했는데 못 알아듣더라고."

"그럴 리가."

"진짜야. 꼭 의붓아버지같이."

"의붓아버지?"

"응, 죽은 우리 의붓아버지 말야. 그 사람은 자기 생각에 갇히면 누가 뭘 말하든 들으려고도 하지 않았잖아. 헤븐의 친아버지가 돌아가셨을 때, 엄마는 의붓아버지도 헤븐으로 데려가려 했어. 하지만 아무리 우리가 헤븐이 좋은 곳이라고 설득해도 의붓아버지는 헤븐이 사이비종교니까 경찰에 신고할 거라고 미친 듯이 펄쩍 뛰었어."

원형은 문정이 화장실에 간 사이 목소리를 낮추고 물었다.

"그래서 죽인 거야?"

"뭐라고?"

"아버지가 방해되니까 죽인 거 아니냐고."

원형은 원미가 거짓말을 하면 바로 알아차릴 수 있을 거라고 생각했다. 하지만 원미는 뜻밖의 말을 했다.

"오빠 정말 기억을 못 하는구나. 항상 어머니와 내가 뒤처리하고 오빠는 편리하게 기억을 잃어버리면 그만이지."

"무슨 뜻이야?"

"원미야!"

어머니가 원미의 말을 가로막으며 심각한 표정으로 고개를 저었다.

"왜요, 무슨 얘긴데요?"

원미는 대답 대신 원형을 뚫어지게 쳐다보았다. 아무 말도 하지 않았지만 표정으로 알 수 있었다. 그 표정은 원형의 마음 깊은 곳에 자리한 아버지에 대한 증오와 죄책감을 자극했다. 원형이 아버지에게 품었던 패륜의 감정을 꿰뚫어 보는 것 같았다. 원형은 자신이 아버지를 죽였을 리 없다고, 집에 왔을 때 이미 아버지가 죽어 있었다고 몇 번이고 스스로를 다독였지만 그럼에도 두려웠다. 자신을 통제할 수 없었을까 봐. 내면의 분노, 내면의 증오가 칼을 쥐고 이성을 벗어났을까 봐 두려웠다.

'만약 아버지를 죽인 사람이 나라면? 내가 에덱일 때 아버지를 죽인 거라면? 시험을 보다가 중간에 나와서 아버지를 죽였고. 마치 그런 적이 없는 것처럼 태연하게 원형이 되어 집으로 들어선 거라면? 해리성 정체감 장애라면 그럴 수 있는 거 아닐까.'

원미가 못 박듯 말했다.

"오빠, 이제 하나만 선택해야 해. 원형, 에덱. 둘 중 어느 쪽이야?"

원형은 어머니와 원미, 뒤에 있는 문정을 쳐다보았다. 문정이 고개를 끄덕였다.

"그래."

원형은 소파에 털썩 주저앉았다. 만약 아버지를 죽인 게 맞다면 앞으로 원형으로 살 자신이 없었다. 탁자 위의 과일 바구니를 한참 동안 바라보던 원형이 마침내 입을 열었다.

"난 에덱이야."

원형은 두려운 현실보다 '헤븐', 이 풍요롭고 완전한 세상에서 에덱으로 살아가기로 했다.

◆◆◆

지희 15세 일기 발췌 1

할머니는 나를 미워한다. 언젠가 내게 말했다.

'너 때문에 네 아빠가 유학을 포기했다.'

어느 날은 날 물끄러미 보더니 인상을 쓰시며 말했다.

'넌 정말이지 네 애미를 쏙 빼닮았구나.'

지희 15세 일기 발췌 2

지금까지 키운 반려동물들은 모두 죽었다. 첫 번째는 올챙이였다. 자연 관찰을 하라고 유치원에서 준 것이었다. 나는 집에 키울 사람이 없어서 안 가져가겠다고 했지만 선생님은 나만 안 가져가면 안 된다고 했다. 올챙이는 징그러웠다. 선생님은 잘 키워서 올챙이 뒷다리가 나오는 걸 보면 신기할 거라고 했는데 나는 그럴 것 같지 않다고 했다. 책에서도 보고 영상에서도 이미 봤기 때문이었다. 선생님이 실제로 보는 건 많이 다르다고 해서 할 수 없이 데려왔다. 집에 온 올챙이는 일주일도 안 돼서 죽었다. 아빠는 출근길에 근처 저수지에 올챙이를 버렸다.

두 번째는 암컷 사슴벌레였다. 사슴벌레는 반 친구가 키운다고 해서 나도 키우기로 한 것이었다. 작은 투명 케이지 안에 곤충 젤리만 넣어주면 알아서 먹고 큰다고 해서 키웠는데 금방 케이지 벽이 사슴벌레 오줌과 곰팡이로 더러워지고 톱밥 파리가 생겼다. 사슴벌레는 어느 날 몸이 뒤집힌 채 죽었다.

세 번째는 거북이인데 아직도 죽은 이유를 모르겠다. 데려왔을 때부터 아무것도 먹지 않고 숨어만 있더니 죽어버렸다.

네 번째는 강아지다. 먹이도 주고 똥도 치우고 내가 다 맡아서 키우겠다고 아빠를 겨우 설득해서 데려온 강아지였는데, 우리 집에 온 지 1년째 기념일인 어제 죽었다. 아빠가 할머니, 할아버지와 이야기하는 동안 너무 돌아다닌다는 이유로 목줄을 채워 문손잡이에 걸었는데 혼자 빠져나오려고 애쓰다 줄이 엉키는 바람에 목이 졸려 죽었다는 것이었다.

아무도 강아지의 죽음을 대수롭게 여기지 않았다. 내 강아지였는데. 하얗고 부드럽고 가느다란 갈비뼈 안에 심장 뛰는 게 느껴졌던 내 강아지. 나는 아빠가 거짓말했다는 것을 안다. 강아지를 죽인 건 아빠가 아니다. 할머니다.

지희 15세 일기 발췌 3

나는 어제 일기를 쓰다가 잠이 들었다. 꿈에 강아지가 살아 있었다. 내가 강아지에게 목줄을 채우려고 하는데 버둥거렸다. 하지만 다시 보니 나는 강아지가 아닌 할머니에게 목줄을 채우고 있었다. 할머니가 제발 살려달라고 했다. 나는 할머니에게 엄살 피우지 말라고 했다. 할머니가 내 강아지를 죽였으니 어쩔 수 없는 일이라고 했다. 나는 할머니에게 화를 내다가 잠에서 깼다.

◆◆◆

혜븐 사모의 말을 듣지 않아 감금되어 있던 아이를 에덱이 몇 시간 동안 풀어준 일이 있었다.

'속죄의 시간'이 되자 사모는 에덱의 아버지에게 자식을 직접 때리도록 명령했다.

아버지는 에덱을 때리는 대신 맞겠다고 했다. 사모는 헤븐의 아이들에게 돌아가면서 아버지 종아리를 때리라고 명령했다.

아이들은 줄을 서서 아버지를 때린 뒤 과자 한 봉지를 보상으로 받았다. 에덱은 울면서 사모에게 매달렸지만 소용없었다. 아버지는 회초리 50대를 맞았다. 사모는 한 번만 더 말을 안 듣고, 벌 받고 있는 아이를 제멋대로 풀어주면 아버지가 다른 아이들한테 맞아 죽을 수도 있다고 했다. 에덱은 그 일 이후로 다른 아이들을 도와주지 않았다.

에덱이 열다섯 살 때 아버지가 죽었다. 아버지는 귓속말로 유언을 남겼다. 어머니가 '악마'에 씌어서 헤븐을 떠난 게 아니라고 했다. 스무 살이 되면 헤븐을 떠나 어머니를 찾으라고 했다. 그때까지 헤븐에서 살아남으라고 했다. 지금처럼 잘못하면 맞더라도 목사와 사모 말을 잘 들으라고 했다. 에덱은 아버지 말대로 했다.

5년 뒤 스무 살이 되었을 때, 에덱은 어머니를 찾기 위해 헤븐을 떠날 필요가 없었다. 헤븐을 떠났던 어머니가 돌아온 것이었다.

사모가 에덱에게 말했다.

"네 엄마는 아직 '사탄'에 사로잡혀 있어서 출퇴근 방식으로 헤븐을 오가는 거야. 네가 엄마를 설득해야 해. 헤븐의 품으로 완전히 돌아오도록."

에덱은 어머니를 설득하기는커녕 제대로 눈을 맞추는 것도 어려웠다. 어머니는 에덱을 외면했다. 한 번은 어머니 뒤를 몰래 쫓아간 적이 있었다. 헤븐 숙소의 문을 나설 때 본가에서 숙소로 오는 사모와 길목에서 마주쳤다. 바깥출입이 금지된 시간이었지만 사모는 모른 척해 주었다.

에덱은 어머니 집 앞 식료품점에서 장을 보는 어머니를 지켜보았다. 어머니는 가게 앞에 웅크리고 앉아 있는 에덱을 보고 소스라치게 놀랐다. 그리고 말했다.

"다신 이런 짓 하지 마. 날 찾아오지도 말고 아는 척도 하지 마라. 난 이미 충분히 대가를 치렀어."

어머니는 에덱이 어머니 자식이 아니라 헤븐의 아이라고 못 박았다. 어머니에게는 자식이 헤븐에서 낳지 않은 아이 둘뿐이라고 했다. 에덱은 헤븐으로 돌아간 뒤 어머니를 봐도 더 이상 아는 체하지 않았다. 사모가 아무리 어머니를 설득하라고 야단쳐도 입도 뻥긋하지 않았다.

어느 날 에덱이 화장실에 들어가 있는데 문이 벌컥 열렸다. 문정이 문고리를 잡은 채 바지를 벗고 용변을 보고 있던 에덱을 무심히 지켜보더니 문을 닫았다.

에덱이 화장실을 나오자 문정이 바짝 다가와 물었다.

"사모가 왜 널 결혼시키지 않는 줄 알아?"

"모르는데."

문정은 짧게 한숨을 쉬곤 조용히 말했다.

"네가 사모한테 찍혀서 그래."

"난 잘못한 거 없어."

"잘못했다는 게 아냐."

문정은 뜻밖의 이야기를 들려주었다.

"사모가 너랑 자고 싶어 한단 얘기야. 넌 잘생겼어. 그래서 널 헤븐의 다른 여자애들이랑 짝지어주지 않는 거야. 샘이 나니까."

문정이 주위를 살피더니 꼬깃꼬깃 접힌 쪽지를 쥐어주었다.

에덱은 다음 날 그 쪽지를 그대로 문정에게 돌려주었다.

"무슨 말인지 하나도 모르겠어."

누군가 다가오자 문정은 종이를 그대로 입에 넣었다. 학교에 다니지 못한 에덱은 길고 복잡한 내용의 글은 제대로 읽을 수 없었다.

"너랑 긴 시간 대화할 수 없어. 알지?"

에덱은 고개를 끄덕였다. 보는 눈이 많았다. 헤븐의 아이들은 형제, 자매이자 수십 개의 살아 있는 CCTV였다.

"날 믿는다면 이제부터 내가 스쳐 지나갈 때마다 하는 말들을 전부 외워둬."

에덱은 문정을 믿었다. 에덱은 안 믿는 사람이 없었다. 헤븐의 목사와 사모도 여전히 믿었다.

"사모가 널 좋아하니까."

아침 기상 시간이 되어 체조할 때 문정이 옆에 섰다.

"넌 헤븐의 새로운 목사가 될 수 있어."

밥을 배식하면서 문정이 말했다.

"사모에게 잘 보여."

마스크가 담긴 박스를 전달하며 말했다.

"새로운 헤븐."

문정은 일대일 상담을 위해 목사 방으로 불려가기 전, 눈에 눈물을 머금고 입 모양만으로 말했다.

공부방을 청소하며 에덱이 말했다.

"헤븐의 주인은 지금 살아계신 목사님이야."

문정이 말했다.

"헤븐의 아이들은 맞고 굶고 나쁜 짓을 당해. 그런 주인은 바꿔야 해."

에덱은 재활용 쓰레기장으로 가며 말했다.

"목사님은 쓰레기통에 버려진 우리 아버지를 살려서 집으로 데려 가셨어. 밥을 주셨고 옷을 주셨고 형제들을 만들어주셨어."

문정을 분을 참지 못하고 쓰레기봉투를 발로 찼다.

"그건 이용하기 위해서야. 죽을 때까지 일을 시키려고."

에덱은 입을 꾹 다물고 고개를 저었다.

"아버지는 목사님께 항상 감사해야 한다고 했어."

확신은 없었다. 에덱은 아버지가 죽기 전 했던 말이 떠올랐다. 아버지는 어머니가 '사탄'에 씌어서 헤븐을 나간 게 아니라고 했다. 스무 살이 되면 헤븐을 떠나 어머니를 찾으라고 했다. 아버지는 죽기 직전 처음으로 헤븐의 목사, 사모가 했던 말을 부정한 것이었다.

문정이 말했다.

"에덱, 너 정말 모르겠어? 네 아버지는 헤븐의 목사와 사모가 죽인 거야."

머릿속이 고장 난 TV처럼 파지직하는 소리가 났다. 모든 사람에 대해 모순 없이 뒤섞여 있던 믿음이 산산조각 났다. 아버지를 믿는다면 헤븐의 목사와 사모는 믿을 수 없는 것이었다. 아버지를 죽인 사람들이 아버지의 은인이 될 수는 없었다. 에덱은 그날부터 문정이 시키는 대로 했다.

7년이 흘렀다. 에덱은 사모가 만나는 사람들, 회계사, 부동산중개업자, 자선사업가, 시의원, 경찰, 법조계 인사 들을 함께 만나는 사이가 되었다. 헤븐 지분이 반 이상을 차지하는 파라다이스 헤븐 호텔 클럽의 이사장이 되었다.

헤븐에 새 신도가 들어왔다. 소문이 무성한 신도였다. 딸을 잃고 헤븐을 찾아온 불쌍한 신도인데 돈이 많다고 했다. 새 신도는 헤븐에 전 재산을 기부할 거라고 공공연히 말하고 다녔다. 목사 부부는 새 신도를 특별 대우해 집사의 직위를 내렸다 심지어 설교를 대신 맡기기도 했다.

문정은 에덱이 새 신도 하 집사와 친하게 지내야 한다고 했다. 새로운 헤븐을 만드는 데 하 집사가 꼭 필요하다고 했다.

어느 날 하 집사가 헤븐에 배신자가 있다고 말했다. 배신자가 헤븐에 불만을 품고 방송국에 목사와 사모를 제보할 계획이라고 했다. 배신자는 다름 아닌 어머니였다.

문정은 어머니를 막아야 한다고 했다. 고지가 얼마 남지 않았는데 이대로 헤븐을 폭로하면 아무것도 이룰 수 없다고 했다. 로비를 받아먹은 검경 인사들이 죄다 징계를 받고, 목사 부부가 운 좋게 형사처벌을 받게 된다 해도 몇 년 후면 감옥을 나와 전처럼 살게 될 거라고 했다. 그동안 헤븐은 해체되고 아이들은 갈 곳이 없어지고 목사 부부는 숨겨둔 수백억 원의 재산을 고스란히 다시 손에 쥐게 될 거라고 했다. 새로운 헤븐을 만들 수 없다고 했다.

문정은 에덱에게 어머니 집에 직접 찾아가 폭로하지 못하게 설득하라고 했다. 설득이 통하지 않으면 어머니의 과거를 남편에게 낱낱이 알리겠다는 협박을 하라고 했다.

에덱은 어머니 집을 찾아갔다. 현관문을 열자 어머니가 남편과 싸우고 있었다. 어머니 남편이 어머니 목을 조르고 있었다. 에덱이 어머니 남편을 밀쳤다. 소파의 둥그런 턱에 어머니 남편의 머리가 부딪쳤다. 머리에서 피가 흐르기 시작했다. 미동이 없었다.

어머니는 울고 있는 에덱에게 도망가라고 했다. 에덱은 어머니 집을 빠져나와 헤븐으로 돌아갔다. 기다리던 문정은 에덱의 얘기를 다듣고 나서 모든 건 자신이 해결할 테니 걱정하지 말라고 했다. 에덱은 문정이 시킨 대로 호텔 꼭대기 층에 숨어들었다.

며칠 후 호텔 객실로 하 집사가 찾아왔다. 하 집사는 어머니가 행방불명되었으니 찾아야 한다고 했다. 에덱이 그러겠다고 하자 그는 들고 있던 노트북을 탁자 위에 올려놓았다. 에덱은 하 집사가 가리키는 노트북 화면을 보았다. 파라다이스 헤븐 호텔 객실과 똑같은 모습이 화면에 담겨 있고 그 안에 어떤 남자가 있었다.

하 집사는 화면을 가리키며 그 남자가 어머니 행방을 알고 있다고 했다. 에덱은 그 남자를 만나보겠다고 했다. 하 집사는 웃으며 기꺼이 만나게 해주겠다고 했다.

◆◆◆

지희 16세 일기 발췌 1

집안일을 해주는 이모는 우울증이 있다. 우울증이 뭔지 잘은 모르지만 이모가 그렇게 말했다. 내가 그동안 써온 일기장을 이모에게 보여주자 이모는 별말 없이 나를 물끄러미 보더니 함께 자기가 다니는 교회 공부방에 놀러 가보지 않겠느냐고 했다.

나는 계속 거절했지만 결국 내일 가기로 약속했다. 공부방 이름은 '헤븐 공부방'이다. 새로운 사람들을 만날 생각에 왠지 설렌다. 어쩌면 친구가 생길지도 모른다. 아빠에게는 내일 친구 생일 파티에 간다고 거짓말했다. 아빠는 친구 생일이 자주 있는 것 같다고 한마디 했을 뿐 별다른 말은 하지 않았다. 아빠는 회사 일 때문에 피곤해 보였다.

지희 16세 일기 발췌 2

공부방에서 동갑인 남자애를 만났다. 남자애는 공부방에 동생을 맡기고 저녁에 데려간다.

이모가 언제 동생과 같이 교회에 놀러 오라고 남자애한테 말했지만 남자애는 퉁명스럽게 말했다. 뭐하러 이딴 사이비종교를 믿느냐고. 나는 뭐 이런 애가 다 있지 싶었다. 동생을 맡겨놓는 주제에 너무 당당했다. 화가 나서 이모한테 말했다. 그 남자애한테 동생 맡기지 말라고, 따끔하게 말해줘야 한다고 했다. 이모는 그 남자애가 동생과 단둘이 살아서 그럴 수 없다고 했다. 어떻게 열여섯 살짜리 애가 동생과 단둘이 살 수 있지? 나는 말이 안 된다고 생각했다. 그 아이들이 보육원에 들어갈 수 있게 도와줘야 하는 거 아니냐고 했다. 이모는 그 아이들이 이미 보육원에서 도망쳐 나온 애들이라고 했다.

지희 16세 일기 발췌 3

그 남자애는 속눈썹이 무척 길다. 눈동자는 진하고 깊다. 그 남자애는 완전히 바보 같지만 그 남자애는……

◆◆◆

원미가 바라는 일은 다 이루어지고 있었다.

지희가 되었고, 부자 아빠가 생겼고, 현실에서 원미를 외면했던 아이들이 다시 친구가 되었다.

밤이 되어 침대에 누울 때면 생각했다.

'과연 지희 아빠가 바라는 게 뭘까.'

게임 속에 집어넣은 건 괴롭히고 고통을 주기 위해서라고 생각했는데, 막상 들어와 보니 그렇지 않은 것 같았다. 원미가 지희를 죽였다고 생각한다면 게임 속에서 이렇게 행복하게 살게 해줄 리 없었다. 지희 아빠 캐릭터도, 다른 게임 캐릭터들도 그렇게 원미에게 잘해줄 리 없었다.

이곳에서 원미는 전지전능했다. 현실에서 원미가 지희에게 품었던 환상 그대로였다. 현실의 지희처럼 일탈을 벌이지만 않는다면 상황이 나빠질 일은 없었다. 원미는 과거에 '내가 지희라면 저렇게 하지 않았을 텐데' 하고 안타까워했던 일들은 모두 피하고 지희라서 누릴 수 있는 행운을 마음껏 누렸다.

어쩌면 지희 아빠가 바라는 게 이런 것일지 모른다는 생각이 들었다. 죽은 딸을 대신해 게임 속에서 더 완벽해진 딸을 키우는 것 말이다. 그러니까 지희 아빠는 살아 있는 자신을 게임 속에 집어넣어 지희로 살게 하면서 대리만족을 느끼고 있는 것이다.

원미는 감당할 수 없는 현실로 돌아가고 싶지 않았다. 어머니와 오빠도 걱정되지 않았다. 서로에게 무관심한 가족이었다. 알아서 잘 살아갈 것이었다. 오빠는 차라리 내가 눈앞에 안 보여서, 방 한 칸을 혼자 차지할 수 있어서 잘됐다고 생각할지도 몰랐다.

지희가 된다는 것, 그 불가능한 일이 마침내 이루어졌다. 원미는 그보다 더 좋은 일은 상상해본 적이 없었다.

'게임 속이면 어때.'

이곳이 가상현실이라는 건, 가짜 세상이라는 건 아무런 문제가 되지 않았다. 원미로 사는 동안 흐릿했던 자아가 이제야 살아 숨 쉬는 듯 선명해졌다.

딱 한 가지 애써 누르고 있는 문제가 있긴 했다. 최대의 골칫거리는 바로 과거의 원미였다. 원미는 지희가 되고 나서야 자신이 얼마나 지희에게 집착했는지를 깨닫는 중이었다. 지희와 얼마나 친해지고 싶어 했는지, 곁에 있고 싶어 얼마나 노력했는지를. 아니, 원미가 느끼는 건 그 이상이었다. 지희가 된 원미는 과거의 자신, 게임 속 과거의 원미에게 공포를 느끼고 있었다. 지희의 자살 이유가 정말 과거 자신에게 있을지도 모른다는 불안감이 서서히 엄습했다.

원미는 이불을 목까지 끌어올렸다. 온몸을 감싸자 기분이 좀 나아졌다. 날씨가 아침저녁으로 부쩍 쌀쌀해졌다. 가상현실에서 계절이 바뀌는 것을 실감하자 이제 정말 이곳이 현실인 것 같았다. 진짜 현실로 돌아가고 싶지 않았다. 푹신한 침대에 누우니 온종일 철저히 지희로 사느라 쌓인 피로가 온몸으로 느껴졌다. 기분 좋은 피로였다.

원미는 눈을 감았다. 나쁜 생각은 하고 싶지 않았다. 잠재적인 문제는 무시하고 싶었다. 지금의 행복감을 깨고 싶지 않았다.

．．．

'헤븐'은 소외된 아이들을 위한 지상 천국이었다. 헤븐의 아이들은 적절한 보육 환경에서 자라났고 협약을 맺은 기관들의 도움을 받아 각자의 꿈을 펼쳐나갔다.

이 돈독한 협력 관계는 아이들이 성인이 된 뒤 취업을 하거나 사업을 하는 데도 유리했다. 헤븐의 아이들은 각 분야에서 공인된 엘리트로 성장했고 높은 성취를 이뤄냈다. 아이들은 독기를 품고 세상에 나아갔다. 헤븐의 구호를 외치며 아침 기상을 했다.

'부모 품에서 안전하고 연약하게 자란 아이들과의 경쟁에서 지지 말자.'

아이들은 강요하지 않아도 헤븐에 고마움을 가졌고, 자신이 성공해서 재산의 일부를 헤븐에 환원해야 더 많은 아이가 좋은 시스템의 혜택을 받을 수 있다는 강한 신념으로 똘똘 뭉쳐 있었다. 강인한 정신과 풍요로운 환경. 헤븐의 아이들에게는 두 가지가 모두 있었다.

새로운 기득권이 될 힘이었다. 원형은 에덱의 삶이 만족스러웠다. 에덱의 삶은 초라하거나 비겁하지 않았다. 때때로 아버지를 떠올리면 마음이 무거웠다. 아버지 죽음의 진실을 알고 싶기도 했고 동시에 알고 싶지 않기도 했다. 아무리 아버지가 잘못한 게 많다 해도, 의붓 아버지였다 해도 그 낡은 임대주택에 아버지 시체를 놔둔 채 홀린 듯이곳에 와서 돌아보지 않는다는 건 이상했다. 아버지 시신은 누가 어떻게 처리한 것일까. 그렇게 외면해도 괜찮은 걸까. 경찰은 왜 수사하지 않을까.

잠이 오지 않을 때면 너무 완벽한 헤븐이 의심스러웠다. 세상은 늘 불공평한 것이었는데 헤븐에 온 뒤로는 반대가 되었다. 역사상 유례없는 혁명이 이루어졌는데 세상은 평화롭기만 했다.

당장 자신조차 불안에 시달리는데 헤븐의 아이들에게는 그런 불안이 없을까. 투자자들은 어떻게 아이들의 성공을 확신할 수 있을까. 아이들이 성공하지 못한다면 헤븐은 어떻게 되는 것일까. 시스템이 굴러갈 수 있을까. 헤븐의 전폭적인 지원에도 성공하지 못한 아이들도 분명 있을 텐데 그런 아이들은 왜 눈에 띄지 않는 것일까.

상식적으로 헤븐의 아이들 모두가 성공할 리도 없는데.

몸을 뒤척이며 스스로 납득해보려 애썼다.

원형은 쉽게 잠들지 못하고 침실을 빠져나왔다. 몸을 움직이며 생각하다 보면 헤븐의 완벽한 시스템이 충분히 가능하다는 것을 스스로 납득하게 되지 않을까. 아니면 피곤해져 곯아떨어지기라도 할 것 같았다. 원형은 엘리베이터를 타고 헬스장이 있는 6층으로 갔다. 엘리베이터 문이 열리자 웬 남자가 불쑥 고개를 내밀었다.

"저기요, 우리 어머니 아시죠?"

남자는 다짜고짜 이상한 말을 했다.

"어머니요?"

"아, 우리 어머니가 어딨는지 아신다고 그래서요."

어수룩한 말투와 잘생긴 얼굴이 부조화를 이루고 있는 남자였다.
원형은 클럽 콜드문 이사장답게 능숙하게 대응했다.

"손님, 어머니를 잃어버리셨군요. 그건 호텔 카운터로 문의를 주시면……."

"아닌데요. 저 손님 아닌데. 저 모르시겠어요?"

남자가 눈을 동그랗게 떴다.

"저는 잘……?"

"아이, 참 인사부터 드리지 못하고."

남자는 자기 머리를 쥐어박으며 혼잣말을 중얼거리더니 고개를 깍듯이 숙여 인사했다.

"저는 에덱이라고 합니다."

"뭐라고요?"

원형이 놀라서 되묻자 남자가 말했다.

"에덱이요. 헤븐에서 쓰는 이름이거든요."

◆◆◆

헤븐 관계자와 아이들을 태운 유람선이 하와이 부근 북태평양 한가운데를 항해 중이었다.

건기의 하늘은 늦은 오후임에도 화창했다. 순영은 갑판 위에 서서 맹렬한 바닷바람을 맞고 있었다. 짙은 갈색으로 염색한 머리카락과

긴 보라색 드레스의 밑자락이 바람에 펄럭거렸다. 이제는 자신이 꽤 괜찮은 사람이 된 것 같았다. 순영은 과거를 회상하며 언제나 자신에게 훌륭한 어른이 필요했다고 생각했다. 원형과 원미에게도 역시 그런 훌륭한 어른이 필요하다고 생각했다.

부모님, 헤븐의 목사와 사모, 그 뒤에 만난 남편까지 그들은 모두 훌륭한 어른이 아니었다. 인생에 중요한 영향을 미친 사람들은 모두 무자비했다. 그들을 오랜 시간 사랑하고 순종했던 시간이 끝나자 남은 것은 회한뿐이었다.

그럼에도 죽을 때까지 그들과의 일상을 꾸역꾸역 버텨내는 수밖에 없었다. 순영은 다른 방도는 없을 거라고 생각했었다. 하지만 이제 더 이상 자포자기한 심정으로 버티지 않아도 되었다. 남편은 죽었고 그토록 찾아 헤맨 끝에 만난 훌륭한 어른, 상원이 순영을 지켜줄 것이었다.

"춥지 않으세요?"

문정이 다가와 물었다.

"괜찮아."

순영은 드레스 색깔과 비슷한 와인이 담긴 잔을 문정이 가져온 나무 쟁반에 사뿐히 올려놓았다.

"마무리는 잘 돼가고 있지?"

"네."

문정은 흥겨운 연회 소리와 번쩍거리는 노란 샹들리에 불빛이 새어 나오는 유람선 객실 쪽에 눈길을 주었다가 고개를 돌렸다.

"에덱의 역할이 컸어요. 투자자들 모두 인간적으로 에덱을 좋아해요. 어려운 환경 속에서도 순수하게 자란 헤븐 아이들의 상징이잖아요. 물론 최상원 대표님의 기획과 자본이 없었다면 처음부터 불가능한 일이었겠지만."

"그렇지."

순영의 표정이 어두워졌다가 다시 밝아졌다.

"지금 상원 씨는?"

"안에서 투자자들과 가족이데아의 미래에 대해 말씀 중이세요."

"아이들은?"

"좀 가만히 앉아 있으라고 해도 뛰어다니며 놀고 있네요."

문정 뒤에서 상원이 다가왔다. 순영은 애정이 담긴 눈빛으로 상원을 바라보았다.

"어때요? 사람들 반응은?"

"기대에 부풀어 있죠. 유니콘 기업의 탄생이라고 모두 들떠 있어요. 다 당신 덕분이에요."

순영은 손사래를 치며 수줍게 말했다.

"제가 뭘요. 전 아무것도 한 게 없는데. 다 상원 씨가 한 일이죠."

상원이 순영의 팔을 감싸 안으며 문정에게 눈짓하자 문정은 조용히 물러났다.

둘만 남자 상원은 짐짓 목소리를 낮게 깔았다.

"그렇지 않아요. 순영 씨가 아니었으면 난 아직도 헤븐이 좋은 곳이라고 생각했을 거예요."

"전 그저 고마울 뿐이에요. 상원 씨가 제 말을 믿어준 거. 헤븐의 목사와 사모가……."

상원이 주위를 살폈다.

"쉿. 아직은 조심해야 해요."

"알았어요."

순영의 목소리가 바로 작아졌다.

"아이들 보고 싶어요?"

순영은 말없이 고개를 끄덕였다. 상원은 웃으며 태블릿을 내밀었다.

"봐요."

순영은 태블릿 게임 화면 속 원형과 원미를 보았다. 에덱이 된 원형과 지희가 된 원미는 모두 행복해 보였다. 그 아이들이 마땅히 누렸어야 할 지위, 환경을 누리며 잘살고 있었다. 눈물이 고였다. 이제 행복해져서 다행이었다.

화면 속 원형과 원미의 얼굴을 손가락으로 쓰다듬었다. 보고 싶지만 이렇게 서로 떨어져 있는 게 더 낫다는 걸 알았다. 무엇보다 아이들이 게임 속에서 만족하며 지내는 게 눈으로 보이니까 좋았다. 욕심은 금물이었다. 사태가 마무리되면, 남편의 죽음이 이대로 묻힌다면 그때 게임 속에서 빠져나온 아이들을 만날 생각이었다.

게임 설정상 원미는 만나지 못하지만 원형의 게임에는 직접 들어갈 수 있어서 그런대로 아쉬움을 달래고 있었다. 문정과 함께 가족이 데아에 접속해 원형이 에덱이 될 수 있도록 도울 수도 있었다. 순영은 아이들을 보며 다시 한번 태블릿 화면을 쓰다듬었다. 앞으로 좋은 일만 있을 거라는 희망이 생겼다.

문득 남편이 죽은 이후 보지 못한 에덱이 떠올랐다. 잘 있는지 신경 쓰였다. 애써 외면했던 아이였다. 헤븐에서 낳은 아이 에덱은 태생부터 저주받은 아이였다. 순영은 오랫동안 그 아이를 만나지 않고도 미워했다. 에덱은 자신과 무관하다고 서둘러 단정하고 머릿속에서 치워버리려 했다. 에덱, 그 불쌍한 아이는 아무 잘못이 없다는 것을, 아무 죄도 짓지 않았다는 것을 알았다. 하지만 그 아이를 떠올리는 것만으로도 헤븐에서 보낸 유년기가 떠올라 불쾌했다.

상원이 부드럽게 말했다.

"이제 아이들을 곧 만날 테니 마음의 준비를 해둬요. 언제까지 비밀로 할 수는 없으니까요."

"네."

순영은 슬픈 눈으로 상원을 보았다. 미안한 마음이 들었다. 내 아이들은 멀쩡히 살아서 행복한 시간을 보내고 있는데 상원의 딸아이는 예전에 죽고 만 것이다. 그럼에도 상원은 원형과 원미를 자기 아이처럼 챙겨주고 있었다. 가상현실 속에서 원미를 자기 딸아이로 만든 것만 봐도 알 수 있었다. 순영은 원미가 상원의 딸인 지희와 친구 사이였다는 걸 몰랐다. 원미가 그토록 지희를 잘 따랐다는 것도 상원이 말해줘서 알았다. 지희는 참 바람직하게 자란 예쁘고 귀한 딸이었다.

상원을 만난 건 기적 같은 일이었다. 기이한 인연이었다. 딸을 잃고 덥수룩한 얼굴로 헤븐에 새로 들어온 신도. 남편의 중학교 후배. 게임회사 이데아 소프트 대표. 그리고 이제는 가상현실 자선단체, 사단법인 이데아 멤버스 대표. 마치 순영을 만나기 위해 그런 인연들이 차곡차곡 다리를 놓아준 것만 같았다. 이제 상원은 순영의 구원이자 미래를 꿈꾸게 해주는 남자였다. 순영은 동경 어린 눈빛으로 상원을 바라보았다.

"순영 씨, 우리 잠깐만 들어가서 얘기할까요?"

상원이 객실을 가리키며 말했다.

◆◆◆

학교 복도에서 마주친 남자친구가 인사도 없이 쌩 지나쳤다. 잠깐 눈이 마주쳤을 때 원미는 웃으며 손을 흔들었지만 그는 은테 안경을 슬쩍 올리더니 입꼬리에 미동도 없이 고개를 삭 돌리고 가버렸다.

'저 새끼가.'

민망해진 원미는 욕이 나오려는 걸 참으며 어색하게 흔들었던 손을 내렸다.

'지희처럼 행동해. 지희처럼.'

복도를 재빨리 훑어봤는데 지켜보던 애들이 대략 열 명은 넘었다. 아무래도 소문이 금방 퍼질 것 같았다. 지희와 모범생 남자친구의 애정 전선에 문제가 생기는 건 전교생의 가십거리였다.

후폭풍은 예상보다 일찍 찾아왔다. 1교시 수업이 끝나자마자 반 아이들이 원미 책상 주위로 우르르 몰려들었다.

"지희야, 네 남친 왜 그래. 둘이 뭔 일 있어?"

"너라면 껌벅 죽는 애가 아침부터 냉기 오지게 흐르니까 그렇지."

"봐! 원래 쉬는 시간마다 찾아오는 애가 안 오잖아."

"느낌 쎄한데. 혹시 네 남친 다른 여자 생긴 거 아니니?"

원미는 입을 꾹 다물고 참으며 2교시가 시작되길 기다렸다. 1교시가 시작되기 전에 문자를 보냈지만 남자친구는 답장을 보내지 않았다.

걱정하는 척하면서 실은 고소해하고 신나 하는데, 헤어지기라도 하면 얼마나 피라냐처럼 물어뜯을지 불 보듯 뻔했다. 아이들이 거의 숨 쉴 틈도 없이 몰아붙이는 통에 원미는 정신이 나갈 지경이었다.

자기들이 떠받들며 만들어준 종이 성좌를 자기들 손으로 찢어발겨야 만족하는 족속들. 사람을 구름 위로 올렸다가 조금의 흠집이라도 보이면 사정없이 패대기치는 게 그 족속들 패턴이었다. 그걸로나마 힘을 과시하려는 것들. 원미는 끄떡없다는 미소를 지어 보였다. 지희가 앉은 왕좌는 위협받는 순간일수록 튼튼한 척이라도 해야 버티고 지킬 수 있는 것이었다.

'너희들은 평생 진짜 사랑이라는 건 못 할 거야. 그저 빛나서 좋아

할 뿐이잖아.'

지상에서 빛날 땐 좋아하다가 빛을 잃고 땅으로 내려와 자신들과 같은 인간이라는 걸 깨달으면 순식간에 돌아서는 게 그들이었다. 애정만 바닥까지 긁어모아 회수하면 다행이지만 기어이 벌레만도 못한 존재로 만들어야 직성이 풀리는 것들이었다. 지희는 그 아이들이 죽인 것이었다.

3교시 끝나고 남자친구에게 답장이 왔다.

[너 클럽 갔었다며?]

사색이 된 원미는 서둘러 답장을 보냈다.

[점심시간에 제2휴게실에서 봐.]

휴게실에서 만난 남자친구는 뜻밖의 이야기를 꺼냈다.

"내가 너 클럽 간 것 때문에 이러는 것 같아?"

남자친구가 핸드폰을 들이댔다. 화면에 댈구와 지희가 입맞춤하는 사진이 있었다.

"그, 그거 옛날 사진이야."

원미는 기겁했다. 가능한 일이 아니었다. 믿을 수 없었다. 게임 속에서 지희의 선택을 다 바꾸었는데 어떻게 그 사진이 남아 있는 걸까.

"누가 보냈어?"

"원미."

언제나 애정이 담겨 있던 모범생 남자친구의 눈빛은 경멸 가득한 눈초리로 바뀌어 원미를 쏘아보았다.

"원미가 그러더라. 네 취향이 원래부터 좀 이상하다고. 내가 네 이중생활 감춰주는 만만한 모범생이라서 어울리는 거라고."

과거의 원미가? 왜…… 그런 말을 했을까. 걘 무조건 내 편이어야 하는데.

원미는 남자친구가 나간 뒤에도 한참 동안 휴게실에 남아 생각했다. 그동안 과거의 원미에게 거의 신경을 못 쓴 건 사실이었다. 친구들과 생일 파티에 간다는 얘기도 하지 않았고 교실에서도 같이 말 한마디 나눈 적이 없었다. 사실 거의 신경 쓰지 않아 교실에 있는지도 몰랐다. 원미는 어느 순간부터 과거의 원미가 창피스러웠고 주저리주저리 떠드는 이야기들이 부끄러웠다.

과거의 원미가 하는 가족 얘기는 수위가 너무 심했다. 원미가 부모님이나 그들이 사는 집에 대해서 하는 말들을 반 아이들은 조금도 믿지 않았다. 서로 눈짓을 주고받으며 비웃었다.

"원미 걔 하는 말 다 거짓말이야. 관심받으려고 쇼하는 거야. 역겹지 않니?"

그 후로 원미는 다른 친구들과 노는 자리에 과거의 원미를 부르지 않았다.

아무리 지희라 해도 과거의 원미와 계속 같이 다니면 지위가 떨어질 수 있다고 생각했다. 원미는 지희의 빛나는 성좌에 흠집을 낼 만한 모든 것을 배제하고 싶었다. 과거의 원미를 보는 게 괴로웠다. 원래 나였으니까 통제할 수 있다고 믿었는데 고장 난 기계처럼 제멋대로 움직이고 있었다.

　과거의 원미는 마치 구동을 멈춘 로봇처럼 교실 안 자신의 책상 의자에 앉아 꼼짝도 하지 않았다. 원미의 관심이 멀어질수록 과거의 원미는 투명 인간이 된 것처럼 점점 보이지도 않게 되었다. 이제 어쩔 수 없었다. 게임 속에 남기로 한 이상, 과거의 원미는 방해만 될 뿐이었다. 원미는 자신이 지희를 가장 아끼고, 지희의 모든 것을 선망하며, 지희가 꽃길만 걷기를 바라는 최고의 친구이자 팬이라고 생각했다. 그런데 어쩌면 그게 아니었을 수도 있다는 생각이 들었다.

　이 결점투성이의 인간과 지우고 싶은 부끄러운 과거를 그대로 두고 볼 수 없었다. 담판을 지어야 했다. 학교 안을 샅샅이 뒤져봤다. 과거의 원미는 어디에도 보이지 않았다. 원미는 급하게 과거의 원미에게 문자를 보냈다.

　[학교 끝나고 우리 집에서 얘기 좀 해.]

　1초 만에 답장이 왔다.

　[그래.]

◆◆◆

지희 17세 일기 발췌 1

　'헤븐' 공부방 남자아이와 같은 고등학교, 같은 반이 되었다.

지희 17세 일기 발췌 2

반 아이들은 모두 그 애를 댈구로 부른다. 나도 개 이름을 내 일기장에 적고 싶지 않지만 댈구한테도 칭찬해줄 만한 구석은 있다. 오늘 댈구한테 아이돌 연습생을 해보라고 했는데 개는 나중에 과거 들키면 좆된다고 농담처럼 말하더니 그런 것도 돈이 많이 들어서 받쳐주는 사람이 있어야 하는 거라고, 만약 뽑아주는 회사가 있다고 해도 동생을 함께 받아주는 회사는 어디에도 없을 거라고 했다. 댈구는 아직 돌봄을 받아야 할 나이에 동생을 돌본다.

댈구는 나와 같은 열여섯 살이다. 아빠는 내 꿈에 대해 묻는다. 아빠는 나를 위해 앞으로도 든든히 지원해줄 것이다. 하지만 댈구한테 꿈이 뭐냐고 묻는 사람은 아무도 없다. 나는 안다. 왜 아무도 댈구한테 그런 걸 묻지 않는지. 그 애는 나와 똑같은 인간이지만 댈구의 운명은 이미 결정된 것이나 다름없다. 길고양이나 유기견처럼.

엄마가 날 버렸듯이 아빠가 날 버렸다면 나도 댈구처럼 됐을지 모르는 일이다.

◆◆◆

"무슨 일 있어요?"

객실 문을 닫은 순영은 조심스러운 상원의 태도에 긴장했다.

"기쁜 소식이 있습니다. 우리 핵심 투자자 중 한 분이 이번에 최고 금액을 투자하기로 하셨어요."

순영은 박수를 치며 좋아했다.

"그거 정말 잘됐네요."

"순영 씨, 우리 사업이 어떤 건지 잘 알고 있죠?"

"헤븐의 아이들이 꿈과 희망을 품고 살아갈 수 있도록……."

"가족처럼 지원해주는 사업이죠."

순영의 말을 상원이 받아 마무리했다.

"우린 이 사업을 꼭 성공시켜야 합니다. 가족이데아 사업은 투자자 도움 없이는 불가능해요."

"그럼요. 알고 있어요."

"아까 말한 그 투자자 말이에요. 아이들을 정말 좋아해요. 아이들과 함께 있는 것을 즐거워하시는 분이세요."

"그러니까요. 그런 분이라 가족이데아 사업에 공감을 많이 하셨나 봐요."

"근데 그분이 오늘 밤에 아이들과 함께 놀아주고 싶다고 하시네요."

순영은 이번엔 금세 대답하지 못했다. 어쩐지 머리털이 곤두서면서 불길한 느낌이 들었지만 애써 가라앉히며 되물었다.

"네?"

상원이 또 이야기를 꺼내고 싶지는 않다는 듯 힘주어 말했다.

"그분이 아이들과 놀고 싶어 합니다."

순영은 자기도 모르게 고개를 젓고 고개를 푹 숙였다.

"네, 들었지만 그게 무슨 뜻인지……."

"순영 씨, 이 얘기는 우리 둘만 알고 있기로 해요. 밖으로 얘기가 나갈 때는 와전되기 마련이잖아요?"

상원은 손목시계를 확인했다.

"두 시간 뒤 열 시에 스위트룸 오션뷰 A77호실로. 부탁드릴게요."

"저기, 상원 씨!"

순영이 나가려는 상원의 팔을 붙잡았다. 상원은 걸음을 멈추고 순영을 보았다.

"상원 씨가 얘기하는 게 설마……."

"설마. 뭐요?"

상원은 아무것도 모른다는 듯 순영을 보았다.

"아니, 아니에요. 아무것도. 전 상원 씨를 믿어요."

상원은 고개를 끄덕였다.

"순영 씨, 다른 건 생각하지 말아요. 오로지 새 사업의 성공만 생각해요. 헤븐의 아이들, 또 순영 씨 아이들의 밝은 미래만 생각해요."

"아이들의 밝은 미래……."

중얼거리던 순영은 갑자기 끔찍한 현실을 떠올리곤 상원의 팔에 매달렸다.

"하지만 남편이, 죽었잖아요. 만약 제가 감옥에 간다면 우리 아이들은."

상원은 목소리를 낮추고 말했다.

"남편 시신은 어젯밤 바닷가에 버렸잖아요."

상원은 순영이 바라는 대로 믿음직스럽게 웃어 보였다.

"순영 씨가 잊고 싶은 과거와 함께 북태평양 한가운데 영원히 묻힌 거예요. 아무도 찾지 못합니다."

◆◆◆

지희 17세 일기 발췌 3

사실 나는 댈구에 대해 별로 아는 게 없고 알고 싶지도 않다. 돈이 되는 일이라면 뭐든 한다는 정도만 알고 있을 뿐이었다. 꼭 그렇게 사는 방법밖에 없을까. 다른 대안이 없을까 생각한다. 하지만 나는 겨우 고1이고 내가 걔한테 해줄 수 있는 건 아무것도 없다. 조금, 어쩌면 조금 많이 자유를 억압하고 편하고 안전하게 사는 방법도 있을 것이다. 하지만 댈구는 그렇게 살지 않는다. 복잡할 땐 그저 이건 댈구가 택한 삶의 방식이라고 생각해버린다. 그러면 마음이 편해진다.

지희 17세 일기 발췌 4

나쁜 놈. 말을 꼭 그렇게밖에 못 하는 걸까. 그런 녀석과 애초부터 친하게 지내는 게 아니었다.

◆◆◆

"혹시 헤븐에 같은 히브리어 이름을 가진 사람들이 있나요?"

에덱은 잠시 생각해보더니 말했다.

"아, 아뇨, 없는데. 다 달라요."

원형은 참았던 숨을 내뱉었다.

"그렇다면 이상한 일이네요. 저도 에덱이거든요."

"진짜요? 나랑 이름이 똑같다고요? 헤븐 사람이고요?"

"네, 아무래도 저희 어머니와 여동생을 만나서 물어봐야 할 것 같아요."

원형은 에덱과 엘리베이터를 타고 지하 1층으로 내려갔다. 내려가는 동안 에덱은 불안해 보였다. 손을 가만두지 못하고 계속 만지작거렸다. 시선은 줄곧 아래를 향해 있었다.

이렇게 모자라 보이는 사람이 에덱을 사칭할 리는 없을 것 같은데, 어머니와 동생이 거짓말을 한 걸까. 하지만 말이 되지 않았다. 거짓말을 한 건 어머니와 동생뿐만이 아니었다. 문정과 그 많은 헤븐 사람도 모두 나를 에덱이라고 했었다.

두 사람은 엘리베이터에서 내리자마자 '관계자 외 출입 금지' 팻말이 붙은 문을 향해 복도를 걸어갔다.

"집사님이 알려줬어요."

"집사님?"

"네. 전 재산 기부한다고 해서 헤븐에서 되게 유명한 사람 있잖아요. 델레트도 저한테……."

에덱은 뭔가 말하려다 급하게 입을 다물었다.

"아, 이건 아무한테도 말하지 말라 그랬지."

"방금 델레트라고 했어요? 문정 씨?"

"네, 문정이를 아세요?"

원형은 에덱에게 더 이상 묻지 않았다. 어쩌면 생각보다 심각한 일이 숨겨져 있다는 생각이 들었지만 예상할 수 없었다. 방 앞에 다다른 원형은 지문인식기에 엄지손가락을 갖다 댔다. 문은 열리지 않았다. 몇 번 더 시도하자 자동음성이 흘러나왔다.

'인식 실패. 등록된 지문이 아닙니다.'

"저, 잠깐만."

당황한 채 그대로 서 있자 옆에서 가만히 지켜보던 에덱이 슬쩍 자신의 엄지손가락을 내밀었다. 문이 철컥 소리를 내며 열렸다.

"와, 열리네."

원형은 갑자기 화가 난 것처럼 거칠게 에덱을 밀치고 먼저 안으로 들어섰다. 급하게 어머니와 원미를 불렀다.

"엄마! 원미야!"

안에선 아무 기척도 느껴지지 않았다. 원형은 순간 두려움에 휩싸여 어머니 방의 문을 열었다. 어머니는 흔적도 없이 사라졌다. 서둘러 원미 방의 문도 열었다. 원미도 없었다. 아까 잠을 자러 방에 들어가는 걸 똑똑히 지켜봤는데.

원형과 에덱은 집에서 나와 1층 로비로 갔다. 카운터를 살펴봤지만 사람이 아무도 없었다. 훤하게 불이 켜져 있었지만 지나다니는 사람 역시 한 명도 없었다.

두 사람은 주위를 살피며 한 발짝 한 발짝 앞으로 걸어갔다. 갑자기 어디선가 크게 철컹하는 쇳소리가 들렸다. 원형과 에덱은 고개를 홱 돌렸다. 두 사람은 소리가 들리는 호텔 입구 쪽으로 달려갔다. 그러자 굵은 쇠창살이 빠른 속도로 내려와 두 사람 앞을 가로막았다.

"이게 왜 갑자기."

에덱의 말이 끝나기도 전에 원형은 전화를 걸었다. 아무도 전화를 받지 않았다. 어머니, 원미, 문정, 호텔 매니저, 경찰까지.

원형과 에덱은 다시 엘리베이터를 타고 2층으로 올라갔다. 호텔 복도는 조용했다. 원형은 두리번거리다 입구에서 가장 가까운 객실 앞에 섰다.

"어쩌려고요?"

에덱이 원형 옆에 바짝 붙어 섰다.

"여기 지문인식기에 손가락 대봐요."

"그럼 안 되는데. 다른 사람 있는 객실 문 열고 들어가면 혼나는데. 큰일 나는 건데 그거는."

"아뇨, 괜찮아요. 만약 아무도 없으면 그때 진짜 큰일 나는 거예요, 우리."

"안 되는데."

한참 실랑이를 벌인 끝에 원형은 에덱의 손을 억지로 붙잡아 관리자 지문인식기에 댔다.

객실 문이 열렸고 아무도 없었다. 그 옆의 객실, 또 그 옆의 객실까지. 2층 전체 객실 문을 열었지만 전부 텅 비어 있었다.

"원래 여긴 비어 있는 곳이 아닌데. 주말마다 사람들로."

하지만 원형은 그 이야기를 누군가한테 전해 들었을 뿐이었다. 누구한테 전해 들었지? 호텔에 온 지 벌써 몇 달이 지났는데 직원들의 이름을 알지 못했다.

원형은 비상구 입구를 응시했다. 어느새 쇠창살로 굳게 닫혀 있었다.

"집사님 이름이 뭐라고 했죠?"

에덱은 허공을 보며 기억을 더듬었다.

"하 집사님이요."

하필 가족이데아에 등장했던 하 집사와 같은 성 씨라니 의아한 일이었다.

"혹시 당신 어머니 성함이 어떻게 되죠?"

"마르타?"

"혜븐 이름 말고요."

"순영이요, 정순영."

원형은 숨이 가빠왔지만 침착하게 다음 질문을 이어나갔다.

"저 만나기 전에 마지막으로 무슨 일이 있었는지 기억나세요?"

"어…… 그러고 보니까 하 집사님이 무슨 주스를 자꾸 마시라고 해서 한 잔 마시고."

"주스?"

"정신 차리고 나서 보니까 6층이었고, 당신이 엘리베이터에서 내렸어요."

원형은 헤븐에 처음 왔을 때가 떠올랐다.

"비슷해요, 패턴이."

"뭐가 비슷해요?"

원형은 결국 털어놓았다.

"당신 어머니 이름이 우리 어머니 이름이에요."

"와. 어떻게 그럴 수가 있지? 우리 둘도 이름이 똑같은데 어머니 이름까지!"

에덱은 아무것도 알아채지 못한 것처럼 신기해하더니 갑자기 원형의 등 뒤를 향해 팔을 크게 흔들며 소리쳤다.

"어, 저기 오신다. 저분이에요. 하 집사님!"

"하 집사?"

원형이 고개를 돌리자 저쪽 쇠창살 밖으로 하 집사가 가까이 걸어왔다. 그리고 하 집사 뒤에 그렇게 찾던 어머니가 있었다.

집이 예전처럼 편하지 않았다. 과거의 원미가 속마음을 꿰뚫어 볼 것 같았다.

자신이 지희가 아니라는 것을. 이 집이 내 집이 아니라는 것을.

원미는 과거 원미의 행동을 예측할 수 없어 불안했다. 지희가 되면 행복할 거라고만 생각했는데 자신의 행복을 근본부터 무너뜨릴 존재가 과거의 자신일 수도 있다는 생각은 하지 못했다.

원미는 기진맥진한 상태로 침대에 쓰러졌다가 책상 의자로 가 앉았다. 거울을 보며 자신의 얼굴을 더듬었다. 그토록 원했던 지희가 되었는데 이대로 무너질 순 없었다. 거울 뒤에 뭔가 보였다. 아침에 학교 갈 때까지만 해도 보지 못했던 상자였다.

원미는 상자 안을 확인했다. 손수건, 담배, 끈 달린 노트가 있었다. 원미는 그것들을 찬찬히 보다가 노트를 꺼내 들었다. 끈을 잡고 넘기자 펼쳐진 노트 한 귀퉁이에 글씨가 적혀 있었다.

[원미만 사라진다면.]

충격으로 몸이 가늘게 떨렸다.

'정말 지희가 이런 글을 썼을까?'

원미는 고개를 저었다.

'지희가 그럴 리 없지. 이건 지희 아빠가 지희에 대한 내 믿음을 시험하기 위한 함정이야.'

원미는 노트가 저주받은 물건인 양 박스 안에 쑤셔 넣고 다른 물건들로 그 위를 덮었다. 박스 뚜껑을 닫으려는데 담배와 라이터가 눈에 띄었다. 손이 저절로 떨려 왔다. 원미는 담배에 불을 붙이고 입에 문 채 생각에 잠겼다.

비 오던 날의 풍경이 생생했다. 지희는 그날 원미 동네를 찾아왔다. 자신에게 상담할 일이 있거나 댈구를 만날 일이 있으면 지희는 약속도 잡지 않고 무작정 찾아왔다. 지희에게는 늘 그럴 만한, 정당한 이유가 있었다. 자신만의, 자기를 위한 이유가.

두 사람은 옅은 글씨로 '임대 문의'라고 적힌 낡은 가게의 처마 밑에 나란히 앉았다. 지희가 본론을 꺼냈다.

"그 여자한테 자꾸 연락이 와. 이번 주말에 한 번만 만나재."

"만나면 되잖아. 그래도 널 낳아준 여잔데 뭐가 문제야."

"복잡해. 그 여자를 만나면 아빠를 배신하는 것 같아서."

마음에 걸리는 건 그날뿐이었다. 원미는 그날 화가 나 있었다. 댈구가 실종되고 어린 동생이 혼자 집에 있는데, 지희가 댈구에 대해서는 한마디도 하지 않았기 때문이었다. 그래서 지희 말을 제대로 들어주지 않고 먼저 일어났다.

다음 날 지희가 일요일에 집에 오라는 문자를 보냈지만 답장하지 않았다. 지희가 집에 초대하는 게 처음이어서 솔직히 가고 싶었지만 가지 않았다. 지희는 바로 그 주 일요일에 죽었다.

담배 연기를 내보내려 창문을 여는데 초인종이 울렸다. 원미는 피우다 만 담배를 급하게 끄고 상자 안에 도로 넣었다. 알고 싶었다. 도대체 무슨 일이 있었는지. 비록 자신의 머릿속에서 일어나는 일일지라도 제대로 추적하고 싶었다. 현관문을 열자 과거의 원미가 들어왔다.

과거의 원미는 뒷짐을 지고 방 안을 돌아다녔다. 어떤 흠집이든 있는 대로 다 찾아내겠다는 눈빛을 담은 거만한 표정으로.

한참을 서성이던 과거의 원미가 똑바로 쳐다보며 말했다.

"담배 피웠나 봐?"

"속상한 일 있어서. 너도 알잖아. 그래서 내가 널 부른 거."

과거의 원미는 말없이 고개를 끄덕였다. 원미의 말에 긍정해서라기보다는 무의미한 고갯짓에 가까웠다.

과거의 원미는 방을 전체적으로 휘 둘러보았다.

"세상이 너무 불공평한 것 같아. 누구는 그런 짓을 저지르고도 우리 집 거실보다 넓은 방에서 아침마다 눈을 뜬다는 게."

"그런 짓이라니?"

원미가 물었지만 과거의 원미는 대답하지 않고 피식 웃었다.

"어떻게 날 두고 친구 생일 파티에 갈 수 있니? 우린 둘도 없는 친구였는데."

"뭐야, 그거였어? 그것 때문에 남자친구한테 댈구와 찍은 사진을 보낸 거야?"

원미는 배를 잡고 웃었다. 지희는 상대방이 심각하게 여기는 일을 별일 아닌 듯 넘기는 데 탁월했다. 명랑하고 쾌활하게. 원미도 지희처럼 그렇게 태연하게 행동할 수 있었다.

"그 친구들 사이에 끼면 네가 안 좋아할 것 같아서 그랬어. 우리는 둘만 있을 때 재밌잖아."

"그래?"

"그럼."

"근데 말이야."

과거의 원미가 담뱃재가 묻은 책상을 손끝으로 문질렀다.

"왜 난 네 마음이 더럽고 힘들 때만 날 이용해먹고, 즐겁고 신나는 일은 네 그 가식적이고 생각 없는 친구들하고만 하는 것 같지?"

"어머, 아냐. 원미야……."

과거의 원미는 손을 들어 원미의 말을 막고는 책상 밑에서 상자를 꺼내 열더니 면도칼을 집어 들었다.

"왜 난 네가 날 만만하게 보는 것 같지?"

과거의 원미가 자신의 손목을 그었다. 핏방울이 책상 위에 후두둑 떨어졌다.

"원미야!"

"넌 나를 위해 아무것도 안 하잖아."

그 말을 듣자 원미 눈에서 눈물이 흘러내렸다. 과거에 원미가 하고 싶었지만 하지 않았던 말이었다.

원미는 과거의 원미를 보는 게 괴로웠다. 과거에 찍은 굴욕스러운 사진을 보는 것처럼 반쯤은 부끄럽고, 반쯤은 부정하고 싶은 심정에 사로잡혔다. 화를 내고 싶기도 했다. 하지만 다 틀린 반응이었다. 원미는 또 다른 원미에게 어떻게 해줘야 하는지 잘 알고 있었다. 진심 어린 위로. 비록 진심은 아니지만 적어도 진심처럼 보일 수 있는 위로를 전해야 했다.

"미안. 내가 그랬다면 정말 미안."

원미는 과거의 원미 손목을 낚아채 손수건으로 감싸주며 과거 지희에게 듣고 싶었던 말을 했다. 그러자 과거의 원미가 얼굴을 바짝 들이밀었다. 그리고 원미의 머리 양쪽을 꽉 누르며 속삭였다.

"다 알아. 댈구 네가 죽였잖아?"

모든 일이 휘몰아치듯 순식간에 일어났다. 과거의 원미가 원미를 베란다까지 밀어붙였다.

어느새 두 아이는 서로를 베란다 밖으로 떨어트리기 위해 엎치락뒤치락했다. 목을 움켜잡고, 어깨를 떠밀고, 몸을 밀어내고.

정신을 차리니 베란다 난간 밖으로 과거의 원미가 떨어지고 있었다. 아니, 아니었다. 과거의 원미, 일그러진 자신의 얼굴은 어느새 지희로 변해버렸다. 원미는 경악하며 그 광경을 지켜보았다. 지희가 앙상한 꽃나무 두 그루 사이로 떨어졌다.

땅바닥이 붉게 물들었다.

원미는 넋이 나간 듯 중얼거렸다.

'넌, 네 행운에 대한 책임감이 부족했어. 이제 내가 진짜 지희야.'

4부

이데아

지희 18세 일기 발췌 1

왜 하필 마약을 파느냐고 물어본 적이 있었다. 댈구는 '동생을 위해서'라고 했다. 나는 마약 판매와 동생이 무슨 상관이냐고 했다. 댈구가 말했다.

급식들 알바비는 적잖아. 다 그 돈으로 데려갈 수 있었어. 동생 좋아하는 공룡박물관, 테마파크, 아쿠아리움.

댈구는 동생이 똑똑해서 공부를 잘할 거고 더 훌륭한 사람이 될 수 있다고 했다. 자신과는 다른 인생을 살 수 있을 거라고 했다. 동생이 댈구보다 훌륭하게 클 거라는 건 당연한 말이었다. 그게 댈구가 마약을 파는 이유가 될 순 없다. 말도 안 되는 이유였다. 차라리 힘든 일은 하기 싫고 마약 파는 건 빨리 돈을 벌 수 있다고 말했다면 나았을 것이다. 돈만 벌 수 있다면 못 할 일 따윈 없다고 솔직하게 말했다면 좋았을 것이다.

별 뜻 없이 한 질문이었다. 손을 잡고 입을 맞추고 잠을 자고 오토바이를 같이 탈 때 빼고는 댈구가 끔찍하게 따분해서. 너무 거칠고 저질스러운 말을 하거나 반대로 아예 입을 다물어버리니까 한 질문이었다.

점점 지겹다. 댈구는 스스로가 자신의 행동을 말도 안 되는 이유로 포장하고 있다는 걸 모른다. 댈구는 완전히 바보 같고 위험하다. 댈구를 더 이상 감당하고 싶지 않다. 가볍게 살고 싶지만 도무지 그럴 수가 없다.

지희 18세 일기 발췌 2

댈구에게 헤어지자고 했다. 댈구는 그럴 수 없다고 했다. 나는 이제 연락을 받지 않겠다고 했다.

지희 18세 일기 발췌 3

이제 다 끝났다. 학교에서 내 위신이 떨어졌다. 댈구 때문이다. 그 자식이 나랑 사귄다고 말하고 다녔기 때문이다. 한 번만 더 헤어지자고 말하면 댈구가 내 나체 사진을 애들 핸드폰으로 보내겠다고 했다. 나쁜 자식. 멍청한 자식.

애들이 다가와 나와 댈구 사이를 물었다. 기어이 나를 진흙탕에 넘어뜨리고 싶은 눈빛으로. 나는 어떻게 댈구 말을 믿느냐면서 웃어넘겼다. 아무렇지 않은 척했다. 하지만 이 일이 아빠 귀에 들어가면 어떡하지. 그건 절대 안 된다. 아빠는, 아빠만은 절대 알아선 안 된다. 아빠는 충격받을 것이다. 내게 실망할 것이다. 어쩌면…… 나를 괜히 키웠다고 생각할지도 모른다.

지희 18세 일기 발췌 4

서로 좋게 끝낼 수 있었을 것이다. 서로 다치지 않는 선에서 조용히.

댈구는 내가 무엇을 가장 두려워하는지 잘 알고 있었다. 내 핸드폰을 뺏어가더니 아빠 핸드폰 번호를 내 앞에서 외웠다. 언제라도 아빠에게 사진을 보낼 수 있으니 조심하라고 했다. 댈구는 절대 건드리지 말아야 할 영역에 손을 댔다. 감히 아빠한테 보내겠다는 말을 하다니.

어쩔 수 없었다. 나는 댈구가 팔기 위해 집에 숨겨둔 마약의 일부를 훔쳐 변기에 버렸다. 댈구 휴대전화 역시 버렸다. 마약 밀매업자들은 댈구가 중간에서 마약을 가로챘다고 생각할 것이다.

◆◆◆

상원은 운전하는 동안 경제 뉴스 클립을 틀었다. 직접 출연한 프로그램이었다.

아나운서의 소개 멘트와 함께 스튜디오에 상원이 등장했다.

"컴퓨터공학도 출신으로서 게임회사를 거쳐 자선사업가가 되셨는 데요. 일각에서는 한국의 빌 게이츠다, 이런 얘기도 나오는데 어떠신 가요?"

"이제 1년 된 신생 기업에 그런 기대와 관심을 쏟아주시는 건 감사한 일이죠."

"과언이 아닌 게 '가족이데아'가 벌써 전 세계 모바일 게임 2위로 1년 만에 500억 매출을 달성했거든요. 저도 해봤는데요. 게임 속에서 새로운 가족을 만들고 그 가족들과 원했던 관계를 만들어내는 과정이 꽤 재밌더라고요. 제가 게임 속에 있는 그 캐릭터가 된 것 같고. 마치 또 다른 가족이 생긴 것 같은? 그런 착각도 들고요."

"네, 맞습니다. 게임 속 캐릭터들을 실제 가족처럼 느끼시는 분들이 많으세요. 게임에 더 빠져들수록 그렇죠."

"제가 드리려던 말씀이 그거였어요. 그 때문에 우려의 시각도 있는데요. 어떻게 생각하시나요?"

"가족이데아가 유해하다고 주장하시는 분들 얘기군요. 실제로는 그렇지 않습니다."

"최근에 한 저명한 심리학자도 방송에 나와서 가족이데아를 언급하셨어요. 보셨나요?"

"네, 그러셨더라고요. 한 번도 뵌 적은 없는 분이지만요."

"가족이데아가 심리치료에 도움을 주는 가상현실 노출치료 VRET

와 흡사한 부분이 있고, 그보다 더 탁월한 효과가 있다는 얘기를 하셨는데 맞나요?"

"네. 가족이데아를 만들면서 실제로 고려했던 부분입니다."

"게임을 하면 심리치료가 된다는 거네요."

"그런 셈이죠."

"요즘엔 부모님들이 아이에게 권장하는 경우도 있다고 합니다. 가족 내 갈등 해결 방법을 가족이데아를 통해 미리 시뮬레이션할 수 있어 학부모들 커뮤니티에서 회자된다고요."

"네. 맞습니다."

"놀라운 건 최상원 대표님께서 이 게임의 이익 절반을 불우한 아이들에게 기부하신다는 거잖아요. 근데 이게 단순히 의식주 해결을 목표로 하는 게 아니라고 들었어요. 어떻게 그게 가능한 건지 설명 좀 해주시겠어요?"

"생각보다 복잡한 개념은 아닙니다. 이미 북유럽 국가에서 선행하고 있는 인간의 평등성에 기반한 가치를 기업에서 가족이데아를 통해 실현하는 것이죠. 소외된 취약계층 아이들에게 평등한 기회를 주는 것입니다. 게임 수익의 절반이 이데아 멤버스에 등록된 사회적 약자, 아동들의 성장을 돕는 데 쓰입니다. 일방적인 기부가 아닌 그들이 원하는 교육과 인프라를 종합적으로 지원해주고 있죠."

"들으면 들을수록 최상원 대표님이 한국의 빌 게이츠라는 세간의 평가가 과언이 아니라는 생각이 드는데요."

"아닙니다. 이제 시작인걸요."

"이렇게 게임과 자선사업을 결합한 회사를 만들기까지 우여곡절이 있으셨다고요."

"네, 제가 죽음까지 생각하게 되었던 개인사가 있습니다."

"저런. 대체 무슨 일로."

"제가 2년 전까지 미혼부였거든요. 제 딸이 차별받지 않는 세상……."

상원은 자신의 의도적인 슬픈 표정이 얼마나 진심으로 보이는지 확인한 뒤 뉴스를 껐다.

차는 언덕을 넘어 추모관 앞에 다다랐다. 주말이라 사람들이 많았다. 상원은 추모관 안으로 들어서며 핸드폰 카메라를 켰다.

핸드폰 화면이 층층이 쌓인 유골함을 비추었다.

[여기예요, 아빠.]

지희 목소리가 들렸다. 상원의 핸드폰이 지희가 있는 유골함을 비추자 꽃과 메모지가 가득 장식된 화면이 나타났다.

'언제까지나 널 기억할게. 지희야.'

'사랑해, 내 친구 지희.'

지희 반 친구들이 들렀다 갔는지 화면 속 유골함 벽면에 많은 꽃이 꾸며져 있었다. 벽면 거치대에 핸드폰을 끼우자 지희의 아바타가 나타났다.

"그래도 네 얼굴 보면서 얘기하는 게 좋을 것 같아서."

상원은 서서히 일상을 되찾는 중이었다. 방 안을 어둡게 가리던 커튼을 젖히고 햇볕을 들였다. 이제 소파를 벗어나 침대에서 잠을 잤다.

회사에서 집에 돌아오면 가상현실 세계로 들어가 지희부터 찾는 일도 하지 않았다. 작은 집으로 이사를 했다. 상원은 온 정신을 새로운 사업에 쏟고 있었다.

"요즘 아빠한테 좋은 일이 많이 생기고 있어."

상원은 유골함이 들어가 있는 안치단의 유리 벽이 지희의 얼굴이라도 되는 듯 쓰다듬었다. 핸드폰 화면 속 지희는 상원의 말을 듣고 있다는 듯 천천히 눈을 깜박였다. 유골함의 위치를 찾아주고 사용자가 설정한 고인의 아바타를 핸드폰 화면으로 띄워서 볼 수 있는 서비스는 상원의 회사에서 만든 것이었다. 가족이데아보다는 훨씬 단순하고 조악한 형태의 AR 서비스지만 상원은 이 저사양의 서비스가 오히려 마음에 들었다. 너무 실감 나서 지희가 죽었다는 것을 받아들이지 못하는 일은 없어야 했다.

여전히 딸의 죽음은 안타깝고 슬픈 일이었지만 지금 상원의 마음가짐은 지희의 죽음 직후와 달라져 있었다. 들끓는 분노로 원미의 가족을 몰살하려는 계획을 세워놓았던 상원의 머릿속은 이제 도마뱀처럼 조심스럽고 주도면밀한 경계심으로 가득했다. 상원은 자신이 벌여놓은 이 엄청난 사태를 잘 수습해야 한다는 생각에 조심스러웠지만 한편으론 변함없이 자신감에 차 있었다. 예상과 다른 진실을 알게 되었음에도 평정심을 잃지 않았다.

상원은 원미가 지희를 죽게 했다고 확신한 뒤로 다른 결말은 생각하지 않았다. 지희의 일기를 읽어보기 전까지.

유서와 다름없는 지희의 일기는 가족이데아 초창기 버전을 만들었던 상원의 예전 컴퓨터에 들어 있었다. 상원은 이사를 하기 전 집을 정리하다가 오래된 컴퓨터를 발견하고 추억에 잠겨 전원 버튼을 눌렀다. 바탕화면에 이상한 문서 파일이 있었다. 지희가 9세부터 죽기 전까지 쓴 일기를 따로 발췌해 모아놓은 것이었다. 각 문서에는 암호가 걸려 있었다. 상원은 암호를 풀기 위해 지희를 돌봐주었던 사람들을 모두 찾아가 만났다. 거기서 지희에 대해 새로운 사실들을 알게 되었다. 일기를 읽어나갈수록 지희가 자신이 알고 있던 딸이 아니었다는 것을 알 수 있었다. 지희는 상원이 모르는, 전혀 다른 아이였다. 상원을 닮지도, 지희를 낳은 그 여자를 닮지도 않은 아이였다.

지희의 일기 발췌 문서는 유서나 다름없었다. 일기에는 상원이 예상치 못했던 중요한 인물이 등장했다. '댈구'였다. 지희 유서의 대부분은 그 남자아이에 대한 이야기였다.

상원은 진위를 파악하려고 지희 반 아이들을 통해 '댈구'의 존재를 확인했다. '댈구'가 이름이 아니라 위조 신분증으로 담배를 대신 구해다 파는 아이를 뜻한다는 것은 그때 알게 되었다. 반 아이들은 '댈구'가 오랫동안 학교에 나오지 않아 퇴학 처리가 되었고, 그전에도 학교에 잘 나오지 않았다고 했다. 상원이 댈구의 집 주소를 알아내 학교를 나서는데, 단발머리에 팔에 흉터가 있는 여자아이가 다가왔다. 여자아이는 팔을 감싸며 치가 떨린다는 듯 말했다.

"원미 걔 진짜 나쁜 애예요. 지희와 댈구가 사귀는 사이라고 학교에 소문을 퍼뜨린 게 걔예요."

상원은 더 자세한 사실을 알아내기 위해 원미와 같은 동네에 있는 댈구의 집을 찾아갔다. 단칸방에 혼자 형을 기다리고 있는 열두 살짜리 아이가 있었다.

상원이 핸드폰으로 원미 사진을 보여주자 댈구 동생은 단박에 알아보았다. 댈구가 실종된 뒤 최근까지 자주 집에 들렀고 돈을 주거나 먹을 것을 사다 준 게 원미라고 했다. 그럼 그렇지. 상원은 댈구가 사실 원미 남자친구고 두 사람이 함께 지희를 괴롭혀온 것이라 생각했다.

"그래, 네 형 여자친구가 원미라는 애지?"

아이는 고개를 젓고는 서랍장을 열어 네 컷 사진을 꺼내 보여주었다.

"아뇨. 이 누나예요."

상원은 떨리는 손으로 사진을 받아들자마자 가방 안에 쑤셔 넣었다.

"이건 아저씨가 갖고 있을게. 네 형을 찾을 증거가 될 수도 있으니까."

상원은 댈구 동생을 혜븐에 넘겼다. 지희가 댈구와 함께 찍은 네 컷 사진은 흔적도 없이 불태워버렸다.

그날 집에 와서 지희가 남긴 마지막 일기 발췌문을 읽었다. 상원은 지희가 남긴 발췌 문서를 모두 삭제했다.

상원이 느낀 감정은 수치심이었다. 미안함이나 절망감이 아닌 수치심. 지희가 자신이 알던 모습과 다르다는 것이 마치 게임을 출시한 뒤 프로그래밍 자체에 버그가 있었다는 것이 밝혀진 것처럼 당혹스러웠다. 예상치 못한 지희의 생각들, 단 한 번도 자신에게 털어놓지 않은 말들. 길을 잃은 것 같았다.

상원은 이미 원미네 가족들 삶에 깊숙이 들어가 있었다. 원섭이 죽던 날, 상원은 원섭의 핸드폰으로 순영과 에릭의 사진을 보냈다. 원섭 앞으로 2억5천만 원짜리 세금고지서가 날아들게 만든 것도 상원이었다. 원섭의 어리석은 질투심과 의심이 자기 자신을 죽음으로 내몬 것이지만 목적과 의도를 가지고 그들 가족의 파멸에 불씨를 지핀 건 상원이었다.

헤븐을 모티브로 만든 가상현실에 원형을 가두었고, 지희의 일기를 바탕으로 만든 가상현실에 원미를 가두었다. 자선사업 가족이데 아는 순영을 사업에 이용해 만든 결과물이었다.

이대로 포기할 수 없었다. 잘못을 인정할 수도 없었다. 상원의 잘못된 믿음과 착각으로 벌어진 이 사태는 묻어두어야 했다. 탄력이 붙은 사업을 중단하고 싶지 않았고, 지희가 죽은 것은 사실이니 누군가는 희생해야 했다. 헤븐의 아이들을 통솔하기 위해서는 계속 순영이 필요했다. 순영은 소중한 자산이었다. 상원을 무조건 믿고 따를 존재로서.

원미네 가족은 언제 무너져도 이상하지 않은 가족이었다. 주폭 아버지, 사이비종교 신자, 일진 여동생, 실패를 거듭하는 공시생. 그들이 하루아침에 몰살당한다 해도 안타깝게 여길 사람들은 이 세상에 없었다.

상원은 그들과 달랐다. 언제나 삶을 부지런히 성실하게 이끌어왔고, 이제 4백여 명의 직원을 먹여 살리는 게임회사 대표였으며, 최초의 가상현실 게임 '가족이데아'를 만든 게임개발자이자 오갈 데 없는 헤븐의 아이들을 거둔 자선사업가였다.

상원은 핸드폰 화면에 나온 지희의 아바타를 바라보았다. 보이지 않는 진실은 건드리고 싶지 않았다. 이데아 멤버스는 앞으로 해야 할 일이 많았다. 상원이 갈 길은 정해져 있었다.

"지희야, 아빠를 지켜봐주렴. 다 너를 위해 시작한 일이야."

상원은 말없이 눈을 깜박이는 지희의 아바타를 무심히 바라보다가 거치대에서 핸드폰을 뺐다. 지희의 아바타가 사라졌다.

◆◆◆

지희 마지막 일기 발췌

추락해도 다치지 않는 꿈을 꾸었다. 새처럼 빠르지만 편안하게 낙하하는 꿈, 긴 계단 꼭대기에서 포물선을 그리며 내려와 바닥에 사뿐히 착지하는 꿈을 자주 꾸었다.

크면서 그런 건 아빠가 만든 게임 속에서나 가능한 일이라는 걸 알게 되었다.

성인이 되면 많은 것이 가능해질지도 모른다고 생각했었다. 하지만 그런 기대에 차 있던 때조차 가끔 숨이 막혔다. 2년이란 시간이 끔찍하게 길게 느껴졌다. 삶의 끝에 뭐가 있을까. 더 빛나는 타이틀, 더 빛나는 위치를 점하게 되겠지. 그때도 들키지 않을 수 있을까. 내면의 불안을.

계속 어디론가 도망치고 싶지만 여전히 아빠에게 버림받을까봐 불안한 심정을.

끝이 없을 거라는 생각에 정신이 아득해진다. 지켜야 할 것들은 시간이 지날수록 더 늘어갈 것이다.

원미가 나를 압박한다. MW 이니셜이 새겨진 손수건을 내게 주었던 것처럼. 댈구의 실종이 나와 관련이 있다는 걸 눈치챈 것 같다. 집으로 원미를 초대했다. 얘기 좀 해보자고. 내가 어쩔 심산으로 원미를 부른 건지는 모르겠다. 무슨 얘기를 해야 할지, 어떻게 수습해야 할지 아직 아무런 대책이 없는데.

◆◆◆

원형은 쇠창살 맞은편의 어머니를 보았다.

"이건 현실이 아니에요. 그렇죠?"

"널 위해서였어. 원형아."

어머니가 하 집사 앞으로 나서며 말했다.

"이 호텔에 온 후로 쭉 가짜였던 거군요."

"네가 바라는 현실이지."

하 집사가 말했다.

"클럽에서 이상한 음료를 먹고부터였어요."

"사실 지금도 넌 먹고 있어. 모르고 있겠지만. 네 말처럼 이상한 음료는 아니야. 평범한 수면제 성분인데 정도가 약하달까. 네가 일주일 전 집에서 마주한 끔찍한 현실에서 구해준 훌륭한 음료수지."

"날 왜 여기에 가둔 거죠?"

"아버지 살해 현장을 목격하고 충격받은 널 구하기 위해서였어. 가상현실은 강력한 치료제니까."

"날 구하기 위해서였다고요? 당신이 어떻게 우리 아버지가 살해당한 사실을 알고 있는 겁니까? 우리 가족한테는 왜 접근했죠?"

하 집사. 이제 알게 되었다. 가족이데아 게임회사 대표 최상원, 아버지 후배 하진우, 어머니의 불륜 상대. 그는 한 사람이었다. 그가 아버지를 살해하고 우리 가족을 볼모로 잡은 것이었다. 원형이 입을 꽉 다물었다가 열었다. 목구멍에서 믿기지 않을 만큼 작은 목소리가 흘러나왔다.

"당신이 우리 아버지를 죽인 겁니다. 그렇죠?"

"아버지는…… 사고였어."

어머니가 말문을 열었지만 뒷이야기는 상원이 이어서 했다. 아버지가 죽던 날 어떤 일이 벌어졌는지, 어머니의 과거를 알게 된 아버지가 어떻게 어머니를 괴롭혔는지, 에덱이 어떻게 아버지에게 달려들었는지, 끝내 어머니가 어떻게 아버지의 목숨을 끊어놓았는지.

에덱은 가상현실 속의 자신이 아니라 어머니가 헤븐에서 3년 먼저 낳은 형이라는 것도.

"미안해, 원형아. 상원 씨가 한 말, 전부 사실이야."

원형은 비틀거리며 뒤로 물러났다. 앞에 있는 어머니도, 상원도, 옆에 있는 에덱도 모두 환영 같았다.

"아버지 목이 칼로…… 너무 잔인했어요. 왜 그렇게까지 하신 거예요, 엄마?"

지금까지 폭군 같은 아버지의 성미를 참아왔던 어머니가 돌변해서 아버지를 죽였다는 게 정말이지 믿기지 않았다.

"완전히 죽이지 않으면 안 된다고 생각했어. 네 아버지가 살아나면 다시 날 죽이려 들까 봐 어쩔 수 없었어."

원형은 묵묵히 서 있는 상원을 가리키며 소리쳤다.

"그럴 리 없어요. 저 사람이 시켰어요? 저 사람이 무슨 협박이라도 한 거예요?"

"아니야. 상원 씨는 날 도운 것뿐이야. 방법이 없어서, 너무 무서워서 내가 도와달라고 했어."

원형은 어머니 말을 곧이곧대로 믿을 수 없었다. 시점이 이상했다. 왜 하필 최상원 대표가 우리 가족 앞에 나타난 시점에 그런 일이 벌어진 걸까. 최상원은 왜 어머니 대리인 역할을 하고, 왜 어머니는 지금 아들 옆이 아닌 쇠창살 밖의 최상원 옆에 있는 걸까. 어머니가 최상원 대표와 짜고 아버지를 죽인 건 아닐까.

"이제 모든 게 잘 처리되었어."

어머니가 손가락으로 눈물을 훔치며 말했다. 어울리지 않게 밝은 어조였다. 떳떳한 말투였다. 그래도 30년 가까이 함께 산 남편인데. 어머니는 아버지를 살해한 무거운 현실을 실제보다 가볍게 받아들이고 있었다.

상원이 말했다.

"아버지 죽음에 대해 입 다물겠다고 약속하렴. 시체는 흔적도 없이 처리했으니 밖으로 알려지지만 않는다면 아무 문제 없을 거다. 네 어머니를 위해서야."

원형은 쇠창살을 잡고 얼굴을 가까이 들이대며 말했다.

"진실을 말해보세요. 왜 엄마한테, 우리 가족한테 접근한 거예요?"

에덱이 옆에서 중얼거렸다.

"하 집사님은 좋은 사람이야. 우리 어머니를 도와줬으니까."

원형은 에덱의 가슴을 한쪽 팔로 밀어붙이며 으르렁거렸다.

"닥쳐. 네가 우리 아버지를 밀쳐서 죽였어. 다른 방법도 있었을 텐데. 멍청한 자식이."

"원형아! 제발…… 네 아버지처럼 그러지 마."

원형은 에덱의 옷깃을 던지듯 놓고 쇠창살 가까이 다가갔다.

"어떻게 그런 말씀을 하실 수 있어요. 어떻게? 제가 얼마나 숨죽이며 살아왔는지 아시면서. 엄마를 위해서 꾹 참았어요. 아버지한테 반항 한 번 안 하고. 그런 제게 지금 아버지처럼 하지 말라고 하신 거예요?"

원형이 쇠창살을 쾅 내리쳤다. 세상에 쌓인 적대감을 만만한 아내와 자식에게 드러내던 아버지의 눈빛으로. 어머니가 미웠다. 어머니 인생이 비참하다는 게 미웠고 함부로 미워할 수도 없다는 게 미웠다. 어머니도, 아버지와 비슷한 감정을 불러일으키는 사람이었다. 미숙하고 불안정한 애착을 주는 사람. 그럼에도 어머니는 언제나 원형에게 무자비할 정도로 강력한 권력을 갖고 있었다. 아무 조건 없이 사랑받고 싶은 단 한 사람으로서.

"안다. 네 마음."

하 집사가 다가왔다.

"너를 있게 해준 사람을 존경할 수도 모욕할 수도 없는 마음. 끝끝내 증오하게 만든 것에 대한 분노!"

그는 주먹을 꽉 쥐고 흔들었다.

"돕고 싶었다. 내가 너희 가족을 우연히 알게 된 뒤부터. 죽은 딸이 내게 남겨준 선물이라고 생각했어."

"알고 보니 상원 씨 죽은 딸이 원미와 같은 반 친구더구나. 이건 정말 운명인 거야."

순영이 거들었다.

"여기 계신 대표님이 우릴 도와주실 거야. 앞으로 가족이데아 사업 경영에 너도 참여하는 거야."

순영의 그 큰 눈동자는 원형의 마음을 어디로도 가지 못하게 붙잡고 동정심을 자극했다. 하지만 원형은 어머니가 그 겁에 질린 눈동자로 어리석은 선택을 반복하는 걸 지켜봐왔다. 아버지를 떠나지 못했고, 자식들 곁을 떠나 헤븐에 의지했다. 원형은 더 이상 어머니가 제시하는 잘못된 길로 끌려가고 싶지 않았다. 어머니의 무책임을 방관할 수 없었다.

"엄마, 우리 일단 여기 나가서 자수해요. 아버지가 그동안 엄마에게 어떻게 하셨는지는 온 동네 사람들이 다 알아요. 정당방위였다고 하면……."

순영의 표정이 순식간에 변했다.

"말도 안 되는 소리. 원형아, 그건 다 해결됐다니까!"

원형은 어머니가 또다시 겁에 질려서 그런 거라고 생각했다.

"힘들어도 다시 시작해요. 엄마랑 나랑 원미랑 우리 셋이. 헤븐도 가족이데아도 잊어버리고 밑바닥부터 새로."

어머니는 눈을 질끈 감았다.

"원미 가출했어."

"가출이요?"

"그래, 이제 너와 엄마만 똑바로 살면 돼. 그래야 나중에 원미가 돌아오더라도 받아줄 수가 있지."

원형은 고개를 저었다.

"그래도 상관없어요. 원미도 이제 우리 가족의 현실을 직시해야 해요."

"남한테 신세 지는 게 싫으면 네가 똑바로 했어야지!"

어머니가 느닷없이 목소리를 높였다.

"넌 뭐가 그렇게 잘났어? 장남인 네가 뭐라도 됐으면 엄마도 이런 꼴 안 됐어. 공무원 시험 하나 못 붙은 주제에!"

어머니는 진실에 대한 원형의 호소를 공격과 비난으로 돌려주었다. 감당하기 어려운 상처를 치료하지 못한 채 거짓으로 덮어두었던 어머니였다. 그런 일을 겪고도 죽지 않은 건 스스로와 현실을 분리했기 때문이었다. 어머니는 현실을 직시할 수 없는 상태였다.

원형은 그런 어머니의 감정을 고스란히 느꼈다. 어렸을 때부터 원형은 어머니의 슬픔을 함께 짊어지고 있었다. 하지만 그 짐은 결코 줄어들지 않았다. 어머니 슬픔의 책임은 엄연히 가해자에게 있었다. 가해자가 처벌을 받지 않는 이상 어머니의 슬픔은 애초부터 줄어들 수 없는 것이었다. 심지어 어머니는 가해자가 있는 혜븐으로 다시 돌아가기까지 했다.

어머니의 슬픔은 세월이 지나 분노가 되었고 그 분노는 가끔 엉뚱한 대상에게 폭발하곤 했다. 어머니의 유일한 편이었던 아들을 향해, 어머니를 가장 사랑하는 대상을 향해.

원형은 귀를 막았다. 어머니의 감정에 매몰되고 싶지 않았다. 어머니의 슬픔을 감당하느라 원형은 아무것도 할 수 없었다. 어머니 분노를 받아내야 하는 대상이 된 자신의 슬픔은 어디에도 토로할 수 없었다. 이 악순환을 멈추어야 했다. 어머니는 옳지 않았다. 어머니의 분노는 마땅히 가해자를 향해야 했다. 어머니를 사랑하는 대상이 아니라. 어머니가 하는 말은 모두 거짓이었다. 더 이상 어머니가 슬플까봐 진실에 눈감을 수 없었다.

"우리 가족이 이렇게 된 건 제 탓이 아니에요. 엄마. 공무원 시험에 합격하지 못한 건 사실이지만 그 사실 때문에 제가 하찮은 사람이 될 순 없어요. 엄마도 마찬가지예요. 엄마가 겪은 일들. 그게 엄마를 해치지 못하도록 하세요. 그런 짓을 한 인간들을 처벌해야 해요. 저한테 맡겨요. 제가 엄마를 대신해서 모든 진실을 밝히고 그 쓰레기 같은 인간들을 전부 감옥에 처넣을게요."

순영은 비웃었다.

"처벌? 넌 공부만 해서 순진해. 그런 사람들은 절대 처벌받지 않아. 그런 사람들은 힘이 있고 사람들은 거짓에 눈멀었단다. 정의 구현? 꿈에 나오는 이야기야."

상원은 말없이 한 손을 들어 올렸다. 벽면에 뉴스 기사와 짤막한 영상들이 나타났다. 가족이데아 사업에 대한 언론보도 내용이었다.

'가상현실 게임과 자선사업의 이색적인 콜라보'

'수익보다 봉사 목적'

'공학도에서 미혼부, 미혼부에서 자선사업가'

'딸의 갑작스러운 죽음으로 실의에 빠진 CEO, 사회 환원에 눈떠'

칭찬과 기대가 담긴 헤드라인들이 입체적으로 떠올랐다.

"최근에 보도된 뉴스들이야."

상원이 말했다.

"네 어머니 말씀이 맞아. 힘을 가져야 한다. 힘없이 진실을 밝힌다면 아무 성과도 기대할 수 없어."

화면이 사라지자 에덱이 감탄했다.

"가족이데아. 이게 그, 그 문정이가 말한 새로운 헤븐이군요."

원형은 에덱의 뒤로 걸음을 옮겼다. 상원이 손을 내밀었다.

"자, 나와 함께하지 않겠니?"

"당신 같은 사람들은 믿지 않아요."

원형은 점점 더 뒤로 물러나며 어머니를 설득했다.

"다 입에 발린 말일 거예요, 엄마. 다 자기 이득만 추구하는 사람들이에요. 저 사람이 우리를 도와줄 리 없어요."

"널 지원해주실 유일한 분이야."

어머니가 원형을 달래듯 말했다.

"엄마도 제발 다른 사람한테 그만 좀 의존하세요. 새 인생을 시작하고 싶다면 지난 일에 대한 책임부터 지세요. 아버지 문제를 해결하자고요."

순영이 욕설을 퍼붓기 시작했다. 비난과 조롱이 이어졌다. 익숙했다. 원형은 이를 악물고 담담히 받아냈다. 우리 가족은 더 이상 추해질 수 없었다. 마침내 진정한 가족의 종말이 온 것 같았다. 지금 막 오랫동안 우리 가족을 덮고 있던 마지막 천막이 벗겨졌다. 어머니에 대한 환상. 그래도 혼자가 아닐 거라는, 마음속으로는 어머니만은 자신의 편일 거라는 마지막 환상이 벗겨진 것이었다.

어머니는 여전히 상원의 옆에 서 있었다. 힘 있고, 돈 있는 그 사람 곁에. 어머니는 원형이 있는 곳으로 넘어오지 않았다. 과연 상원이 만든 새로운 회사는 신기루가 아닐까. 원형이 게임 속에서 경험한 헤븐 같은 곳이 정말로 존재하는 것일까. 원형은 믿지 않았다. 언제나 미래에 도착해도 희망은 없었다. 이제 남은 건 받아들이고 싶지 않은 현실을 직면하는 것뿐이었다. 그게 아무리 인정하고 싶지 않은 초라한 현실일지라도.

"여길 나갈 거예요. 지금 당장."

원형은 뒤로 점점 물러나 복도 끝에 섰다. 멀리 있는데도 순영 옆에 있는 상원의 표정이 확대라도 한 듯 선명하게 보였다. 상원이 고개를 까딱했다. 원형은 알 수 있었다. 상원은 원형이 떠나기를 바라고 있었다. 방해꾼으로 여기는 게 분명했다. 다른 사람들의 믿음과 희망을 방해하는 존재를 얼른 치워버리고 싶은 것이었다.

'기꺼이 떠나주지.'

원형은 굵고 촘촘한 쇠창살을 똑바로 쳐다보았다.

"어차피 각성제 없으면 못 깨어나. 혼자 못 나가."

어머니가 외쳤다.

"아뇨, 혼자 나갈 수 있어요."

고글, 아바타, 정체불명의 음료. 가상현실로 들어가는 데는 도구가 필요했지만 가상현실을 나가는 데는 어떤 도구도 필요치 않았다. 눈에 보이는 이 모든 것이 가짜라는 걸 깨닫는 것. 그게 전부였다.

원형도 확신할 수 없었다. 정말 그런지. 저 감옥 문 같은 쇠창살을 뚫고 나갈 수 있으리라는 보장은 어디에도 없었다. 저 문밖이 훨씬 안전하지 않다는 것도 알고 있었다. 다만 원형은 옳다고 생각하는 것을 택했다. 결국 현실을 피해 도망가서는 안 되는 것이었다. 온몸으로 부딪치는 수밖에 다른 방법은 없었다. 원형은 힘껏 내달리기 시작했다. 어머니와 상원의 얼굴이 점점 가까워지며 크게 일그러졌다. 원형은 두 팔로 머리를 감싸며 쇠창살에 몸을 부딪쳤다.

◆◆◆

원형은 원기둥 형태의 좁은 유리관 안에서 눈을 떴다. 머리를 답답하게 감싸고 있는 헬멧을 벗고 싶었지만 손목이 밴드로 고정되어 있었다. 팔을 들어 올려 손목에 꽂힌 주사기를 잡아 뺐다. 헬멧을 벗어 던졌다. 전기 자극에 머릿속이 띵했다. 정신을 차리고 주위를 둘러보았다. 바닥에 내팽개쳐진 관에서 주황색 액체가 흘러나온 게 보였다. 호텔에 와서 정신을 잃기 전 마셨던 주스와 같은 색깔이었다. 유리관 밖으로 시선을 던지자 침대와 서랍장이 보였다. 이곳은 호텔 객실 안이었다.

원형은 빡빡한 문을 팔꿈치로 쳐 유리관에서 나왔다.

좀 더 자세히 둘러보자 서랍장 위에 놓인 핸드폰이 눈에 띄었다. 전원은 꺼져 있었다. 원형은 핸드폰을 들고 객실을 빠져나왔다. 어딘가에서 어머니와 상원이 튀어나올 것 같아 걸음을 빨리했다. 원형은 발소리가 나지 않게 몸을 낮추고 복도를 지나 엘리베이터에 탔다.

1층 로비에 도착하자 느릿느릿 걸어 다니는 사람들이 보였다. 밖은 대낮이었다. 원형은 이 많은 사람이 방금 자신이 겪은 기막힌 일을 모른다고 생각하니 아찔했다. 적어도 이 호텔에 온 사람들은 약속이 있었고, 목적이 있었고, 자신들이 무슨 일을 해야 할지 알고 있었지만 원형은 알지 못했다. 어디로 가야 할지, 앞으로 어떻게 살아야 할지, 어머니와 원미를 이대로 놔두고 가도 될지. 많은 생각이 한꺼번에 쏟아졌지만 대책이 없었다. 당장 여기서 떠나야 한다는 것을 알 뿐이었다.

원형은 호텔 출입구에서 방금 손님이 내린 택시에 올라타면서 주머니를 뒤졌다. 돈이 없어도 일단 택시에 탈 생각이었고, 당연히 돈이 없을 거라고 생각했는데 뜻밖에도 손끝에 지폐가 닿았다.

흐려진 눈으로 무심코 창밖을 보는데 인파 속에 상원이 서 있었다. 원형과 눈이 마주친 상원은 사람들 틈으로 홀연 사라졌다.

◆◆◆

집 앞에 폴리스 라인 같은 건 보이지 않았다. 어머니 말대로 아버지 죽음은 아무도 모르게 처리된 것이었다.

원형은 소화전을 열고 틈바구니에 손을 넣어보았다. 열쇠는 그대로 있었다. 집 문을 열 때 바짝 긴장했지만 들어서자마자 허탈해졌다. 안은 텅 비어 있었다. 한 달 전 이곳에서 어떤 여자가 자기 남편을 칼로 찔러 죽인 사건이 일어났다는 걸 짐작할 만한 건 아무것도 없었다.

아버지가 주워온 소파와 장식장, 20년 넘은 세탁기와 냉장고 등 가구라 할 만한 것들도 다 사라지고 없었다. 마치 상자를 거꾸로 들어 안에 있던 것들을 모조리 털어버린 것처럼 깨끗했다. 원형은 새로 도배된 거실 벽면을 쓸어내렸다. 문득 이상한 감촉이 들어 다시 벽지를 쓸어보았다. 한 군데를 손가락으로 꾹 누르자 벽지가 뚫렸다. 벽에 작은 구멍이 나 있었다.

사는 동안 여태 이 자리에 구멍이 있다는 것도 몰랐나.

원형은 대수롭지 않게 생각하며 집을 나왔다.

집을 나오자마자 무작정 지하철역으로 향했다. 그동안 가족을 버리면 새로운 인생이 펼쳐질 거라고 막연히 기대했지만, 거기까지가 한계였다. 어디로 갈지, 무엇을 할지 구체적으로 생각한 적이 없었다. 실제로 가족과 떨어질 수 있을 거라고 생각하지 않았으니까. 하지만 이제는 진짜 혼자였다. 새로운 곳으로 떠나야만 했다.

지하철 노선도를 쭉 훑던 원형의 시선은 몇 번이고 같은 장소로 돌아갔다. 대학 졸업 후 한 번도 벗어나지 않았던 곳, 노량진이었다.

원형은 익숙한 그곳으로, 노량진의 우울한 거리로 돌아가기로 했다. 통장엔 한 달 치 고시원비 정도만 남아 있었다. 피시방에서 알바를 구하고 숙소는 고시원으로 정했다.

육교 너머 학원으로 건너가 사물함에 있던 공무원 수험서를 챙겨 중고 장터에 팔아치웠다. 미래도, 희망도 없다는 건 삶을 단순하게 만들었다. 공무원 수험생 시절보다 덜 피곤했고 스트레스도 없었다.

바쁘게 밀려드는 단순 육체노동은 생각할 시간을 주지 않았다. 원형은 그게 편했다. 알바 시간 동안 해야 할 일만 끝내면 나머지는 자유였다. 그런 자투리 시간이 생기면 마치 원래 이 세상에 없는 시간을 공짜로 얻은 것 같았다. 카운터에서 앞뒤로 앉은 손님들의 이마와 뒤통수, 종류별로 탑처럼 쌓아놓은 컵라면, 냉장고에 색깔별로 정렬된 음료수를 보고 있으면 원형의 마음속에는 잔잔한 평화가 깃들었다.

원형이 들어간 고시원은 적정 주거기준에 못 미치는 시설이었다. 하지만 어차피 원형에게는 적정한 수준에 대한 기준이 없었다. 양극단의 수준을 떠올리는 건 어렵지 않았지만 보통의, 평균적인 수준이 어느 정도인지에 대해서는 미지의 영역이라고 느낄 정도로 감이 없었다.

원형에게 고시원은 두 다리를 뻗고 누울 수 있는 곳, 공동 부엌에 밥과 김치가 있는 곳이었다. 그것으로 충분했다. 어렴풋이 이런 환경이 진작 자신이 가졌어야 할 분수에 맞는 삶이라고 생각하게 되었다. 갈등도 원망도, 구속도 방임도 없는 완전한 혼자만의 세계였다.

이제 가족은 없었다. 원형은 현실보다 큰 이상을 꿈꾸지 않아도 되었다. 홀가분했다. 단지 하루하루를 살아가면 그뿐이었다. 어머니와 원미에게 실질적인 가장 노릇을 해야 한다는 중압감도 사라졌다. 어머니와 원미에게는 번듯한 게임회사 대표 상원이 있었다. 아버지 죽음엔 여전히 의문이 남았지만 결국 진실을 알아낸다 해도 아무 소용없는 일일 것 같았다. 어머니가 아버지를 죽였다는 사실이 달라지는 것도, 아버지가 살아 돌아오는 것도 아니었다.

6개월이 흘렀다. 원형은 피시방 알바와 고시원 생활에 익숙해졌다.

피시방엔 망상장애가 있는 단골손님이 있었고, 고시원엔 냉장고에 원형이 넣어놓은 음식을 몰래 먹어치우는 사람들이 있었지만 괜찮았다. 적어도 표면적으로는 그랬다. 원형은 피시방에서 숙련된 기계처럼 일했다. 고시원에서도 마치 수십 명과 단체생활을 하는 수감자 중한 사람처럼 튀지 않으려고 노력했다. 영혼도 감정도 없이 반복적이고 일상적인 움직임 속에 몸을 내맡겼다.

원형은 쉴 틈 없이 일했다. 전쟁터와 다름없는 머릿속을 잠재우려고. 생각들을 억지로 누르다 보면 종종 실수가 발생했다. 위를 누르면 밑에서 튀어나오는 팝잇 장난감처럼 툭, 하고 터져 나왔다.

"그 사장 새끼가 어머니를 꼬드겨서 아버지를 죽게 만든 거야."

어느 날은 음식을 주문하러 온 손님 앞에서 그렇게 중얼거렸다. 손님은 원형의 눈치를 살피더니 조용히 짐을 챙겨서 피시방을 나갔다.

어떤 날은 손님 자리에 있던 주황색 캔 음료를 싱크대에 가져가 버렸다. 음료수가 어디 있는지 찾는 손님에게 청소하다가 잘못 엎질러치웠다고 변명을 했지만 사실은 그 주황색 음료가 클럽에서 마신 환각 음료처럼 보였기 때문이었다.

원형은 언제나 한발 늦게 자신이 이상한 말과 행동을 했다는 사실을 깨닫곤 했다. 그때마다 머리를 흔들었다. 미쳐버릴 것 같아 두려웠다. 아니, 어쩌면 이미 미친 건지도 몰랐다. 마음이 쓰라렸다. 그동안의 노력이 모두 헛수고가 되는 것 같아 절망스러운 기분이 들었다. 아버지와 어머니처럼 어딘가 정상적이지 못한 사람으로 살게 될까 봐 늘 말과 행동을 조심하며 애써온 세월이었다. 사람들과 대화를 나누다 보면 자신이 어딘가 왜곡된, 위험하고 이상한 편견에 사로잡혀 있다는 걸 들킬지도 모른다는 생각에 입을 다물곤 했다.

아버지와 어머니가 아닌 바람직한 역할 모델을 찾기 위해 교훈이 있는 고전소설, 위인전기 같은 책을 읽었다. 직업을 공무원, 그중에서도 경찰을 목표로 한 건 범법자를 잡는 단순 명료한 일을 하면 누구에게도 문제 있는 사람으로 비치지 않을 것 같아서였다.

하지만 정상적인 인간으로 살아가는 길은 쉽지 않았다. 현실이 이 지경에 이르자 처음부터 불가능한 것을 바랐는지도 모르겠다는 생각이 들었다. 벌어진 현실만으로도 벅찬데 상원이 가족에게 접근해 모든 것을 망쳐놓았을 가능성까지 더해지자 정신을 차리기 힘들었다.

'이데아 멤버스 사장이 우리 가족에게 일부러 접근한 걸까? 아니면 내가 피해망상의 단계에 들어선 걸까?'

게임회사 대표가 하필 어머니가 있는 헤븐에 새 신도로 들어갔다는 것도, 우리 가족 모두와 인연이 있다는 것도 도무지 말이 안 되는 일이었다. 아무래도 일부러 접근한 것이 맞았다. 그렇지만 도대체 왜? 이유를 알 수 없었다. 생각은 쳇바퀴를 돌았다. 둘 중 어느 것도 이해가 가지 않았지만 하필 처음부터 아무 상관도 없던 우리 가족을 망하게 하려고 일부러 접근했다는 생각은 더 말이 되지 않았다. 그가 연고도 없는 우리 가족을 파탄에 이르게 할 이유가 없었다.

가까스로 의심을 가라앉히며 피해망상에서 벗어나자 이번엔 머릿속에서 끈질긴 자학의 목소리가 들렸다.

이 정도면 그냥 무너지는 게 낫지 않으냐고, 괴롭지 않으냐고. 정상적인 인간으로 살겠다는 오만한 생각 따위 포기하고 그만 정신을 놓아버리는 게 편하지 않겠느냐고 속삭이는 소리. 어머니가 아버지를 죽이고 다른 남자와 같이 살고 있는데, 동생이 가출했는데 여기서 더 남은 게 무엇이냐고. 이제 미쳐버리는 일만 남았으니 누구에게도 폐를 끼치지 말고 차라리 지금 깔끔히 죽어버리자고 말이다.

하지만 그때마다 번번이 이대로 죽고 싶지 않다는 생각이 고개를 들었다. 어떻게 살아야 할까. 책임져야 할 것은 이제 원형 자신의 한 몸뿐이었지만 홀가분하지 않았다. 진실을 충분히 알고 있지 않다는 직감이 들었다. 스스로를 속이고 있다는 생각이 들었다. 가족들을 벗어났으니 이제 모든 걸 할 수 있을까? 그렇지 않았다. 아버지를 죽이고 싶을 정도로 증오하긴 했지만 정말 이 세상에서 죽어 없어지기를 바랐던가? 아니, 아니었다.

게임 속 원형과 현실의 원형은 달랐다. 원형은 현실이 나아지길 바랐다. 가족과 행복해지길 바랐다. 아무리 노력해도 바뀌지 않는 현실, 나아지지 않는 처지가 절망스러워 세상이 바뀌는 꿈을 잠시 꾸었을 뿐이었다. 게임 속에서는 목표를 정하고 이루는 것만이 존재하므로 욕망과 쾌락만을 추구했던 것이었다. 하지만 현실은 그렇지 않았다. 원형은 가족을 버릴 수도, 인간다움을 포기할 수 없었다. 자신을 무시하는 가족, 자신에게 상처를 준 사회에 인정받고야 말겠다는 집념 하나로 자신을 비롯해 모든 것을 망가뜨리는 악인이 될 수 없었다. 아버지 같은 사람이 되고 싶지 않았다.

현실에 만족하고 있다는 건, 홀가분하다는 건 스스로에게 하는 거짓말이었다. 슬픔을 감춘 채 가볍고 허황된 낙관으로 타개해야 할 문제를 발밑에 뭉개버리고 있었다. 예전의 희망도, 희망을 품고 살아가야 하는 의미도 잃어버린 원형은 외로웠고 겁에 질려 있었다. 현실에 만족할 수 없었다.

기대에 못 미치는 월급을 받으며 어린 시절의 꿈과는 맞지 않는 일들을 하고 있었다. 인스턴트식품 주문이 밀려 있고, 컴퓨터 밑과 주변에 교묘하게 숨겨놓은 쓰레기들을 끄집어내 버려야 하고, 하필 고무장갑이 구멍 나 있는데 비닐장갑이 다 떨어져서 염병할 인간들이 쓰레기통에 토해놓은 오물을 맨손으로 치워야 했다. 이런 일들을 더는 하고 싶지 않았다. 몇 년째 시험공부를 하며 허송세월을 보내는 것보다 더 구차스러운 일들을 하게 되었다는 사실, 무엇보다 이 일을 평생 하게 될지도 모른다는 사실이 절망스러웠다.

원형은 빛나고 반짝이는 것을 가져본 적이 없었다. 그것들은 늘 밖에 있었다. 가졌다고 생각해도 잠깐 머물렀다 사라졌다. 빛나고 반짝이는 것은 결코 원형의 것이 될 수 없었다. 특히 여자들은 본능적으로 알고 피했다. 미선도 아마 그랬을 것이다. 내 것, 내 소유는 허름한 것뿐이었다. 가족이 그랬다. 피와 살처럼 붙어 있어 버리고 싶어도 버릴 수 없었다. 원형은 지난 26년 동안 가족에게 의미를 부여하려 했다. 아무것도 해줄 수 없는 가족이지만 그래도 가족이 있어서 좋다고 생각하려 했다. 가족을 위해 산다는 사명감이라도 있어야 삶이 누추해 보이지 않을 것 같아서였다.

원형은 온전히 자기 자신을 위해서만 사는 법을 알지 못했다. 지나온 세월에 묶인 아버지와 어머니는 자식에게 울타리가 되어주지 못했지만 원형은 원미에게 울타리가 되어주고 싶었다. 여덟 살 차이가 나는 오빠를 한심하게 생각하는 여동생이지만, 같은 부모 밑에서 고난을 겪으며 끈끈한 우애 대신 입안에 든 모래처럼 퍼석퍼석한 적의를 쌓았지만 그래도 어쩔 수 없는 혈육이었다.

좁은 침대에 누운 밤이면 가족들을 모두 잃고 혼자 남은 처지라는 현실이 엄습했다. 불만 끄면 어딘가에 숨어 있다가 나타나는 모기처럼 집요하게 달라붙었다. 원형은 두 눈을 감고 어두운 동굴 속으로 들어갔다. 동굴 속에서 희미한 빛이 스며드는 것을 느꼈다. 빛이 스며드는 구멍은 점점 더 커졌고 그럴수록 발걸음은 그 구멍을 향해 나아갔다. 다시 어둠 속에서 소리가 울렸다.

'가출한 원미를 찾아!'

원미를 찾아야 했다. 상원과 그의 회사, 아버지 죽음의 진실을 알아야 했다. 결국 답을 구해야 할 곳은 정해져 있었다.

컴퓨터 채팅창에 37번 자리 손님의 요구 사항이 떴다. 음식 주문이었다. 곧이어 컴퓨터 오류를 봐달라는 또 다른 요청이 들어왔다. 원형은 메시지를 확인하지 않았다. 손님들을 놔둔 채 피시방을 나왔다. 컴퓨터 채팅창에는 알바생이 사라진지 모르는 손님들의 요구 사항이 꼭 오류메시지처럼 화면을 채웠다.

◆◆◆

전면이 반사유리로 된 이데아 멤버스 사옥 외벽에 하늘이 그대로 비쳤다. '생존을 넘어 성장'이라고 적힌 현수막이 흘러가는 구름을 가린 채 세로로 길게 걸려 있었다.

원형은 지상 19층에 이르는 건물을 잠시 넋이 나간 듯 바라보았다. 그동안 애써 관심을 끊고 있던 탓에 이데아 멤버스가 이토록 큰 규모의 회사가 되었다는 것을 모르고 있었다. 건물 안으로 들어서자 다부진 체격의 경호원이 경계심을 품은 얼굴로 다가왔다.

"어떻게 오셨어요?"

험악한 인상과 달리 말투는 정중하고 조심스러웠다.

"대표님을 만나러 왔습니다."

'대표님'이라는 단어를 들은 경호원의 표정은 다시 사나워졌다. 다른 볼일도 아니고 회사 대표를 만나러 온 거라면 얘기가 달라진다는 듯.

"약속은 되셨습니까?"

"네."

원형의 목소리는 작아졌다.

"정말이에요. 여기 대표님을 알고 있어요."

경호원은 출입구로 들어서기 위해서는 또 다른 절차가 필요하다면서 신분증을 요구했다.

신분증을 내밀고 확인 절차를 거친 다음 검색대를 통과하기 위해 팔을 들었을 때 문정이 나타났다. 피차 아는 체하며 반가워할 처지는 아니지만 그래도 눈빛이 마주친 순간 원형은 문정이 그 난감한 상황을 끝내주리라는 것을 알았다.

"대표님 지시가 있었어요. 제가 모시고 갈게요."

문정이 간단히 말하자 경호원은 몸을 옆으로 비켜 원형이 지나가도록 했다.

"왜 온 거예요?"

엘리베이터 안에서 문정이 물었다. 원형이 대답하지 않자 문정은 다 알고 있다는 듯 말했다.

"일자리 찾으러 왔죠? 대표님은 조만간 당신이 오게 될 거라고 말했어요."

그 목소리에는 은근한 환멸이 감추어져 있었다. 원형은 문정의 반응엔 신경 쓰지 않고 작게 고개만 끄덕였다. 원미를 찾으러 온 거라고 사실대로 말하고 싶지 않았다. 함께 엘리베이터에서 내렸지만 들어선 곳은 회사 대표의 집무실이 아니었다.

"여긴 왜?"

"대표님이 지시했어요. 당신에게 회사를 견학시키라고."

"전 대표님을 바로 만나러 갈 겁니다."

"먼저 견학하는 게 조건이에요."

원형은 더 이상 토를 달지 않았다.

문정을 따라 사무실 안으로 들어갔다. 수십 명의 직원이 컴퓨터에 앉아 뒤도 돌아보지 않고 일에 몰입하고 있었다.

"기획부예요. 이데아 멤버스 소속 아이들의 캐릭터가 만들어지는 곳이죠."

한때 헤븐의 아이들이었던 이데아 멤버스의 아이들은 가상현실 속 캐릭터로 거듭나는 중이었다.

"후원자들은 이 캐릭터를 키워요. 캐릭터에게 음식을 주고 옷을 사입히고 집을 만들어주죠. 그 모든 게 아이템이고, 아이템 구입비는 곧 회사 수입이자 후원금이에요. 현실의 아이들에게 혜택이 가죠."

원형은 휘둥그레진 눈으로 문정을 보았다. 문정은 무심히 말했다.

"맞아요. 가상현실 속에서나 가능하다고 생각했던 새로운 헤븐이 현실이 된 거예요."

한 층 더 올라가자 홍보본부가 나왔다. 홍보본부에서는 한참 광고 촬영이 진행 중이었다. 아이들이 협찬받은 옷을 입고 각양각색의 포즈를 취하고 있었다.

이데아 멤버스의 후원 광고는 다른 자선단체의 광고와 달랐다. 피해 아동이 처한 열악한 현실을 강조해 보여주며 죄책감을 불러일으키지 않았다. 광고 속에 '후원' '지원' '보호' 같은 단어는 아예 등장하지 않았다. 노골적인 메시지는 찾아보기 어려웠다. 아이들이 이데아 멤버스의 지원을 받게 된 배경과 성장 스토리가 극적이고 감각적인 이미지로 만들어져 화면에 펼쳐질 뿐이었다. 이데아 멤버스 광고에는 '이 아이들은 불쌍하니까 도와줘야 해요'가 아니라 '이 아이들은 당신이 기꺼이 돈을 지불하고 싶을 만큼 가치 있어요'라는 메시지가 노골적으로 드러났다.

"사람들은 힘든 환경에서 잘 자란 아이들의 성장 스토리를 보고 싶어 해요. 결과가 아니라 과정을 보여줘야 해요. 사람들이 후원금을 주고 아깝다는 생각을 하지 않게 말이에요. 광고에 나온 아이들은 다른 이데아 멤버스 아이들은 받지 못하는 모델료를 따로 받아요. 애들 눈빛을 보세요. 경쟁이 치열하죠."

원형은 계속 날카로운 의심의 잣대를 들이대며 회사 내부를 관찰하고 있었지만 내심 상원의 아이디어에 감탄하고 있었다. 헤븐을 보고 사업을 구상했다는 것 자체가 이미 놀라웠다. 그 끔찍한 시스템을 지켜보며 침착하게 사업을 구상하고 결과적으로 헤븐의 아이들을 구조한 셈이었다.

"이제 가요, 대표님께."

문정은 미묘하게 쌀쌀맞은 태도였는데 원형은 그것을 눈치챌 수도, 신경 쓸 겨를도 없었다.

"엄마는 잘 지내세요? 에덱은?"

"잘 지내고 있어요. 두 사람 다 헤븐 아이들, 아니 이데아 멤버스가 키우는 아이들의 실질적인 보육을 담당하는 관리자예요. 헤븐에서 똑같은 업무를 담당했으니까."

"엄마랑 에덱이 아이들 보육을 담당한다고요?"

원형은 어처구니가 없어서 피식 웃었다가 이내 진지하게 말했다.

"에덱은 몰라도 엄마는 누굴 보육할 입장이 아니에요. 치료를 받아야 해요. 당신도 마찬가지고. 상처를 극복하지 못했잖아요. 다들 트라우마를 겪고 있는 거라고요. 헤븐에서 자란 사람들은 모두."

문정은 고개를 꼿꼿이 든 채 말했다.

"생존보다 성장. 저는 최상원 대표님이 내건 핵심 가치에 공감해요. 헤븐 아이들도 다른 아이들처럼 멋지게 성장할 수 있어요. 헤븐에서 받은 과거의 상처는 거뜬히 극복할 수 있어요."

"엄마, 에덱, 문정 씨. 당신들 능력을 반박하는 게 아니에요. 하지만 이건 너무 빠르잖아요. 어떻게 자기 상처도 치유하지 않은 사람들이 아이들을 성장시킬 수 있다는 거죠?"

"가능해요. 이데아 멤버스에서는."

문정은 희망찬 태도로 말했다. 하지만 원형은 문정의 입가에 가벼운 조소가 흐르는 것을 놓치지 않고 보았다.

"이제 대표님께 가죠. 맨 꼭대기 층이에요."

지상 19층, 지하 6층짜리 건물의 가장 높은 곳. 원형이 1층에서 보고 놀란 보안과는 차원이 다른 수준의 엄격한 보안이 이루어지는 곳.

생존을 넘어선 성장을 위한 회사의 중요한 결정들이 이루어지는 곳. 이데아 멤버스의 대표이자 모든 헤븐 출신 아이들의 아버지인 상원이 거기 있었다.

◆◆◆

"다시 올 줄 알았어."

원형이 사무실 안으로 들어서자 가죽 의자에 앉아 있던 상원이 느긋하게 일어섰다.

"몇 달 동안 고생을 많이 한 얼굴이네."

"물어볼 게 있어요. 원미에 대해."

"앉아라. 네 동생이 그동안 어떻게 되는 것도 아니니까."

"어딨어요? 원미."

상원은 리모컨을 들어 자동 블라인드를 내렸다.

회의실 안이 어두워지고 벽에 게임 화면이 나타났다. 원미가 지희 집에 온 날의 장면이 재생되었다. 원미가 손목을 긋는 장면에서 영상이 멈추었다.

원형은 묵직한 신음을 내뱉으며 앞으로 성큼 다가섰다. 상원은 원형이 다가오지 못하도록 손을 들어 제지하고 영상을 다시 재생했다.

지희가 원미와 다투다 베란다 밖으로 떨어지는 장면에서 화면을 다시 멈추었다.

상원이 지시봉으로 지희를 가리켰다.

"내 딸 지희야. 원미가 게임 속에서 그날 일을 재현했지."

의자로 돌아가 앉은 상원이 원형을 무심한 눈길로 쳐다보았다.

"원미가 내 딸을 죽였어."

"저 게임 장면이 실제로 일어났다고요? 그걸 믿으라는 겁니까?"

상원은 탁자 밑에서 상자를 꺼내 뚜껑을 열었다. 손수건과 담배가 나왔다.

"손수건에 묻은 피는 원미 것이고 담배 끝에는 원미 타액이 묻어 있었지. 지희가 죽기 전에 남겨놓은 증거물이었어. 원미는 지희 앞에서 손목을 긋고 지희와 말다툼 끝에 베란다 밖으로 밀어붙였어."

"그게 사실이라면 왜 경찰이 원미를 조사하지 않았죠?"

"경찰은 무능하니까. 난 내 딸을 죽게 만든 범인을 직접 처벌하기로 했어."

"그래서 원미를 지금 저 게임 속에 가둔 거예요? 그래서 우리 아버지를 돌아가시게 만들고, 우리 엄마를……"

"네 아버지는 네 어머니가 죽였지. 원인은 네 아버지가 제공했고. 스스로가 명을 단축한 거야."

"당신이 우리 가족에게 접근하지 않았으면 그런 일은 없었어요."

"과연 그럴까."

상원은 원형 앞으로 바짝 다가가 눈앞에서 원섭에게 보낸 핸드폰 문자메시지를 보여주었다. 헤븐 건물 사진과 에덱의 사진. 어떤 부연

설명도 없는 달랑 두 장뿐인 사진이었다.

"너도 네 아버지가 제정신이 아니었다는 건 알고 있지?"

상원은 원형이 주먹을 불끈 쥐는 것을 보며 비웃었다.

"네 아버지 편집증은 심각한 수준이었어. 단지 그 사진 두 장에서 비롯된 의심으로 네 어머니를 몰아붙인 거야. 네 어머니가 진실을 말해줘도 믿지 않았지. 네 어머니가 과거를 모두 밝히면서까지 해명하는데도 아랑곳하지 않고 목을 조르더군. 이렇게."

상원이 갑자기 원형에게 다가가 목을 조르기 시작했다. 원형은 공포에 질린 눈으로 꼼짝하지 못했다.

"원미도 지희를 그런 식으로 괴롭혔지. 자신의 열등감과 질투심을 지희에게 쏟아내면서 몰아붙였어. 그러다 죽인 거야. 내 딸을. 너희 그 형편없는 가족 내력이 내 딸을 죽인 셈이야."

원형이 붉어진 얼굴로 캑캑거리자 상원이 손에 힘을 풀었다. 원형은 상원의 가슴팍을 힘껏 밀쳤다.

"원미를 만나게 해줘요. 그게 사실인지 내가 직접 물어볼 거예요."

"내 말을 믿지 않는다는 뜻인가?"

상원은 핸드폰에 있는 게임 영상을 보여주었다. 원미가 지희가 되어 행복해하는 모습이었다.

친구들에 둘러싸여 즐거워하는 모습, 높은 시험 점수를 받고 기뻐하는 모습, 아침에 상원과 식사하는 모습까지. 현실에서 봤던 어둡고 음침한 표정은 없었다.

이 낯선 캐릭터가 원미라고?

"원미는 현실에서 살고 싶어 하지 않아."

상원이 핸드폰을 흔들며 웃었다.

"난 다 알아. 지금은 내가 그 애의 아버지니까. 이 속에서 죽은 지희 대신 그 애를 키우고 있는 셈이지."

"미쳤군요. 원미 어딨어요?"

"기어이 동생의 행복을 깨트리려고? 알량한 정의감으로 진실을 알려주려고? 넌 지희가 아니고 원미야. 정신 차려. 그렇게 말이지?"

원형의 목소리가 무겁게 가라앉았다.

"어딨어요, 원미."

"방법은 하나야."

상원이 웃음기를 거두었다.

"네가 직접 들어가서 데려오는 것."

상원이 회의실 반대편 자동문을 열었다. 가상현실 체험관의 모습이 드러났다.

◆◆◆

원형은 오른쪽 복도를 지나자마자 첫 번째 방부터 벌컥벌컥 열어젖혔다.

요란한 발소리, 문을 홱 열어젖힐 때마다 문손잡이가 둔탁하게 벽에 부딪히는 소리가 울려 퍼졌다.

다시 이곳이었다.

1년 6개월 전 들어갔던 가족이데아 게임 속 배경이었다. 고글을 쓰고 게임에 몰입하던 그때는 아무것도 몰랐다. 상원의 정체에 대해서도, 집에 드리울 먹구름에 대해서도. 공무원 시험 합격이라는 낙관적인 희망에 사로잡혀 있던 때였다.

그동안 너무도 많은 일이 일었다. 마치 현실이 가상현실인 것처럼 믿기 힘든 하루하루였다. 원미에게 물어볼 것이 많았다. 이제는 재벌 3세 승계 다툼을 하는 누나가 아니라 진짜 여동생 원미에게.

현실에서 남매의 대화는 쉽게 대결로 바뀌곤 했지만, 적어도 그때는 한 번도 제대로 나눠보지 못한 대화가 영원히 단절될 날이 올 거라고는 생각지 못했다. 이렇게 원미를 간절히 찾게 될 날이 올 거라고는 생각지 못했다. 원형은 무작정 문을 열어젖히며 가다가 발걸음을 멈추었다.

상원이 굳이 이 배경 속으로 보낸 이유를 떠올렸다. 원미가 어딨는지 알 것 같았다.

3층 수납실일까? 3층 욕실일까?

수납실은 앞에, 욕실은 뒤에 있었다. 만약 욕실이라면…… 서둘러야 했다. 원형은 뒤로 돌아 욕실을 향해 뛰었다. 단숨에 욕실 앞에 도착해 문을 두드렸지만 안에선 아무 기척이 없었다.

"원미야, 혹시 문 앞에 있으면 물러나."

원형은 주위를 두리번거리며 문짝을 뜯어낼 만한 뭔가가 있는지 찾았다. 처음 눈에 띈 것은 나무 화분 위에 놓인 둥그런 회색 돌이었다. 하지만 그 옆에 더 좋은 걸 발견했다. 골프채였다.

원형은 골프채 그립이 부러지도록 문을 내려찍었다. 헤드가 떨어져 나가자마자 또 다른 골프채를 들고 문을 찍었다. 손잡이가 떨어지고 그 자리의 나뭇결이 괴물의 입처럼 벌어졌다. 원형은 그 틈으로 손을 집어넣고 문을 열었다.

"원미야!"

원형은 조심스럽게 욕조로 다가갔다. 원미는 창백한 얼굴로 욕조 안에 웅크리고 앉아 덜덜 떨고 있었다. 재벌 3세 누나 원미처럼 단장한 모습이었지만 풀린 동공이나 부들부들 떠는 몸짓을 보니 문득 기태가 떠올랐다.

원미는 원형을 올려다보고는 겁에 질린 얼굴로 고개를 돌렸다. 눈 앞에서 원형을 보고도 모른 척했다.

"원미야."

"왜 온 거야?"

"나가자. 빨리."

"집어치워."

원미가 소리쳤다.

"오빠 때문에 망했어. 완벽한 지희가 되어서 행복했는데. 여기서 내가 얼마나 행복했는데. 오빠가 다 망쳐버렸잖아."

"여긴 현실이 아니잖아."

"잘난 척하지 마. 누가 그딴 걸 몰라? 현실로 나가면 뭐가 달라지는데. 내가 뭘 할 수 있는데? 이제야 겨우 마음에 드는 삶을 갖게 됐는데."

원형은 잠시 숨을 고르고 입을 열었다.

"그렇게 지희가 되고 싶었어? 그래서…… 지희를 죽였어?"

원미는 힐끗 원형을 보더니 다시 무릎을 감싸고 아무 말도 하지 않았다.

"지희 네가 죽였냐고."

원미가 마침내 입을 열었다.

"내가 죽였어."

"그래?"

"그래. 내가 죽였다니까!"

"말해봐. 어떻게 죽였는데? 네 손목을 긋고 베란다 밖으로 밀어붙였어?"

"맞아."

"거짓말 하지 마. 어떻게 손목을 그은 상태로 사람을 베란다 밖으로 떨어트려?"

원미가 울먹이며 원형을 붙잡았다.

"오빠, 돌아가줘. 난 현실로 돌아가고 싶지 않아. 여기서 속죄하는 마음으로 지희 대신 살 거야. 내 인생 따위엔 첨부터 아무 미련도 없었어. 그냥 지희로 살게 해줘."

원미는 그 말을 끝으로 멍하니 자기만의 생각 속에 빠져들었다.

원형은 할 말을 잃고 서 있다가 원미를 놔두고 욕실을 나왔다.

'생각해야 해. 포기하지 말고 생각해야 해. 원미가 진실을 말하도록 해야 해.'

계단을 내려가는데 벽면에 가족이데아 게임에서 보았던 액자들이 그대로 걸려 있었다. 자식을 잡아먹는 괴물, 크로노스.

액자를 빼서 뒷면 거울을 보았다. 거울에 비추자 원형의 얼굴 반쪽에 그림자가 졌다.

문제는 원미만이 아니었다. 원미가 진실을 말한다고 해도 초라한 현실은 조금도 바뀌지 않았다. 어머니는 아버지를 죽인 살인자였다. 원미는 오랫동안 학교를 빠진 일진이었다. 원형은 그 두 사람을 책임질 형편이 안 되는 알바생이었다. 도무지 인정하고 싶지 않지만 현실이었다. 그럼에도 상원을 찾아간 이유가 뭘까. 원미의 행방을 찾고 싶어서? 순수하게 그 이유뿐이었을까. 어쩌면 대책 없는 현실을 타개할 방법을 최상원 대표에게서 찾고 싶었던 건 아니었을까.

무엇이라도 상관없었다. 원형은 묻고 또 물었다. 원형의 물음이 도달한 곳에는 한 가지 욕망만이 있었다. 한 치의 의혹도 없이 진실을 알고 싶은 욕망. 적당히 눙치고 믿고 넘어가는 것 없이 철저히 진실을 파헤치고 싶은 욕망.

왜 우리 가족에게 이런 일이 일어났는지.

왜 우리 가족은 움츠러들고 서로를 할퀴고 죽이며 승산 없는 싸움을 해왔는지.

왜 세상에 섞일 수 없었는지.

왜 우리는 늘 피해자인지.

왜 세상의 부와 명예는 내 것이 될 수 없는지.

왜 나와 동생은 유전자와 환경의 굴레에 굴복해서 살아갈 수밖에 없는지.

의지만 있다면 이 운명을 극복할 수 있는지.

원형은 그 원인의 밑바닥에 남은 찌꺼기까지 전부 있는 그대로 알아내고 싶었다. 가족을 둘러싼 이 세상에 대해, 누군가의 감정도 시선도 배제된 거대한 진실 그대로를 알고 싶었다. 원형은 가족 때문에 그 어떤 일도 제대로 해낼 수 없었다. 이제 그 진실을 알아내기 전에는 원형은 앞으로 나아갈 수 없었다. 세상을 향해 단 한 발자국도 제대로 뗄 수 없을 것 같았다.

액자를 벽에 다시 걸어두었다. 밑에서 누군가 올라오는 발소리가 들렸다. 문정이었다.

"여기 있을 것 같아서 와봤어요. 무슨 생각해요? 고작 가상현실에 들어오고 싶어서 이데아 멤버스를 찾아온 건 아닐 테고."

원형은 말없이 계단을 올라갔다.

"인턴 지원하러 온 건 아니라는 거 알아요."

원형이 뒤를 돌아보자 문정이 다가가면서 말했다.

"뭐가 진실인지 알고 싶은 거죠?"

"당신은 알고 있어요?"

"일부만."

문정이 진실을 밝히려고 온 걸까. 원형은 계단을 내려가다 멈췄다.

"이데아 멤버스에서 계속 일하고 싶어요? 혹시 이제 그만두고 싶다면……."

"아뇨, 일하고 싶어요. 헤븐에서 자라며 겪었던 고통을 떠올리면 이제 나도 행복해질 자격이 있다고 생각해요. 그저 밝고 편하게 살고 싶다고요. 전부 다 잊어버리고. 그런데 그렇게 하면 나 자신이 부끄러울 것 같아요."

"이데아 멤버스에 알려지지 않은 문제가 있는 거군요. 그렇죠?"

문정은 대답 대신 근심 어린 표정으로 난간을 꽉 쥐었다.

원형은 계단을 천천히 내려와 문정 앞에 섰다. 전체의 진실을 아는 게 꼭 불가능한 것만은 아닐지도 몰랐다. 최소한 누가 거짓말을 하고 있는지라도 알 수 있다면 좋을 텐데.

문정이 말했다.

"어쩌면 우리가 서로를 도울 수도 있을 것 같아요."

◆◆◆

원미는 한결 편해진 얼굴로 여전히 욕조 안에 늘어져 있었다. 선반 문이 살짝 열려 있었다. 그 안에 주황색 음료들이 빽빽했다. 원미는 그

음료를 마신 듯했다. 원형은 무릎을 꿇고 원미의 어깨에 손을 올렸다.

"너한테는 네 인생이 제일 먼저라는 말. 그 뻔한 말이 너한테 필요했다는 걸 이제는 알겠어. 하지만 그러지 못했지. 나는 널 함부로 대했어. 우리 가족은 서로를 함부로 대했어."

원미는 팔에 얼굴을 묻은 채 고개도 들지 않았다.

"네가 정말 죄를 지었다면 이런 식으로라도 죗값을 치르는 게 좋다면 그렇게 해. 더 이상 방해하지 않을게."

원미는 그제야 고개를 들었다.

"진짜야? 그럼 이제 날 괴롭히지 않을 거야?"

"대신 내 부탁 하나만 들어줘. 그러면 나도 물러날게, 원미야."

"뭔데?"

"가족회의에 참석해줘."

"가족회의?"

"그래, 우리 가족은 한 번도 대화다운 대화를 나눠본 적 없잖아. 부탁이야. 들어줄 거지?"

원미가 고개를 끄덕였다.

◆◆◆

문정이 회의에 참석할 사람들을 가상현실로 초대했다.

원형, 원미, 상원, 순영, 에덱. 다섯 명이 원탁을 사이에 두고 앉았다.

문정은 문 앞을 지키며 사회를 보기로 했다. 원미, 어머니, 에덱은 회의의 목적을 몰랐지만 상원은 벌써 알아챘는지 느긋한 태도로 말했다.

"내가 말했잖니. 지희는 이곳에 남기를 원한다고. 아빠 말이 맞지, 지희야?"

화들짝 놀란 원미는 상원의 눈치를 보며 고개를 끄덕였다.

"네, 그럼요."

"회의는 시작할 필요도 없을 것 같은데. 아마 여기 너 빼고는 모두 지희가 여기 남는 걸 원할 테니 말이다."

사람들이 서로를 곁눈질했다. 에덱이 질문했다.

"무슨 회의인데요?"

원형이 말했다.

"원미를 가상현실에 영원히 머무르게 하는 게 맞는지, 아니면 현실로 돌아가게 하는 게 맞는지에 관한 회의야, 형."

에덱은 원형이 형이라고 부른 것에 놀랐는지 멍한 표정을 지었다.

"형은 어떻게 생각해?"

"나, 나야 뭐……."

에덱은 먼저 회의실 문 앞에 서 있는 문정을 보고 마지막으로 어머니를 보았다.

"원미의 뜻이 제일 중요하지 않을까."

상원이 말했다.

"그럼 에덱의 표는 자동으로 가상현실에 남는다는 쪽이 되겠구나. 그렇지?"

에덱은 얼결에 고개를 끄덕였다. 원형은 상원을 노려보았다.

"아뇨. 원미의 뜻에 맡겨서는 안 돼요. 원미는 아직 어려요. 사실 우리 가족 모두 정신적으로 성숙하지 못한 사람들이에요. 자신에게 해가 되는 일도 서슴없이 선택할 정도로."

순영이 입을 열었다.

"원형아, 꼭 이렇게까지 해야 했니? 즐겁게 둘러앉아서 식사라도 하면 좋았을 것을. 서로 언성 높이는 이런 자리는 불편하잖니."

원형은 잠시 후에도 어머니가 지금처럼 우아한 태도로 상원을 편들지 궁금했다.

"엄마는 원미가 지희가 되는 게 좋으세요?"

순영은 아들과 눈을 마주치지 않고 허공을 보며 중얼거렸다.

"왜 싫겠어? 지희는 엄마 없이도 예쁘고 착하게 자랐대. 그런 애가 그렇게 아깝게 죽어버렸으니."

원형은 침착하게 말했다.

"원미가 지희 삶을 대신 산다는 건 원미가 스스로를 죽이는 것이나 마찬가지예요."

"얜 무슨 말을 그렇게 무섭게 하니? 원미는 여기 멀쩡히 살아 있잖아. 어디 가서 사고 치고 돌아다니는 것도 아니고 안전한 가상현실에서 잘 지내고 있는 애를."

예상대로였다. 어머니를 설득하는 건 어려운 일이었다. 원미는 이 상황의 중심에 있으면서도 자신은 전혀 상관없다는 듯 지루한 표정을 짓기 시작했다. 깡마른 원미는 마약에 취한 상태로 자기 손가락을 가지고 놀고 있었다.

"최상원 대표가 원미를 여기 가둔 건 자기 딸을 죽였다고 오해하고 있기 때문이에요."

"알고 있어. 나도 대표님한테 얼마 전에 들었어. 그러니 이 모든 게 운명이고 업보지. 원미는 지희가 되어서 업보를 치르는 거야. 원미가 감옥에 가는 것보다는 낫지. 좋은 집에서 잘 먹고 잘 지내고 있잖아. 해코지하는 사람도 없고 여기서 대우받으면서 지내고 있잖니. 지희 걱정할 거 없고 너 살 궁리나 해라. 어떻게 할 거니? 이제 이데아 멤버스에 들어와서 일 좀 배우지 그래."

원형은 어머니 대신 옆에 있는 상원을 보았다. 눈을 감고 무표정하게 있었지만 이 상황을 즐기는 듯 여유로워 보였다. 상원은 승리를 예감하는 듯했다.

원형은 일부러 어머니를 몰아붙였다.

"어머니는 왜 원미가 죽였다고 단정 지으세요? 가족이라면, 어머니라면 무조건 자식을 믿어줘야 하는 거 아닌가요?"

"무조건 믿으라고?"

어머니는 원형의 발언이 실망스럽다는 듯 혹은 짜증스럽다는 듯 말했다.

"자식이라도 잘못을 저지르면 어떤 형태로든 갚아야 하는 거야. 그래야 공평하지."

"방금 하신 말씀 누구한테나 마찬가지인 거죠?"

"그럼, 당연하지."

'당연한 건 없어요, 어머니. 어머니는 지금 이 순간도 거짓말을 하고 있잖아요. 문정 씨가 해준 말이 사실이라면 어머니는 벌써 최상원에 대한 믿음이 깨지고 실망해서 떠났어야 하는데. 인내하고 있잖아요. 아버지 때와 똑같이 불의를 참고 또 참고 있잖아요. 어머니는 나와 원미가 아무리 나쁜 일을 당해도 어머니가 직접 겪은 고통에 비하면 한참을 못 미친다고 인색하게 계산하면서 회피해왔잖아요. 말로는 잘못에 대한 대가를 모두가 똑같이 치러야 한다고 하면서 실제론 그렇지 않잖아요. 어머니는 힘을 가진 사람은 대가를 덜 치러도 된다고 생각하고 있어요. 하나도 공평하지 않아요.'

"어머니는 왜 최상원 대표가 자기 딸을 죽인 아이의 가족을 이렇게까지 챙겨준다고 생각해요?"

"그, 그건 대표님이 훌륭하신 분이니까. 우리 처지를 다 이해하고 계시고."

모두가 각자 자신을 지키기 위해 거짓말을 하고 있었다. 어머니는 상원이 능력적으로, 도덕적으로 완벽하다는 거짓말을. 원미는 자신이 지희라는 거짓말을. 상원은 자신의 복수가 정당했다는 거짓말을.

거짓말 뒤에 숨은 진실을 알아차리기는 힘들다. 하지만 어떤 거짓
말은, 거짓말을 하는 것만으로 진실을 드러내곤 한다. 원형은 마지막
으로 원미에게 질문했다.

"원미야, 하나만 물어볼게."

"지희라고 부르지 않으면 대답하지 않을 거야."

원미가 고집스럽게 말했다.

"그래, 알았어. 지희야, 그 손수건 말이야. WM 이니셜이 새겨진 손
수건. 그거 원미가 너한테 만들어준 거니? 아니면 지희 네가 원미에
게 준 거니?"

원미는 오른손 엄지손톱으로 왼손 검지를 꾹 눌렀다. 원형은 탁자
에 올려진 원미의 팔을 유심히 살폈다. 원미의 손목은 자해의 흔적
없이 깨끗했다.

"원미가 나한테 만들어서 준 거야. 원미 이니셜이 새겨진 거."

원미가 원형의 눈을 피하며 말했다. 상원이 입꼬리를 올리고 승자
의 미소를 지었다.

"지희를 힘들게 하지 마라. 이제 나한텐 여기 있는 지희가 친자식
이야. 과거는 잊고 새롭게 시작해야지?"

원형은 중요한 순간이 다가왔다는 것을 알았다. 모든 진실이 폭로
되는 순간이. 막상 그 순간이 다가오자 두려웠다. 진실을 말하는 건
옳을 수는 있지만 반드시 좋은 결과를 낳는 것은 아니었다. 어떤 면
에서 상원의 말이 맞았다. 원형이 하려는 일은 도리어 어머니와 원미

를 실망시키고 그들을 작은 위선마저 허용하지 않는 초라한 현실로, 사지로 몰아넣는 일이 될 수도 있었다.

그럼에도 원형은 진실을 밝히는 게 낫다고 생각했다. 가족이 이 지경까지 온 건 서로에게 진실하지 않았기 때문이었다. 각자 자신의 입장을 과장하고 축소했을 뿐 서로에 대해 알려고 노력하지 않았기 때문이었다.

"원미야, 넌 거짓말을 하고 있어. 그 손수건은 지희 엄마가 지희에게 준 거잖아."

그러자 원미가 창백한 얼굴로 혼란스러워했다.

"그게 무슨 소리니? 손수건이 뭐 어쨌다고?"

어머니가 상원과 원미의 반응을 번갈아 살피며 물었다. 상원이 주먹으로 책상을 치며 벌떡 일어났다.

"지희가 제 엄마가 준 손수건을 갖고 있을 리 없어. 그건 원미가 준 거야."

이니셜에 대한 힌트를 준 건 문정이었다.

'그 애의 친모가 회사에 나타났었어요. 자기가 낳은 딸이니 어디에 묻혔는지는 알 권리가 있다고 바락바락 악을 쓰더군요. 최상원 대표는 경호원들을 시켜 그 여자를 건물 밖으로 쫓아냈고요. 딸 장례식장에도 못 가게 막았대요. 추모관에는 가보고 싶다고 내게 사정하는데 딱해 보였어요. 그래서 이름과 전화번호를 받았는데.'

김모원. 그 여자의 이니셜은 MW였다. WM을 뒤집은 이니셜. 손수건에 박힌 이니셜은 WM이 아니라 MW였다.

원미가 지희를 죽인 범인이라고 상원이 줄기차게 믿었던 그 근거는 터무니없는 것이었다. 문정은 지희의 친모에게 전화해 자신의 이니셜을 자수로 놓은 손수건을 준 적이 있다는 것을 확인시켜주었다.

원형은 손수건을 돌려 원래 새겨진 이니셜이 WM이 아니라 MW라는 것을 모두에게 보여주었다.

"손수건, 담배. 이런 건 애초부터 원미가 지희를 죽인 범인이라는 직접적인 증거가 될 수 없었어요. 손수건에 묻은 피와 담배에 묻은 타액이 원미 거라는 말도 물론 거짓말이죠. 원미는 그날 지희를 만나러 집에 가지도 않았으니까요. 경찰 발표대로 지희는 손목을 긋고 베란다에 떨어져 자살했지만, 최상원 대표는 받아들이지 않았어요. 최상원 대표는 원미가 지희를 죽이지 않았다는 걸 알고 있었어요. 하지만 스스로를 속였죠."

상원은 굳은 표정으로 원형을 노려보았다.

"지희는 원미 때문에 죽은 거야. 원미가 지희를 협박했어. 댈구를 죽인 게 지희라면서."

상원은 원미를 압박했다.

"말해봐. 네가 그랬지. 네가 지희를 죽인 거다. 지희와 댈구 소문을 퍼트린 것도 너야. 그렇지?"

원미는 두 귀를 막고 머리를 흔들었다. 원형이 소리쳤다.

"당신은 이미 모든 걸 알고 나와 원미를 가둘 게임을 설계했어요. 계속 원미를 의심했고, 원미의 죄책감을 부추겨 지희를 죽였다고 믿게 만들었어요. 내게는 아버지를 죽였을지도 모른다는 두려움을 심었어요. 어머니와 에덱을 조종해 아버지를 죽게 만들었어요. 당신한테는 댈구가 지희 때문에 실종됐고 지희가 압박감에 시달리다 자살했다는 진실을 인정하는 것보다 우리 가족을 망가뜨리는 게 훨씬 쉬운 일이니까! 지희나 당신 자신을 탓하는 것보다!"

순영이 어리둥절해하며 물었다.

"지금 이게 다 무슨 말이야?"

"어머니는 저 사람한테 속고 있는 거예요. 저 사람은 아버지한테 헤븐 건물과 에덱 형 사진을 보내서 아버지가 어머니를 의심하게 만들었어요. 아버지가 어머니 목을 조르는 동안에도 멀리서 지켜만 봤어요. 우리 집에 몰래 CCTV를 설치해놓고서요."

원형은 주변을 가리켰다.

"계획을 바꿔서 에덱을 불러들인 건 이데아 멤버스를 세우는 데 어머니를 이용하기 위해서였어요."

상원이 소리쳤다.

"지어낸 얘기는 그쯤 해. 문 비서! 어딨어? 날 이 회의에서 퇴장시켜줘."

순영이 자리에서 스르륵 일어났다. 테이블 위를 애매한 표정으로 바라보던 순영의 눈동자가 심하게 흔들렸다.

"전부 거짓말이었다고? 다 날 이용하려고 속인 거라고?"

상원이 회의실 문을 나가려 하자 문정이 가로막았다. 어느새 순영의 손에 낫이 들려 있었다.

"내 아들이 거짓말할 리는 없어. 내게 거짓말한 적이 한 번도 없었어……."

순영은 손에 들린 낫을 물끄러미 바라보다가 이내 자신이 해야 할 일을 깨달았다는 듯 천천히 고개를 끄덕였다. 상원이 단호하게 말했다.

"당신이 속고 싶어서 속은 거야. 당신이 스스로를 속인 거지."

순영은 낫을 들고 상원에게 다가서고 있었다. 이미 눈에는 초점이 보이지 않았다. 같은 말만 중얼거렸다.

"훌륭한 사람이 아니었어. 완벽한 사람이 아니었어."

순영이 높이 치켜든 낫은 허공을 가르며 상원을 향해 내리꽂혔다.

상원은 아슬아슬하게 피했다. 낫은 상원의 어깨를 찢고 빈 탁자를 찍었다. 상원은 피를 흘리며 순영의 반대편으로 도망쳤다.

"당신은 미쳤어. 미쳐서 자식도 내팽개치고 사이비종교에 빠졌지."

순영은 도망가는 상원을 향해 낫을 겨누었다.

"당신이 내 삶에 대해 뭘 알아? 내가 원해서 헤븐에 들어간 게 아니야. 사람들은 날 속이고 상처를 줬어."

"아니, 당신은 늘 의존할 대상을 찾아다녔어. 그 나약함이 문제였던 거야. 남편도, 헤븐도, 나도 그런 대상이었지."

그때 원형이 두 팔을 벌리고 순영이 상원에게 다가가지 못하게 가로막았다.

"그 사람을 먼저 죽이지 말아요, 엄마. 일부러 자극하는 거예요."

원형이 소리쳤지만 순영은 완전히 눈이 돌아가서 눈앞에 원형이 있다는 것도 몰랐다.

"어머니!"

순영이 든 낫이 원형의 심장을 뚫었다. 원형은 피가 솟구치는 가슴을 손바닥으로 막으며 무릎에 힘을 잃고 바닥에 쓰러졌다. 순영은 놀라지 않았다. 그저 이 상황을 이해할 수 없다는 멍한 얼굴로 쓰러진 아들을 갸우뚱 쳐다보았을 뿐이었다.

순영은 곧바로 상원에게 달려들었다. 그 사이를 이번엔 에덱이 막아섰다. 에덱은 어머니를 위로하려는 듯 껴안았지만 이미 가느다란 이성의 끈조차 놓아버린 순영에게는 그런 에덱이 보이지 않았다. 에덱 역시 순영이 내리꽂은 낫에 가슴을 찔렸다. 상원은 회의실 탁자 밑으로 숨었지만 순영은 낫으로 상원의 등을 찍어 밖으로 끌어냈다.

순영은 자신이 들고 있던 낫으로 스스로 목숨을 끊었다. 참상을 지켜보던 문정은 구석에서 떨고 있는 원미의 손을 잡고 회의실 밖으로 나갔다.

네 명의 가족 구성원이 사망, 두 명이 탈출했으므로 게임을 종료합니다.

◆◆◆

　어둠 속에서 컴퓨터 화면 불빛만이 원형의 얼굴을 비추었다.

　가상현실에서 가장 먼저 빠져나온 원형은 직원들의 눈을 피해 문정의 사무실로 숨어들었다. 문정과 미리 계획한 일이었다.

　지금쯤 문정은 에텍과 함께 원미와 어머니를 안전한 곳에 대피시켰을 것이다. 원형은 문정이 알려준 방법대로 해킹프로그램을 설치하고 회사 기밀문서 코드 파일을 개인 클라우드로 옮겼다.

　시계를 보았다. 문정과 약속한 시간이 다 되어가고 있었다. 금방이라도 직원들이 사무실로 들이닥칠 것 같아 초조했다. 이제 흔적을 지워야 했다. 해킹프로그램을 삭제하고 기다렸다. 이제 10초가 남았다. 화면에 표시된 시간이 줄어들고 있었다. 1초의 시간이 길게만 느껴졌다. 가슴이 두근거렸다.

　5, 4, 3, 2, 1. 마침내 모든 것이 끝났다. 이 기밀문서만 있으면 이데아 멤버스의 모든 부정행위가 밝혀질 것이었다. 배임수재, 횡령, 분식회계, 불법감금, 게다가 미성년자 성 상납까지. 최상원 대표는 심판을 받게 될 터였다. 진실의 대가를 치르게 될 것이었다.

　원형은 컴퓨터를 끄고 일어나 의자를 조심스레 집어넣고 문정의 사무실을 빠져나왔다.

　어두운 기획부 사무실이 일시에 환해졌다. 원형은 전등불이 켜진 천장을 보았다. 이내 사무실을 가로질러 나가려던 원형은 멈칫거리며 앞을 보았다.

"다 끝났다고 생각했겠지."

상원이었다. 원형은 너무 놀라 눈조차 깜박일 수 없었다.

"계획한 대로 다 이루어지는 건 말이 안 되지. 나는 운이 좋았어."

상원은 사무실 벽에 붙은 액자를 가리켰다. 이데아 멤버스 소속 아이들 사진이었다.

"결과는 더 놀라웠지. 아이들이 얼마나 큰 변화를 이룰지 장담할 수 없었으니까."

"어떻게 된 거예요?"

"그건 내가 물어볼 말 아닌가."

상원은 사무실 의자의 등받이를 친근하게 툭툭 쳤다.

"말해봐. 여기서 일하는 직원들은 너와 같은 사명감이 부족할 것 같아?"

원형은 차갑게 말했다.

"당신이 충성도 높은 직원을 둔 건 확실하죠."

"문정이 널 속였다고 생각해? 아냐, 그 애는 널 속이지 않았어. 10분 전까지만 해도 너와 약속대로 하려고 했지. 그동안 나와 대화가 부족했던 탓이었어. 그래서 오해를 풀었지."

"오해요?"

원형은 어처구니없다는 듯 되물었다.

"당신이 저지른 짓들이 오해라는 겁니까? 그 모든 추악한 범죄들이?"

상원은 여유로운 태도를 조금도 잃지 않으며 천천히 말했다.

"아니, 이데아 멤버스가 앞으로 타격을 입을지도 모른다는 오해 말이야. 그럴 일 없을 거라고 확신을 준 거지."

원형은 상원의 뻔뻔한 태도에 구역질이 날 것 같았다.

"어머니와 원미는 어딨죠?"

"안전한 곳에 있어. 가족들은 걱정하지 마."

"당신은 우리 가족을 죽이려고 했어요. 내가 당신 말을 믿을 것 같아요?"

상원은 책상에 있는 파일을 뒤져보다가 서류 뭉치를 꺼내 원형 앞에 던졌다.

"읽어봐."

원형은 서류 앞장에 쓰인 제목을 읽었다.

"인간 개조 프로젝트?"

"앞장을 넘겨봐."

원형은 서류를 넘겨보았다. 지난 1년 동안 이데아 멤버스 아이들 120여 명의 전반적인 변화에 대한 수치를 그래프로 나타낸 것이었다. 놀랍게도 고작 1년이 지났을 뿐인데 신체적 변화는 물론이고 성적, 특기 활동, 인성 검사까지 모든 수치가 월등히 높아졌다.

"네가 게임 속에서 에덱이 되었을 때 만들고 싶었던 헤븐이 이런 것 아니었나?"

"숫자가 모든 것을 말하진 않아요."

"내가 말하고 있는 건 숫자가 아니야. 본질이지. 헤븐 출신 아이들을 이데아 멤버스로 옮긴 후 체계적인 시스템으로 보육하고 교육한 결과를 알 수 있는 본질. 이 놀라운 성과 자체. 인간의 삶을 결정짓는 유전과 환경도 시스템으로 얼마든지 뒤집을 수 있다는 믿음. 이데아 멤버스는 그걸 증명한 최초의 자선단체인 거야."

"그동안 회사가 저지른 불법행위들은 어떻게 설명할 겁니까?"

상원은 못마땅하다는 듯 고개를 흔들었다.

"이 위대한 프로젝트 앞에 그런 건 아무것도 아니야."

원형은 사무실에서 빠져나가기 위해 틈을 엿보며 천천히 옆으로 걸음을 옮겼다.

"내 것, 내 집단을 키우려는 이기적인 속성. 그건 누구나 가지고 있는 것 아닌가?"

원형이 걸음을 멈추었다.

"그런 말로 당신이 저지른 잘못을 비껴가려 하지 말아요. 난 진실을 말하고 있는 겁니다."

"진실이라."

상원은 더 말해보라는 듯 팔짱을 끼며 책상 칸막이에 비스듬히 몸을 기댔다.

"진실은 당신이 더러운 부정행위를 비즈니스라고 포장한다는 걸 알려주죠. 당신이 우리 가족에게 저지른 일이 드러나면, 당신이 회사를 만들면서 저지른 비리가 드러나면 당신은 사회에서 매장당할 겁니다."

상원은 빠져나가려는 원형의 길을 막아서며 어깨를 움켜잡았다.

"난 더한 것도 할 수 있었어. 이데아 멤버스로 자본을 끌어들이기 위해서."

상원이 검지를 위로 치켜올렸다.

"세상엔 말이야. 법 위에 있는 사람들이 존재해. 엄연한 진실을 외면하지 마. 우리는 그들처럼 되려고 노력하거나 그들의 비위를 맞추며 살아가고 있어. 진실을 그렇게 알고 싶어? 사람들은 진실을 몰라서 외면하는 게 아니야. 추하기 때문에 외면하는 거야. 헤븐에서 자네 어머니가 당한 일은 아무것도 아닐 정도로 추하지."

"닥쳐!"

원형이 상원을 때릴 듯 주먹을 치켜올렸다. 상원은 아랑곳하지 않고 원형에게 바짝 얼굴을 들이댔다.

"네가 정말 진실을 추구하는 정의의 사도라면 이 세상 모든 권력자의 썩어빠진 욕망, 그것들이 돌아가는 산업시스템, 돈이면 뭐든지 할 수 있는 구조까지 모조리 파괴하고 씨를 말려버려야 해. 할 수 있겠어?"

"적어도 당신 같이 그 시스템의 일부가 되는 짓은 안 할 수 있어요."

"과소평가하지 마. 너도 더 높은 곳에 올라가려는 야망이 있어. 그 야망을 위해 물불을 가리지 않을 수 있다는 걸 게임에서 보여줬지."

"게임은 게임일 뿐이에요. 난 야망을 실현하기 위해 당신처럼 살지 않을 겁니다."

"현실도 다른 차원의 게임이지."

상원은 탁상시계를 돌려 뒷면을 바라보았다.

"난 잠시 그 시스템의 톱니바퀴에 올라탔었고 지금은 내가 탔던 톱니바퀴를 부숴버렸어."

상원은 시계를 엎어놓고 책상 위에 있는 가위를 들어 힘차게 찍었다. 원형은 움찔했지만 물러서지 않았다.

"당신은 그 일에 대한 대가를 치르지 않았어요. 헤븐 목사 부부의 죄를 덮었어요."

"너 또한 어머니가 아버지를 죽인 사실을 덮기 위해 이런 짓을 벌이고 있지."

상원은 화병에 꽂힌 꽃을 뽑아 물끄러미 쳐다보다가 미련 없이 바닥에 버렸다.

"진실은 낭떠러지 틈새에 핀 꽃 같은 거야. 귀하지만 쓸모가 없어. 또한 위험하지. 앞으로 나아가려면 지난 일은 들추지 말아야 해."

"그 일로 고통받은 아이들이 불쌍하지도 않습니까? 그 많은 피해자에게 미안하지 않아요?"

"천만에. 헤븐의 죄는 내 죄가 아니야. 난 그 아이들에게 새 인생을 열어주었어. 난 그 아이들의 아버지가 되어주기 위해 이데아 멤버스를 세웠어. 딸의 복수까지 멈추고."

"딸의 복수를 멈췄다고요? 당신은 아무 죄가 없는 우리 가족을 짓밟았어요."

"아니, 네가 틀렸어."

상원은 핸드폰으로 찍어놓은 혈흔검사 결과를 보여주었다.

"이건 원미 피야. 담배에 묻은 타액도 마찬가지. 네 말대로 손수건에 흘린 원미의 피와 타액이 지희를 죽였다는 직접적인 증거는 되지않아. 인정해. 지희는 자살했어. 그렇지만 자신을 죽게 만든 사람이 누군지는 제대로 지목했지."

"아직도 지희가 원미 때문에 자살했다고 주장하는 겁니까?"

"지희에 대한 원미의 우정은 어느 순간 변질되었어. 피 묻은 손수건으로, 온갖 소문을 퍼뜨려 지희를 숨 막히게 했어."

"아뇨. 그 손수건은 분명히 지희 엄마가 준 거예요. 지희 엄마한테 확인했어요."

"지희 엄마가 준 건 맞지. 원미한테."

예상치 못한 말이었다.

"지희 엄마가…… 손수건을 원미한테 줬다고요?"

"원미가 먼저 지희 엄마에게 연락했다더군. 지희 엄마는 자기가 갖고 있던 손수건을 지희에게 대신 전달해달라고 했어. 지희는 자기를 버리고 떠난 엄마를 마음에 두지 않았어. 난 그걸 알고 있었어. 내가 막은 게 아니야. 지희 스스로가 그렇게 결정했지. 지희는 자신의 인생과 낳아준 엄마가 무관하다고 생각하며 살았어. 하지만 원미는 자꾸만 지희가 엄마를 떠올리길 바랐어. 불행해지길 바라면서. 잊고 싶은 과거의 결핍을 끊임없이 상기시켰지."

"그럴 리가."

"원미는 자해한 뒤 그 손수건에 피를 묻혀 지희에게 택배로 보냈어."

상원이 주머니에서 꺼낸 종이를 원형에게 내밀었다. 택배 송장이었다. 보낸 사람은 원미, 받은 사람은 지희였다.

"상자 뚜껑 위에 붙어 있던 거야."

"그럴 리가 없어요. 아까 확인했어요. 원미 팔에는 아무 흔적이 없었어요."

"가상현실에서는 그랬겠지. 현실에서 늘 의식하고 있었고 지우고 싶었을 테니까. 과거를 돌이켜 봐. 걔 손목이 정말 멀쩡했는지."

원형은 혼돈 속에서 예전 원미의 모습을 떠올려보았다. 원미의 여러 모습이 스쳐 지나갔다. 회전의자 바퀴 밑에서 자던 원미, 다른 아이를 괴롭히던 원미, 학교 교문을 나오던 원미, 함께 법원에 갈 때의 원미. 하지만 손목, 손목에 대한 기억이 좀체 떠오르지 않았다. 눈을 가늘게 뜨고 기억을 더듬어보았다. 기억 속 원미의 모습을 확대해보았다. 손목, 원미의 손목……. 그제야 겨우 기억이 났다. 원미는 항상 손목에 뭔가를 차고 있었다. 팔찌, 시계, 짝퉁 나이키 손목 보호대. 아무것도 알지 못했다. 원미가 망가지는 동안 오빠로서 아무것도 할 수 없었다. 눈물이 왈칵 쏟아졌다.

"자책할 거 없어. 네 힘으로 할 수 있는 건 없었어."

"나는 그저 가족끼리 행복하길 바랐어요."

"가진 게 없으면 사람은 모질고 추해지지. 너희 부모도 그런 사람들이었을 뿐이야. 나는 그런 부모에게 버림받은 아이들을 위해 이데아 멤버스를 만든 거고."

상원이 다가갔다. 원형은 제자리에 서서 꼼짝도 할 수 없었다.

"앞으로 어떻게 살아가야 할지 모르겠어요. 죽은 아버지, 어머니, 원미⋯⋯. 우리 가족은 어떻게 되는 건지. 아무것도 없는 내가 대체 뭘 어떻게 할 수 있을지⋯⋯."

"난 내 딸 지희가 날 용서해줄 거라 믿어."

상원이 원형의 어깨를 짚었다.

"너와 네 가족을 돌봐줄게. 이데아 멤버스 아이들처럼."

원형이 충혈된 눈으로 고개를 들었다.

"너도 날 도와라. 우리 지난 일은 잊자. 서로를 위해서가 아니라 더 나은 미래를 위해."

상원이 손을 내밀었다.

◆◆◆

유리창 밖으로 한강 다리가 반짝였다.

원형은 가운을 입고 서서 창문에 비친 자신의 모습을 물끄러미 보다가 다시 어둠에 잠긴 강을 바라보았다. 낮에 모교 졸업식 축사에서 했던 말이 떠올랐다.

'과거는 가상현실과 같습니다. 기억 속에 남아 있는 또 다른 세계죠. 제 기억 속 우상고는 그리 즐거운 세계는 아니었습니다. 이를테면 나중에 성공해서 우상고의 축사를 맡아야겠다는 꿈은 조금도 꿀 수 없던 시절이었습니다. 몇몇 웃고 있는 후배님들이 있는데 당신들은 이미 성공한 겁니다. 삶의 즐거움을 알고 있으니까요. 하지만 그 당시 저는 웃을 수 없었습니다. 제게 성공이라는 단어는 매우 낯설고 슬픈 단어였습니다. 아침에 눈을 뜨면 학교에 가기 싫다, 친구들과 아버지에게 맞지 않으면 좋겠다는 생각부터 했습니다. 아예 눈을 뜨기 싫은 날도 많았습니다. 졸업하고 나서도 상황은 크게 달라지지 않았습니다. 하지만 저는 인생을 포기하지 않았고 몇 번의 굴곡을 겪은 후 이 자리에 와 있습니다. 여러분의 졸업식인 오늘은 저 개인적으로도 무척 의미 있는 날입니다. 바로 7년 전 오늘, 최상원 대표님과 손을 잡고 이데아 멤버스의 공동대표를 맡게 된 날이죠. 어둠으로 가득한 제 인생에 처음으로 빛이 들어온 날이었어요.'

원형과 모교에는 몇 명의 이데아 멤버스 아이들이 있었다. 서로 숨죽인 채 모른 척하는 아이들을 지켜보는 건 꽤 재밌는 일이었다. 그 아이들의 가상부모가 강당에 임시로 그어놓은 줄 밖에 서서 졸업식이 끝나면 꽃다발을 주기 위해 기다리고 있는 모습을 보는 것도.

원형, 아이들, 이데아 멤버스 직원인 가상부모들은 '드러낼 것은 드러내고 숨길 것은 철저히 숨긴다'는 이데아 멤버스의 원칙을 철저히 따랐다. 몇 차례 불의의 사건을 겪은 탓에 원칙을 어기면 어떤 일이 일어나는지 알게 되었기 때문이었다.

한 번은 어떤 학교에서 한 아이가 이데아 멤버스 출신이라는 것이 반 친구들에게 알려졌다. 학교의 온 관심이 그 아이에게 집중되었다. 급기야 반 아이들 전체가 가족이데아 게임 사용자로서 그 아이를 후원한 적이 있었다는 사실이 드러났다.

아이들은 게임 속에서 자신이 눈물을 닦아주고 옷을 사주고 멋진 곳에 데려간 캐릭터의 실물을 만난 것에 처음엔 그저 신기해하고 반가워했다. 하지만 곧 팬덤과 안티가 동시에 생겨났고 사생활 침해가 빈번하게 일어났다. 이데아 멤버스 아이는 다른 아이들의 과도한 관심에서 벗어날 수 없었다. 반 아이들은 이데아 멤버스 아이가 여전히 가상현실 속에서 튀어나온 사람인 것처럼 바라보았다. 이데아 멤버스 아이는 등교하자마자 아이들이 기대하는 여러 가지 요구를 들어주어야 했다.

예전 게임 속 '캐릭터 이름'으로 불려도 인사를 받아주고, 사인을 해주고, 쉬는 시간마다 활짝 웃으며 사진을 함께 찍어주었다. 하지만 갈수록 불합리한 요구는 늘어만 갔다. 이데아 멤버스 아이는 친구들의 심부름을 해주기도 하고, 돈도 빌려주었다. 어느 날 이데아 멤버스 아이가 부탁을 거절하자 반 아이가 말했다.

"야, 내가 게임할 때 너한테 쓴 돈이 얼만데 이런 부탁도 하나 못 들어줘?"

결국 그 이데아 멤버스 아이는 자살했다.

얼마 전에 '이데아 멤버스 출신 열여덟 명 첫 사회 진출, 사회 평가도 우수'라는 제목의 뉴스 기사가 나왔다. 우호적인 기사였다. 이데아 멤버스에서 자란 아이들이 직장인이 되었을 때 회사의 만족도가 높다는 내용이었다.

임원들은 입을 모아 이데아 멤버스 출신 직장인들이 '충성도가 높고, 성실하며, 완벽주의적'이라고 평가했다. 그러나 원형은 그 평가의 실체를 알고 있었다. 충성도가 높다는 건 저평가된다는 얘기였고, 성실하다는 건 노예처럼 일한다는 뜻이며, 완벽주의적이라는 건 이데아 멤버스 출신 아이들이 과도한 스트레스를 참고 있다는 얘기라는 걸. 하지만 이제 원형은 그런 문제를 아무렇지 않게 눈감았다. 졸업식 축사에서 최상원 대표와 손을 잡은 날을 인생에 처음으로 빛이 들어온 날이라고 태연하게 말할 수 있었던 것처럼.

이 세계의 원칙은 단순했다. 이데아 멤버스의 회사 규정에 따르는 아이가 될 것인가, 회사를 나갈 것인가. 이데아 멤버스의 완벽한 케어를 받을 것인가, 기존의 환경으로 돌아갈 것인가.

버티는 아이들은 회사의 도움을 받을 수 있고 그러지 못하는 아이들은 혼자 세상과 맞서야 한다. 이 원칙은 놀랍게도 세상의 원칙과도 유사했다. 원형은 이 단순한 원칙에 순종하기로 했다.

세상이 불공평하고 옳지 못하다고 생각했던 때가 있었다. 화려한 가상현실보다 추한 진실이 옳다고 생각했던 때가 있었다. 아버지와 어머니의 세상에서 그와 비슷한 인간으로 살던 때가 있었다.

원형은 7년 전 그날 상원의 손을 잡으면서 진실에 눈감기로 했다. 살기 위해, 행복해지기 위해 거짓을 들쑤시지 않기로 했다. 하지만 이런 밤이면, 과거를 떠올리게 되는 밤이면 진실은 거짓의 외피를 비집고 스멀스멀 올라왔다.

원미는 지희 엄마에게 손수건을 대신 받아 지희에게 보냈다. 자해한 적이 있는 것도 사실이었다. 하지만 원미는 손수건에 자신의 피를 묻혀 보내지는 않았다. 이데아 멤버스 출신의 친한 순경이 사건 기록 문서를 몰래 열람한 뒤 알려준 사실이었다. 죽은 지희의 손목에 주저흔이 있었다. 지희가 죽기 전에 자신의 손목을 그은 것이었다. 손수건의 피는 원미 것이 아닌 지희 것이었다.

지희의 죽음에 원미가 어느 정도의 원인을 제공했는지는, 오로지 죽은 지희만이 알고 있을 터였다.

비극의 시작은 두 어린 연인. 지희와 댈구 사이에 벌어진 사건이었다. 어느 고아 비행 청소년 댈구의 실종과 전혀 상관없는 세계에 사는 듯 보였던 모범생 여자아이 지희의 자살은 서로 연결되어 있었다.

지희가 남긴 수수께끼 같은 물건 두 개, 손수건과 담배는 원형 가족의 파국을 초래했다. 정확히는 그 물건에서 비롯된 상원의 오해와 편견이 원형의 가족을 낭떠러지 아래로 떨어뜨렸다. 원형은 어쩌면 이 모든 게 상원이 아닌 그의 딸 지희가 죽음으로써 자신에 대해 아무것도 몰랐던 아빠에게 충격을 주고자 치밀하게 설계한 복수라는 생각이 들었다. 하지만 그건 하나의 망상에 지나지 않을 것이다. 설사 지희의 의도가 그렇다 해도 지희가 망가뜨린 건 제 아빠가 아니라 원형의 가족이었다.

원형은 단 한 가지 진실만을 받아들이기로 했다. 이 세상은 오랜 인간 역사에서 반복된 폭동과 혼란, 무질서를 물리치고 힘의 균형을 추구하는 합리적인 세계처럼 보이지만 언제나 예외 없이 더 큰 힘이 지배해왔다는 아슬아슬한 진실을.

원형은 그 진실을 받아들이고 이데아 멤버스 공동대표라는 직함, 한강이 보이는 아파트, 기품 있는 이웃, 그에 걸맞은 대우를 취했다. 아버지 죽음의 진실을 덮고 어머니의 정신병원 입원동의서에 서명하고, 이데아 멤버스의 전신인 헤븐의 진실에 눈감았다.

어젯밤 꿈속에 아버지가 나타났다. 아버지는 원형의 아파트 거실 한가운데 가부좌를 틀고 앉아 있었다. 소주잔에 술을 따르면서 나쁜 놈들이 자꾸만 자신을 잡아 가두려 한다고 소리쳤다. 아버지는 뭔가 골똘히 생각하더니 말했다.

'가만 있어봐.'

아버지는 분노에 이글거리는 눈빛으로 원형을 보았다.

'너도 한패지?'

원형은 겁에 질려 뒤로 물러섰지만 이내 천천히 말했다.

'아버지는 돌아가셨잖아요.'

원형은 충혈된 눈으로 벽시계를 본 후 현관문을 향해 고개를 돌렸다. 초인종이 울렸다. 이제 조촐한 축하 파티가 시작될 차례였다.

현관문이 열리고 원미, 돌을 맞이한 아이를 안고 있는 에덱과 문정이 들어왔다. 원형은 감격에 차서 아기를 공중에 들어 올렸다.

"삼촌이야, 삼촌."

옷을 갈아입고 나온 원형은 미리 음식을 차려놓은 식탁으로 그들을 안내했다.

에덱과 문정은 결혼 생활과 육아에 대한 에피소드를 쏟아냈다. SNS 인플루언서가 된 원미는 협찬받은 화장품, 피부과 시술로 전과는 완전히 다른 용모가 되었다. 어려 보였고 가장 예쁘장했던 열일곱 살 시절의 얼굴과 비슷해졌다. 외모만 달라진 것이 아니었다. 언제나 공부와 거리가 멀었던 원미는 명문대 대학원에서 디지털마케팅 전문가 과정을 밟고 있었다. 이제 아무도 원미를 무시하지 않았다. 원미는 화려한 네일아트가 새겨진 손으로 칵테일 잔에 든 라임을 빨대로 짓이기며 그동안 각종 행사에서 만났던 유명 인사들의 뒷소문을 늘어놓았다. 돈, 권력, 지위의 최정상에 올라 찬사를 받는 이들이 알고 보면 얼마나 사기꾼 같은지에 대해, 얼마나 사생활이 문란한지에 대해.

원형은 아이와 눈을 맞추고 있었다. 포동포동한 젖살에 파묻힌 아기의 입술이 원형의 미소를 따라 작게 벌어졌다. 맑고 까만 눈이 원형을 마주 보았다. 아기는 에덱을 닮아 순하고 문정을 닮아 똑똑해 보였다. 아기는 헤븐 출신 부모의 2세지만 부모와는 사뭇 다른 유년 시절을 보내게 될 예정이었다. 이데아 멤버스 시스템의 혜택을 받고 자랄 것이었다.

이 아이의 운명은 부모를 따라 세습되지 않을 것이다. 하지만 아이는 언젠가 부모의 과거를 알게 될 것이고, 추악한 현실이 멀리 있지 않았다는 사실을 깨닫게 될 것이다. 그래도 원형은 믿고 있었다. 에덱과 문정은 아픈 과거를 아이에게 물려주지 않을 거라는 걸.

원형의 표정이 심각해지자 아기가 울음을 터뜨렸다. 에덱이 아기를 받아 안고 달랬다. 아기가 울음을 그쳤다.

대화의 화제는 금세 원형이 언제쯤 자유로운 독신 생활을 마감할지로 넘어갔다. 식탁 위에 즐겁고 가벼운 대화가 흐르는 동안 모두 식탁 밑에 어떤 무거운 진실을 감추고 있는지 말하지 않았다. 아무도 이 번듯한 가상현실에 균열을 내고 싶어 하지 않았다. 세상 어디에도 섞일 수 없었던 그들은 이제 보통 가족, 보통 사람이 되었다. 보통 사람들이 사는 방식을 감쪽같이 흉내 낼 수 있었다. 원형의 가족은 비로소 행복이 무엇인지 알게 되었다.

◆◆◆

"어이, 1184호 나와."

고글에 내장된 소형 스피커로 교도관의 목소리가 들렸다.

원형은 스스로 팔을 감싸고 있는 전기신호 장치를 풀고 고글을 벗었다.

눈앞에 보이던 모든 것이 순식간에 사라졌다. 가족들도, 따뜻한 김이 모락모락 피어오르는 음식도.

이곳은 차가운 기계가 들어 있는 2평 남짓한 교도소 메타룸이었다.

"아직 저녁 식사를 시작하지도 않았는데요?"

조금은 불만스럽게 외쳤지만 소용없다는 걸 알고 있었다.

"시간 다 됐어."

"지난 시간엔 가족들이랑 식사를 하고 같이 TV도 볼 수 있었어요."

"그건 네가 들어갈 때마다 중간에 새로운 이야기를 추가해서 그러는 거잖아. 내용이 전보다 길어지니까 지난번과 끝나는 시점이 다를 수밖에."

아. 그랬구나. 원형은 의식하지 못하는 사이에 '행복한 결말'에 세심한 묘사를 덧붙이고 있었다. 지난번엔 모교에서 축사를 한 이야기는 넣지 않았었다. 가상현실에 들어갈 때마다 바라왔던 상상을 추가하다 보니 원래 설정한 가상현실 체험이 길어졌고, 그만큼 일찍 끝난 것처럼 느껴졌던 것이었다.

"알겠습니다."

원형은 순순히 인정하고 메타룸을 빠져나왔다. 갑자기 등이 간지러웠다. 원형은 죄수복 안에 손을 넣어 등을 긁고 입김을 후 불었다.

"내일 목욕하는 날 맞죠?"

"그래."

신참 교도관이 딱딱하게 말했다. 그는 수감자들을 어떻게 대해야 하는지 선배들로부터 단단히 교육받은 것 같았다. 원형은 신참 교도관을 살짝 골려줄까 하다가 참았다. 메타룸에 들어갈 자격은 모범수들에게만 주어졌다. 힘들게 얻은 특혜를 날려버릴 수도 있는 행동은 자제해야 했다.

메타룸이 생긴 뒤로 수감자들의 환경은 더 열악해졌다. 하루에 물을 쓸 수 있는 시간이 줄어들었고, 배식 수준이 나빠졌으며 소등 시각이 앞당겨지고, 휴식 시간이 줄고, 노동 시간이 늘어났다. 지옥이 더욱 지옥다워졌다. 반대로 죄수들은 더욱 모범적으로 변했다. 모두 메타룸에 들어가기 위해 모범수가 되려고 노력한 덕분이었다.

죄수들은 메타룸에 중독되었다. 한 번 메타룸에 들어갔다 나온 수감자가 다른 수감자들에게 가상현실 속 한 시간이 얼마나 행복했는지를 침을 튀기며 설명했고 그 설명을 들은 수감자들은 모두 메타룸을 열망했다. 수감자들은 메타룸에서 자신이 원하는 현실을 만날 수 있었다. 합법적이고도 아름다운 중독이었다.

감옥에 메타룸을 만든다는 발상을 한 사람은 최상원 대표였다. 국회의원들은 수감자들도 가상현실을 통해 행복을 추구할 권리가 있다고 주장하며 법 제정을 밀어붙였다. 그 배경에 상원이 있었다.

처음엔 우려의 목소리가 컸다. 전국의 각종 피해자 협회에서는 연일 농성을 펼쳤다. 죗값을 치르기 위해 들어간 감옥에서 수감자들이 행복하게 지내서는 안 된다는 것이었다. 타당한 얘기였지만 모든 것은 결국 비용의 문제로 돌아갔다. 감옥에 메타룸을 만들면 수용시설에 들어가는 돈, 국민들이 교도소 유지를 위해 부담해야 하는 세금이 크게 줄어들 것이라는 보고서가 나왔다. 반대 의견은 그때부터 급격히 수그러들었다.

시범 운영 결과 메타룸을 설치하면 수감자들의 행동이 눈에 띄게 교정되고, 수용시설의 환경이 열악해져도 문제가 발생하지 않는다는 게 밝혀졌다. 교도관은 죄수들을 손쉽게 다룰 수 있게 되었다.

"너 감옥에서 풀려날 때까지 평생 메타룸 못 들어가게 해줄까?"

이 말은 거친 죄수들조차 얌전하게 만들었다. 죄수들의 행복추구권은 올라가고 인권은 낮아진 모순적인 상황이 펼쳐졌다. 과연 메타룸이 죄수들의 폭력성을 언제까지 수면 아래 잠재울 수 있을지는 아무도 알지 못했다. 두고 볼 일이었다.

"너 저 수감자가 왜 여기 들어온 줄 알아?"

원형은 뒤에서 수군거리는 소리를 들었다.

"저렇게 순해 보이는 녀석일수록 조심해야 해. 이데아 멤버스 대표 있잖아. 최상원인가. 그 사람을 칼로 찔렀대."

"이데아 멤버스 대표라면 메타룸 만든 사람 아니에요?"

"맞아."

"왜 그랬대요?"

"회사 정보를 몰래 빼서 팔아먹으려다가 그 사람을 딱 마주쳤대. 갑자기 맞닥뜨리니까 당황해서는 들고 있던 문구용 칼로 그냥 확…… 해버린 거지."

걸음을 멈추고 눈을 질끈 감았다. 교도관들에게 진실을 말해주고 싶었다. 그날 무슨 일이 있었는지, 최상원 대표와 원형 가족의 질긴 악연이 어떻게 시작된 것인지. 한 페이지짜리 뉴스 기사가 놓치고 있는 복잡한 사건의 진상이 무엇인지, 한 뛰어난 사업가가 어떻게 우리 가족을 그토록 빠르게 붕괴시켰고 미쳐버린 어머니가 무슨 짓을 벌였는지.

　가상현실 속에서 원형은 최상원 대표와 손을 맞잡았지만 현실에서는 그러지 않았다. 원형은 현실에서 자신이 어떤 선택을 했을지 아직도 모른다. 어떤 선택을 하기도 전에 눈앞에 닥친 사태를 수습해야 했으므로. 원형은 미쳐버린 어머니가 이데아 멤버스의 경호원들에게 난폭하게 끌려가는 모습을 그냥 두고 볼 수 없었다. 사무실 책상 위에 문구용 칼이 있었다. 눈앞에는 상원이 있었다. 상원은 어머니를 험악하게 다루는 경호원들의 행동을 제지하지 않았다. 그저 원형에게 손을 내민 채 미동도 없이 서 있었다. 원형이 가족 대신 가족이데아를 선택할 거라고 믿어 의심치 않는 자신만만한 태도로. 순간 원형의 눈에 상원의 의기양양한 얼굴과 칼이 겹쳐 보였다. 원형은 그 결정적 순간을 그렇게 설명할 수밖에 없었다.

　진실을 말한다면 교도관들은 비웃을 것이었다. 그들은 죄인들을 잘 알고 있었다. 허언증이 있는 죄인, 연민을 자아내는 죄인, 잔인무도한 죄인 그리고 자신은 억울하다고 주장하는 모든 죄인을. 그들은 죄를 지은 것만은 틀림없이 사실인 죄인들이었고 사회에 나가 다시 죄를 지을 확률이 높은 죄인들이었다. 원형이라고 예외가 될 수는 없었다. 원형은 그저 죄인들의 집단에 속한 또 한 명의 흔한 죄인에 불과했다. 괜한 논쟁을 일으켰다가는 이 감옥 생활을 버티는 유일한 희망인 메타룸에 갈 기회를 영영 놓치게 될지도 몰랐다.

원형은 다시 수감실을 향해 걷기 시작했다. 이 복도, 메타룸을 벗어나 다시 감방 안으로 들어가기 위해 복도를 걸을 때가 가장 외로웠다. 가슴이 서늘해지며 가상현실과는 극명하게 다른 현실을 뼈아프게 깨닫는 순간이기 때문이었다. 하지만 원형은 현실을 바꾸는 대신 자신의 관점을 바꾸기로 했다. 이 두 세계 중 어느 것도 가짜가 아니라고, 메타룸 안에서 겪는 가상현실도 엄연히 하나의 현실이라고 말이다.

그래, 그렇게 생각하면 되는 것이었다. 원형은 교도소에 있지만 하루의 절반은 가상현실 속 성공적인 인생을 떠올리며 행복한 시간을 보냈고, 메타룸에 가서 미리 생각해놓았던 일들을 이루었다.

상원의 말대로 더 이상 뭐가 진실인지를 파헤치는 건 무의미했다. 현실과 가상현실. 두 세계는 처음부터 공존하고 있었다. 원형의 어린 시절 꿈은 이루어졌다. 그는 가족을 구원한 영웅이었다. 하루의 절반 동안은.